Tina Grube

Ein Mann mit Zuckerguss

W0324834

Über dieses Buch:

Wer einen Hasen hat, braucht keinen Kerl … oder vielleicht doch? Eigentlich ist die sportliche Nicky vollkommen zufrieden mit ihrem Leben: Sie hat einen super Job als Personal Trainerin und mit Zwergkaninchen Mäxchen einen kuschelweichen Mitbewohner, der keinerlei männliche Allüren zeigt. Aber dann nimmt Nicky einen ganz besonderen Auftrag an: Sie soll den erfolgreichen Radiomoderator Paul kameratauglich machen. Sixpack statt Waschbärbauch – alles eine Frage der Disziplin! Doch genau die lässt Paul vermissen, da er nichts so sehr liebt wie Schokolade und Sahne. Unterstützt wird er dabei von seiner resoluten Haushälterin Elsa, für die »Diät« ein anderes Wort für »Folter« ist. Da hilft nur eins: Nicky zieht zu Paul und Elsa in die geräumige Villa. Und damit geht das Chaos so richtig los!

Über die Autorin:

Tina Grube, geboren in Berlin, studierte Gesellschafts- und Wirtschaftskommunikation, arbeitete in renommierten Werbeagenturen und begann schließlich, sich ganz dem Schreiben zu widmen. Ihre turbulenten Komödien wurden in mehrere Sprachen übersetzt, die beiden Bestseller *Männer sind wie Schokolade* und *Ich pfeif auf schöne Männer* erfolgreich verfilmt. Tina Grube pendelt heute zwischen ihren Wohnsitzen in New York und Mailand und arbeitet bereits an ihrem nächsten Roman.

Tina Grube

Ein Mann mit Zuckerguss

Roman

Genehmigte Lizenzausgabe 2017
der Buchvertrieb Blank GmbH, Vierkirchen
Copyright by 2015 dotbooks GmbH, München
Umschlaggestaltung: HildenDesign, München, www.HildenDesign.de
Umschlagabbildung: © HildenDesign unter Verwendung
von Shutterstock.com
Gesamtherstellung: GGP Media GmbH, Pößneck
Printed in the EU
ISBN 978-3-94601-269-6

Für meinen Mann

Weil du mit mir durch dick und dünn gehst, weil du jedes Gramm an mir liebst und ich an dir, weil wir gar nicht genug voneinander bekommen können.

Prolog

Die Raupe lebte ganz gemütlich und zufrieden vor sich hin. Bis sie eines Tages, wieder einmal auf der Suche nach leckeren, saftigen Blättern, vor einem Spiegel entlangkroch. Es dauerte eine Weile, bis sie begriff. Das Wesen im Spiegel war sie selbst.

Sie hatte keine Taille. Sie war einfach rund und dick. Sie fand sich hässlich.

So beschloss sie, sich vor der Welt zu verstecken. Fortan lebte sie verborgen in einem Kokon. Da kam eine Fee vorbei. Die Fee erklärte der Raupe, dass sie eine wunderschöne Seele habe. Damit die Raupe das auch wirklich verstand, sprach die Fee voller Liebe immer wieder mit ihr, philosophierte über das Wunder des Lebens und die Schönheit des Seins, bis die Raupe sich endlich selbst zu mögen begann.

Als die Raupe schließlich aus dem Kokon herauskam, hatte sie sich verändert. Sie fühlte sich heiter, leicht, ganz unbeschwert. Und konnte sogar fliegen.

Kapitel 1

Ein Mann ohne Waschbrettbauch

Radio Funtime, Studio 1, 20.56 Uhr

Paul räuspert sich noch einmal, bevor er sein Mikrofon einschaltet.

»Wir sind am Ende der Sendung, Freunde. Doch ich will euch noch etwas mit auf den Weg geben. Gerade haben wir die traurige Geschichte von Britta gehört. Wenn man so enttäuscht wird, liegt es nahe, dass man sich eine Elefantenhaut zulegen will, die einen schützt. Aber ich sag euch eins: Selbst wenn es mal ganz dicke kommt, bewahrt euch eure Dünnhäufigkeit. Nur wer sensibel für das Leben bleibt, bleibt offen für Freude und Liebe. In diesem Sinne, genießt den nächsten Schmusesong in vollen Zügen. Ciao for now, euer Paul!«

Die rote Aufnahmelampe erlischt.

***

Lara und ich bahnen uns den Weg durchs Restaurant.

»Du bist die einzige Frau, die ich kenne, die seine Sendung nie hört«, sagt Lara und dreht sich kurz zu mir um.

»Ich schaffe das Leben auch so, ohne deinen Radioguru. Was hat er denn heute Tolles über den Äther verbreitet?«

Lara setzt sich an den uns zugewiesenen Tisch und schaut mich mit glänzenden Augen an. »Da war so ein Mädchen, das ist von ihrem Freund nach Strich und Faden belogen und betrogen worden.«

»Halleluja! Mal was ganz Neues!«

»Sei doch nicht immer so sarkastisch, Nicky.«

»Na, entschuldige, aber das ist ja jetzt keine so wahnsinnig originelle Geschichte.«

Lara zuckt mit den Schultern. »Mir geht es ja auch nur darum, was der Paul dazu gesagt hat.«

»Der Paul.« Ich muss kichern. »Du tust so, als ob er dein bester Freund wäre.«

»Er ist jedenfalls sehr weise. Also, hör zu: Er hat gesagt, man muss sich seine Dünnhäutigkeit bewahren, auch wenn man negative Erfahrungen macht.« Lara schaut mich nach diesem erleuchtenden Statement triumphierend an.

Dünnhäutigkeit. Meine Güte. Natürlich gehen solche Ratschläge mitten in Laras zart besaitetes Mädchenherz. Gerade will ich sie von ihrem fliegenden Teppich wieder auf den rauen Boden der Realität bringen, als mich eine Szene unweit von uns ablenkt.

Zwei Männer veranstalten ein ungewöhnliches Probesitzen. Eines haben die beiden gemeinsam: Sie sind richtig groß, genauer gesagt, lang: 1,90-Meter-plus-Typen mit Eignung für ein Basketball-Team. Einer von beiden allerdings ist viel von einem Mann, viel, viel, sehr viel sogar und somit als eleganter Korbwerfer reichlich ungeeignet. Das freundlichste Wort für dieses körperliche Phänomen wäre wohl »korpulent«. Jedenfalls versucht er gerade, sich auf eine Bank zu klemmen, die fest in den Boden montiert und somit unverrückbar ist. Das gemeine, unbewegliche Ding drückt seinen beachtlichen Bauch ungemütlich gegen den Tisch und verursacht eine gewisse Zweiteilung des Leibes in eine Wulst über und einen weiteren unter der Tischplatte. Ein Atemtest zeigt, dass er den Abend auf diese Art und Weise kaum überleben würde.

Er macht mit freundlichem Gesicht eine Bemerkung, die den Kellner offensichtlich sehr erheitert. Lachend weist er den beiden Männern einen anderen Tisch mit Stühlen zu. Stühle kann man ja praktischerweise so hinschieben, wie es gerade zur Konfektionsgröße oder in diesem speziellen Fall zur Übergröße passt. So gelingt schließlich das gefahrlose Einnehmen einer komfortablen Sitz- und Essposition an dem Tisch direkt hinter unserem.

An Lara ist das ganze Geschehen, das sich in ihrem Rücken abspielte, völlig vorbeigegangen. Sie träumt im Moment vor sich hin und malt dabei ein paar Muster auf ihren Block, ohne den sie nie das Haus verlässt. Meine Freundin Lara ist nämlich eine Künstlerin und verdient ihr Geld mit Illustrationen. Ihre Erdbeeren für die Kunden von der Marmeladenfirma zum Beispiel sehen so realistisch aus, als wären sie gerade frisch im Paradies mit Seidenhandschuhen vom Strauche gepflückt und anschließend liebevoll hochglanzpoliert worden, Katzenfutter kann sie derartig saftig und detailgetreu malen, dass die Tiere hysterisch miauend glatt das Etikett mit auffressen wollen. Und ihre zarten Zeichnungen für Märchenbücher lassen selbst verknöcherte, grantige Gemüter wieder an Elfen und Prinzessinnen glauben.

Erstaunlicherweise hat Lara sogar eine Ader für Karikaturen. Natürlich ist sie aufgrund ihres sanften Charakters gar nicht in der Lage, wirklich fies und gemein zu malen. Während ich auf eine Hakennase noch eine Warze setzen würde, verzichtet sie auf Kalauer jeglicher Art.

Vom Nebentisch ertönt nun die Stimme des korpulenten Gastes. Er bestellt Weißwein *und* Rotwein, Weißbrot *und* Butter, Vorspeise *und* Zwischengang *und* Hauptspeise *und* Käse *und* Dessert. Von nichts kommt nichts, wie sich an dieser beeindruckenden Auflistung mal wieder manifestiert.

Aus heiterem Himmel sieht Lara plötzlich so aus, als hätte sie eine überlebenswichtige Witterung aufgenommen. So wie die Gazelle im Busch den hungrigen Löwen riecht, der Cockerspaniel mitten im Blumenbeet einen verbuddelten Knochen erschnuppert oder das Mäuschen ein heiß ersehntes Stück Emmentaler in greifbarer Nähe erahnt.

»Nicky, Nicky!« Sie krallt ihre zehn Finger in meinen Arm.

»Was ist?«, frage ich erschrocken. Weniger um ihr Heil besorgt als um meine körperliche Unversehrtheit. Wer hätte gedacht, dass die zarte Lara einen derart stahlharten Griff haben kann.

»Nicky, das ist er!«

»Was ist wer?« Ich lege beruhigend meine noch freie Hand auf ihre Finger und versuche gleichzeitig, meinen umklammerten Arm wegzuziehen. Mit dem einzigen Erfolg, dass Lara ihren Druck verstärkt.

»Paul, na, Paul!«

»Paul?« Nun bin ich doch besorgt um ihren Geisteszustand.

Laras erwittertes Stück Emmentaler ist Paul? Radio-Paul?

Halluziniert sie etwa?

Hat sie das Wunschdenken übermannt?

Kann sie im Wachzustand vielleicht einer Paul-Fata-Morgana auf den Leim gegangen sein?

»Ich würde seine Stimme unter Tausenden erkennen«, flüstert Lara. »Ich höre sie schließlich jeden Tag!«

Endlich gelingt es mir, mich aus ihrem Griff zu befreien. Während ich meinen schmerzenden Arm reibe, betrachte ich Lara interessiert. Sie wirkt, als hätte sie die Schüttelfrostphase übersprungen und direkt von null auf hundert ein malariaähnliches Fieber bekommen. Fehlt nur noch, dass sie Schaum vorm Mund bekommt oder in haltloses Stottern verfällt.

»Dadadadada«, blubbert Lara.

Aha, wer sagt's denn. Das Sprachzentrum ist bereits befallen.

»Jetzt!«, stöhnt sie.

»Was jetzt?«

»Jetzt spricht er wieder. Er muss hinter mir sitzen. Nicht zu fassen. Er muss wirklich direkt hinter mir sitzen«, flüstert Lara.

Ich schaue zu den beiden verhinderten Basketballspielern hinüber. Das kräftig ausgeprägte Exemplar redet und macht sich dabei über den Brotkorb her. Langsam und konzentriert drückt er eine beachtliche Schicht Butter auf das Baguette, scheibendick, als wäre sie lecker-leichter Aufschnitt ohne einen Hauch cholesterinhaltiger Ingredienzien. Mit einem beherzten Schuss aus dem Salzstreuer krönt er den gelblichen Butterberg. Schließlich ist er zufrieden mit seinem opulenten Werk und beißt genüsslich ein anständiges Stück von der kalorienbombigen Kreation ab. Wahrscheinlich erschüttert ihn gleich ein Fettorgasmus.

»Jetzt redet er nicht mehr«, sagt Lara.

Stimmt. Er kaut.

»Und du glaubst tatsächlich, das ist *der* Paul? *Dein* Radioguru?«

»Auf jeden Fall ist er das. O Gott, wenn ich mich nur umdrehen könnte, aber das wäre viel zu auffällig. Sag mir, wie sieht er aus?«

Wie sag ich's meinem Kinde?

Wäre Koloss zu gemein?

Ich spähe zu ihm hinüber. Offenbar artet das Erklimmen von Butterbergen zu einer schweißtreibenden Beschäftigung aus, denn er entledigt sich gerade seiner Jacke. Rein optisch betrachtet, ist das allerdings keine so gute Idee, denn damit ist die letzte kaschierende Rüstung gefallen. Sein T-Shirt verschlägt mir noch zusätzlich die Sprache. Es ist ein blütenweißes Exemplar in Größe XXX-L (gesprochen: extra-extra-extra-large) mit zwei aufgedruckten Worten, die in großen Buchstaben quer über die Brust geschrieben stehen:

BIG BUDDAH.

Humor muss er also haben, wenn auch pechschwarzen.

»Nun sag schon, wie sieht er aus?« Lara drängelt.

»Er sieht ein bisschen aus wie ein, nun ja, wie ein großer Buddha vielleicht.«

Nun war es raus. Nicht gelogen und trotzdem politisch korrekt, denn ich habe nichts von mir gegeben, was er nicht über sich selbst sagen würde.

»Ich halte es nicht mehr aus«, stöhnt Lara. »Du bist echt keine große Hilfe, Nicky. Ich muss mich umdrehen, nur ganz kurz. Meinst du, das geht?«

»Nein, die Erde wird sich öffnen. Ein zwölfarmiges lila Ungeheuer mit Reißzähnen wird dich verschlingen.«

Sie verzieht das Gesicht. Die Arme wird gleich implodieren, wenn sie sich nicht endlich umdreht.

»Mensch, Lara, zier dich nicht, nun mach schon. Es kann doch nichts passieren.«

So recht glaube ich aber meinen eigenen Worten nicht. Sie könnte die Enttäuschung ihres Lebens erfahren, wenn sie ihren angebeteten Paul zum ersten Mal erblickt. Sie könnte auch vor Schreck einfach ohnmächtig werden und vom

Stuhl fallen. Ich nehme sicherheitshalber schon mal ihre Hand.

Lara dreht sich vorsichtig um. Sie betrachtet ihn. Lange. Nun ja, es gibt halt eine Menge Mann zu sehen bei Paul, wenn es wirklich Paul ist. Schließlich wendet sie sich wieder mir zu.

»Das habe ich mir irgendwie gedacht«, sagt Lara leise.

Ich tätschele tröstend ihre Hand.

»Ja, das habe ich irgendwie geahnt«, wiederholt Lara. »War auch klar. Schließlich sind sie Spiegelbild der Seele.«

Irritiert lasse ich ihre Hand los. »Wovon sprichst du, bitte?«

»Na, ich habe mir immer vorgestellt, dass er wunderschöne Augen hat. Und ich habe Recht gehabt.« Zufrieden lehnt sich Lara zurück. »Wunderschöne braune Augen.«

Verwechselt sie hier etwas? Meint sie etwa den recht ansehnlichen Begleiter des vermeintlichen Pauls? Nein, der hat eher helle Augen, etwas in Richtung Grünlich-Blau.

»Aber, Lara, so ein Schaf kannst selbst du nicht sein, dass dir als Erstes seine Augen auffallen. Der Mann ist riesig, ich meine, na, du weißt schon, was ich meine.«

»Er ist dick, na und?«, fragt Lara gelassen und fängt an zu malen.

Schnell gleitet ihr Stift über das Papier. Sie zeichnet ein Wesen mit großen Augen und gewinnendem Lächeln. Das Wesen sieht aus wie Paul, nur ungefähr 70 Pfund leichter. Es trägt auch ein T-Shirt wie Paul, allerdings mit der Aufschrift »Dünner Buddha«. Kichernd ziehe ich das Blatt zu mir rüber. Meine Freundin Lara ist echt talentiert!

Wie das Entsetzliche dann plötzlich geschehen konnte, weiß ich selbst nicht. Ich habe die Zeichnung mit spitzen Fingern hochgehoben, weil auf dem Tisch ein paar Wasserspritzer glänzten, war einen Moment durch den Kellner abgelenkt, habe wohl das Blatt nicht fest genug gehalten, jedenfalls segelt es auf einmal von dannen. An dem Kellner vorbei, an Lara vorbei, an Pauls Freund vorbei, bis es endlich landet. Genau neben Pauls rechtem Fuß.

Lara starrt entgeistert ihrer Zeichnung hinterher. Ausgerechnet ich habe es geschafft, Lara in eine Salzsäule zu verwandeln. Stocksteif und erstarrt sitzt sie da, vor Schreck gelähmt, atemlos und mit weit aufgerissenen Augen. Sie würde sich unter Umständen nur nach einer Reihe diverser Injektionen jemals wieder bewegen können. Wenn sie nicht überhaupt binnen der nächsten Sekunden vor Scham grußlos ins Nirwana wechselt.

Mutig stehe ich auf. Ja, eventuell kann ich mit einem Hechtsprung die Situation noch retten, mich nach einem kurzen Anlauf und einer Rechtsdrehung direkt vor Pauls Füße werfen. Unter Umständen hält er mich für einen durchgeknallten Groupie, im schlimmsten Falle einfach für eine Bekloppte mit Fallsucht, was soll's?

Gerade will ich mein Debüt als Standwoman geben und mich mit abschließender gekonnter Rolle auf den Boden schmeißen, als Paul sich bückt.

O nein!

O doch!

Er hebt das Blatt auf. Er starrt auf das Bild.

Ich weiß, was gleich passiert. Der Buddha wird sich in einen Sumo-Ringer verwandeln und mich in der Luft zerfetzen. Oder erst mal das Bild in der Luft zerreißen und mich dann wie eine Stoffpuppe quer durch den ganzen Raum schleudern.

Die Sekunden ziehen sich endlos hin. Zeitlupe, wie im Kino. Pauls Gesichtsausdruck lässt auf eine gewisse Verblüffung schließen. Wahrscheinlich wird die nächste Sekunde diesen Ausdruck in aufkeimende Wut verwandeln, woraufhin ungezügelter Zorn ausbrechen müsste.

Doch nichts dergleichen passiert. Die Verblüffung weicht einem Grinsen. Das Grinsen wird zu einem breiten Lächeln. Das Lächeln verwandelt sich in Sekunde vier in wohltönendes Lachen und entwickelt sich von tief unten aus Pauls breitem Brustkorb zu einem Lachcrescendo erster Güte. Sein großer, runder Bauch vibriert und unterstreicht den Heiterkeitsausbruch optisch auf fesselnde Art und Weise.

Nun schaut er mich an.

Kein Wunder.

Ich stehe einen Meter von ihm entfernt, immer noch in Sprungpose wie im Schwimmunterricht auf dem Startblock vor dem ersten Köpfer.

»Das ist ja toll!«, sagt er und deutet auf das Bild. »Du kannst ja super zeichnen.«

»Aber, ich …« Ich drehe mich um und will gerade Lara als

Urheberin identifizieren, als ich sie halb unter unserem Tisch verkrochen verneinende Handzeichen machen sehe.

»Äh, ich meine, bist du der Paul?«, frage ich blöde und stelle mich endlich gerade hin.

»Klar doch. Und wer bist du?«, fragt er zurück.

»Nicky.«

Zumindest ist mir gerade noch mein Name eingefallen. Kein Grund, um wirklich stolz zu sein, doch angesichts der unmöglichen Situation wenigstens eine richtige Meldung meines leicht vernebelten Hirns.

Paul stemmt sich mit den Händen auf den Tisch und steht mühsam auf. Wegen seiner Länge muss ich den Kopf in den Nacken werfen, um ihm in seine hübschen Augen zu schauen. Imposant ist natürlich ebenfalls seine Körperfülle, die aus nächster Nähe und dreidimensional ein Fliegengewicht wie mich schon beeindrucken kann.

»Wollt ihr Mädels uns nicht Gesellschaft leisten?«, fragt Paul. »Ein bisschen Lebensfreude kann uns heute nicht schaden, nicht wahr, Tom?«

»Wenn du meinst«, antwortet Tom, der Grünblau-Äugige, und runzelt die Stirn.

Nein, steh bloß nicht auf für eine Dame. Bleib sitzen und sei unfreundlich. Wahrscheinlich grüßt du eh am liebsten nur dein Spiegelbild.

»Aber nur unter einer Bedingung, Mädels«, sagt Paul. »Ihr müsst etwas essen. Hungerharken mag ich nicht.«

Na ja, es gibt Schlimmeres als kostenloses Essen, besonders

wenn im Portemonnaie Ebbe herrscht wie in meinem. Obwohl ich befürchte, dass Lara, die uns fassungslos beobachtet, keinen Bissen hinunterbekommen wird. Ich bin sicher, ihre haltlose Schwärmerei für Paul hat inzwischen ihren Schluckreflex und die Spuckeproduktion zum Erlahmen gebracht. Mit trockenen Lippen formt sie ein »Ja«.

»Soll das eine Einladung sein?«, frage ich frech. Ha, mein wahres Ich ist wieder da. Sehr beruhigend.

»Klar doch, Mädels. Nun rutscht zu uns rüber!«

Ich stelle Lara vor, ignoriere den unwilligen Gesichtsausdruck des Mannes namens Tom und setze mich gemeinsam mit meiner zitternden Freundin an den Tisch der Titanen. Lara vibriert wie diese nervösen, überzüchteten Chihuahua-Hündchen, wenn die Raumtemperatur unter 28,5 Grad Celsius fällt, also quasi immer und überall, außer in den Tropen.

Nun brauchen wir wohl eine anständige Konversation. Von Lara ist kein Tönchen zu erwarten. Tom will offensichtlich nicht mit netten Mädels reden, die für ihn wohl nur aufdringliche Verehrerinnen des Radiomoderators Paul sind. Und eben dieser berühmte Paul kaut schon wieder irgendetwas.

So stelle ich mir einen unterhaltsamen Abend vor. Was man für eine warme Mahlzeit nicht alles auf sich nehmen muss. Jetzt soll ich wohl noch tanzen für meine Suppe. Na, meinetwegen.

»Bist du eigentlich Buddhist?«, frage ich Paul und zeige auf sein T-Shirt.

Er schluckt erst brav hinunter. »Nein, aber ich bin weise, wenn auch nicht so weise wie Buddha.«

»Stimmt«, platzt es unvermutet aus der bebenden Lara heraus. »Ich meine, dass du weise bist. Nicht, dass du weniger weise bist als Buddha. Äh, also, das kann ich nämlich gar nicht beurteilen, aber …«

Die Arme. Ich muss sie retten. Sie stottert sich sonst noch in eine ganze Ansammlung von Fettnäpfen hinein. Doch Lara kennt kein Halten.

»… ich bin nämlich ein Fan. Beim Arbeiten, da höre ich dir immer zu. Und seit du nicht nur moderierst, sondern auch noch Chef des ganzen Radiosenders bist, gibt es zu allen Uhrzeiten so tolle Programme. Aber am liebsten höre ich dich und deine Weisheiten.«

Das war mal ein Outing.

Paul klopft sich auf die Brust. »Big Buddha dankt. Es gibt übrigens keine dünnen Buddhas«, sagt er grinsend und schiebt mir die Zeichnung mit seinem schlanken Zwilling hin.

»Aber dünne Weise. Zum Beispiel Ghandi«, gebe ich zurück.

»Der war Hindu und kein Buddhist«, fällt mir Tom ins Wort. Kurz wirft er mir einen abschätzenden Blick zu. Würde mich nicht wundern, wenn er mir gerade gedanklich den Stempel blond und blöd aufdrückt.

»Ach nee«, antworte ich in ironischem Tonfall und funkle ihn an. »Mir geht es doch nur darum, dass es Weise gibt, die fasten, um einen noch klareren Blick zu bekommen. Na, Paul, schon mal probiert abzunehmen, wegen der Weisheit, der Gesundheit und so?«

Eigentlich erwarte ich eine Antwort vom kauenden Paul. Stattdessen stöhnt sein Freund Tom demonstrativ. Und ich ernte zusätzlich einen Gesichtsausdruck, der darauf schließen lässt, dass dieser Mann nicht in mein Tanzkärtchen eingetragen werden möchte.

»Typisch Frau«, sagt Tom böse. »Ständig geht es ums Aussehen und um das verdammte Dünnsein. Was ist bloß in euch gefahren? Je knochiger, desto besser, glaubt ihr. Macht euch zum Narren, hungert schlecht gelaunt vor euch hin, findet euch erst schön, wenn man die Rippen zählen kann. Sehe ich ständig bei meinen Castings. Die Weiber zicken herum, sind permanent schlechter Stimmung vom Fasten und haben nur noch ein Thema. Diät, Diät, Diät.«

»Die Weiber?«, frage ich gedehnt.

Der Kerl will ein verbales Duell? Ohne Schwerter, Pistolen und Boxhandschuhe, dafür mit spitzer Zunge? Kann er haben! Alice Schwarzer ist ein schüchternes, zurückhaltendes Wesen gegen mich, wenn es um die Verteidigung der weiblichen Ehre geht, besonders um meine eigene.

Paul lacht. »Frieden, bitte, Frieden! Ihr seid doch gar nicht gemeint. Tom hat nämlich eine Castingfirma, da trifft er die merkwürdigsten Frauen. Er sucht für Filme und Fotoshootings, für die Werbung und für alles Mögliche die richtigen Schauspieler und Modelle.«

»Und alles, was du dabei gefunden hast, ist anscheinend ein sauberer Frauenhass, was?«, fahre ich ihn an. »Guck dich doch mal an. Du bist selber total schlank. Und deinen Freund willst du lieber dick sehen?«

Tom zieht eine Augenbraue hoch. Oh, wie ich das hasse. Zwei hochgezogene Augenbrauen, nun gut, ein Ausdruck des Erstaunens. Aber eine einzelne hochgezogene zeigt Verachtung und macht mich echt sauwütend. Da werde ich glatt zum Tier, nicht gerade zur Wildsau, aber zu einer bellenden Terrierdame allemal.

»Nein, nein!« Paul greift besänftigend ein. »Tom hat mich schon bei allen möglichen Diät-Versuchen unterstützt. Ich habe viel ausprobiert, das könnt ihr mir glauben.«

»Offensichtlich nicht von Erfolg gekrönt?«, frage ich sachlich.

»Nur kurzfristig. Ich kriege prompt alle Kilos zuverlässig zurück«, stöhnt Paul. »Und zwar zusätzlich mit Zins und Zinseszins.«

»Der berühmte Jojo-Effekt.« Ich nicke. »Drei Pfund runter und vier wieder rauf. Nachher ist alles noch schlimmer als vorher.«

Paul gießt allen Wein ein. Lara nippt nur wie ein Spätzchen, Tom trinkt lediglich einen kleinen Schluck, während ich es eher mit Pauls Trinktempo halte. Wer weiß, wann ich wieder so einen guten Tropfen bekomme. Mein Budget sieht zurzeit höchstens nach einer wässrigen Schorle aus.

»Ist euch Dr. Atkins ein Begriff?«, fragt Paul. »Das war eine

Diät für mich, dachte ich. Fleisch und Käse darf man essen, Eiweiß so viel man will, nur keine Kohlehydrate, dadurch kaum Obst und Gemüse. Ich habe nie Hunger gelitten, aber nach einer Woche hing ich schlapp vor meinem Mikrofon und fühlte mich wie ausgestopft mit Rindersteaks und Goudastücken. Fast hätte ich eine Abendshow versaut, weil ich nur noch von Äpfeln träumte. Von sauren, saftigen, grünen, glänzenden Äpfeln.«

»Von Äpfeln?«, fragt Lara erstaunt.

Er schmunzelt. »Ja, dabei mag ich Äpfel eigentlich gar nicht besonders, höchstens im Apfelkuchen oder auf einer französischen Tarte Tartin oder beim Apfel-Streusel vom Blech mit Sahne oder ...«

»Wir verstehen schon.« Bevor Paul hier sein ganzes Konditor-Repertoire auspackt, unterbreche ich ihn lieber. »Weiter mit den Äpfeln und Dr. Atkins.«

»Ja, jedenfalls brauchte ich was Frisches, Knackiges, etwas ohne Fett. Mir wurde plötzlich schon übel, wenn ich nur Gebratenes roch. Ich habe die Dr.-Atkins-Diät bei der Gelegenheit umgetauft. In Dr. Atkotz.«

Darauf trinken Paul und ich.

»Und dann Trennkost«, referiert Paul weiter. »Da hatte ich das Gefühl, ich hätte eine neue Religion entdeckt. Ich war freiwillig Missionar mit der Nummer. Das oberste Gebot war nicht mehr, du sollst nicht töten, sondern du sollst kein Eiweiß mit Kohlehydraten zusammen vertilgen. Ich fand auch einige andere Jünger, die aussahen, als hätten sie durch das

Trennen das Licht entdeckt. Bis mir der ganze Kram auf den Nerv ging. Bei jedem Restaurantessen musst du die Hälfte auf dem Teller liegen lassen. Kein Reis zum Geschnetzelten. Keine Kartoffel zum Sauerbraten. Keinen Kloß zur Rehkeule. Das hat mich dann letztendlich geschafft. Zum Reh gehören einfach Klöße. Also, ein Feinschmecker hat diese Trennkost nicht erfunden.«

Tom mischt sich ein: »Trotzdem hast du in der Zeit gut abgenommen und keinen Mangel gelitten.«

»Doch, Genussmangel!« Paul zieht ein trotziges Gesicht.

»Süß«, flüstert mir Lara atemlos ins Ohr.

Oje. Lara findet unseren dicken Paul sogar mit trotzigem Kindergesichtchen niedlich. Ich fürchte, sie ist entweder plemplem geworden oder hat sich endgültig und haltlos in ihren Radioguru verknallt.

»Schließlich habe ich es ganz rigoros versucht. Mit Nulldiät. Ganz brav unter ärztlicher Aufsicht in so einer Klinik, wo du Unsummen dafür bezahlst, dass du nichts zu essen bekommst. Dafür gibt es zur Begrüßung gleich Wasser mit Glaubersalz zu trinken. Wisst ihr, was dieser Höllencocktail mit dem Darm macht?«

»Er bringt ihn sauber auf Hochtouren«, sage ich grinsend.

»Er vergewaltigt ihn. Hätte mein Dickdarm schreien können, wäre ich wegen Darmbrüllerei aus der Klinik geflogen. So was Bescheuertes«, schimpft Paul. »Schlacken sollen da angeblich ausgespült werden. Dabei gibt es gar keine Schlacken, die sich im Körper verstecken. Aber das habe ich erst erfahren, als mein Darm schon völlig leer war. Klar, *er* hatte nichts mehr drin, aber in meinem Kopf, da war nach wie vor das alte Programm.«

»Welches Programm?«, fragt Lara schüchtern.

Paul meint sicher weder das Fernsehprogramm noch das Programm zur Erhaltung des tropischen Regenwaldes noch das neueste sprechende Computerprogramm mit Lara Croft als Animationsfigur.

»*Mein* Programm«, antwortet Paul. »Das Paul-Programm: Ich habe Stress. Ich brauche etwas Leckeres zum Essen.«

»Alle Achtung!«, sage ich. »Wenigstens weißt du, woran du bei dir bist. Nette Kurzanalyse!«

Paul prostet mir dankbar zu. »Nach der Nulldiät habe ich dann die Kohlsuppendiät ausprobiert. Es dauerte nur ein paar Tage, bis ich total entkräftet war. Das ganze Haus stank nach Kohl, und als der Geruch endlich wieder raus war, war meine Freundin gleich mit verschwunden. Sie ward nie wieder gesehen. Ebenfalls übrigens ein guter Grund, beim Essen richtig zuzulangen.«

»Und?«, frage ich sanft, während mir der süffige Rotwein ein angenehm weiches Gefühl in den Knien verschafft, »wie fühlst du dich nun so als Diätopfer und Buddha?«

Gedankenverloren betrachtet Paul einen Bissen seines herrlichen Rindergulaschs. Während er kaut, überlegt er. Dann schaut er mir gerade in die Augen.

»Liebe Nicky, wenn du es ganz genau wissen willst: Ich

fühle mich abhängig. Eklig abhängig und chronisch fresssüchtig.«

»Dann musst du die Kontrolle über dein Leben wiederbekommen!«, ermutige ich ihn und haue mit der Faust auf den Tisch.

Jawohl. Man kann doch nicht im Ernst einem Teller Gulasch und einer Cremetorte die Macht zugestehen, einen gestandenen Radioguru zu beherrschen. Das geht schlichtweg nicht!

»Ach ja«, antwortet Paul lakonisch. »Dann esse ich geraspelte Möhren ohne Dressing, und mir fällt ein Blumentopf auf den Kopf. Toll, diese Kontrolle über mein Leben. Was kontrollieren wir schon? Da fluche ich doch noch, wenn ich im Himmel einschwebe und statt Schokoladensoufflé nur Rohkost im Bauch habe.«

»Aber wenn du so weitermachst, kannst du eines Tages nicht mehr laufen. Entweder weil du mit deinem Übergewicht deine Gelenke ruiniert hast oder weil der Diabetes mellitus deine Zehen verfaulen lässt.« Auch das muss mal gesagt werden, finde ich.

Lara schnappt hörbar nach Luft. Zugegeben, der Weingeist war mit mir, aber ich habe ja nur ein paar nackte Tatsachen von mir gegeben.

»Du hast eine ganz schön große Klappe.« Paul grinst. »Bleibst nie eine Antwort schuldig, oder?«

»Nö, das Reden war noch nie mein Problem.« Ich lächle ihm zu. Wir verstehen uns. Wo ist eigentlich der Wein hin?

»Trotzdem, *du* mit *deiner* Figur hast gut lachen«, sagt Paul.

Mir ist aber nicht zum Lachen. Mein heutiger Luxuskörper hat nichts mit meiner pfundigen Vergangenheit zu tun. Ich vergesse nie, wie das ist, wenn Hosen-Bündchen immer enger werden, bis man halbe Blutergüsse an der Taille hat, wenn das Kinn sich kurzerhand verdoppelt und nicht mal mehr im Rollkragenpullover zu verstecken ist, wenn kleine Fettwülste die Augen von oben und unten belagern und zu Schlitzen verengen. Wenn Verkäuferinnen einen nicht nur mitleidig, sondern dazu noch hochnäsig aus dem Geschäft mit den schicken Sachen vertreiben, als wären sie was Besseres. Nur weil sie keine Säcke als Gewänder tragen müssen, um die arterielle Blutversorgung ohne das Abklemmen wesentlicher Gefäße nicht zu gefährden.

Hätte ich damals wenigstens eine anständige Opernstimme gehabt, wäre ich eventuell als blonde Walküre durchgegangen. Doch ohne Sangestalent gab's keinen Applaus für meinen überdrallen Körper, meine dicken Arme, meine unförmigen Oberschenkel. Die rieben hilflos aneinander, rieben und rieben bei jedem Schritt, so dass sich große, runde Stellen zwischen den Beinen entzündeten und sich zu nässenden Wunden entwickelten. Hat schon mal jemand versucht, sich Riesenpflaster auf die Innenseiten wunder Schenkel zu kleben?

O Mann, ich weiß, was Sache ist. Ich bin ein Ex-Fett-Junkie, wie er im Buche steht.

Paul verleibt sich gerade sein Dessert ein. Etwas mit

Schokolade, Bananen, Schlagsahne und neckischen kandierten Kirschen obendrauf. Glücklich sieht er dabei nicht aus.

»Ich sitze im Gefängnis«, blubbert er betrunken.

»Wie bitte?«, fragt Lara irritiert.

»Ich sitze im Gefängnis. Im Fettgefängnis.«

Der Kellner stellt uns eine Runde Grappa auf den Tisch. Ich will ja nicht unhöflich sein und nehme einen kräftigen Schluck. Dabei betrachte ich Pauls Körpermasse.

»Soll ich dich aus deinem Fettgefängnis herausholen?«

Huch, das war meine Stimme. Warum mache ich solche Angebote? Warum kann ich nicht einfach hier sitzen, zivilisiert essen und trinken und mich in ladyliker Zurückhaltung üben?

»Mich herausholen aus der ganzen Misere? Kannst du das?« Paul versucht, mich zu fixieren.

»Klar!«, antworte ich großspurig. »Ich weiß, wie das geht. Ich arbeite nämlich zufällig als Personal Trainer!«

»Wer hätte das gedacht!«, sagt plötzlich Tom. Die Ironie trieft aus seinen Worten.

»Du hast es nötig«, schnauze ich ihn an. »Alle Stars haben ihre Personal Trainer, die ihren Körper in Schwung bringen, ihn fit und schön machen. Trainer, die sie anspornen, die sie nicht allein lassen mit diesem Muss, schlank und muskulös auszusehen. Von dem Ergebnis lebst du doch schließlich. Was wäre eine Castingfirma ohne Leute, die vor einer Kamera präsentabel aussehen?«

Lara betrachtet mich prüfend. Sie kennt mich. Es besteht

eine gewisse Gefahr, dass ich diesem abweisenden Tom in Kürze in sein aristokratisches Pokerface springe.

Hastig sagt sie: »Ja, außerdem ist Nicky nicht nur irgendein Personal Trainer, sie ist ein As unter den Trainern. Sie kann reden, sie kann tolle Geschichten erzählen, damit du von der Schinderei abgelenkt bist, sie ist total unterhaltsam, eine richtige Entertainerin!«

Tom erhebt sich. »Also, mir reicht es für heute. Paul, wir sehen uns morgen sowieso. Es ist schon spät, und ich brauche jetzt bestimmt keine Entertainerin mehr. Außerdem gehe ich lieber, bevor die Damen hier entdecken, dass sie eigentlich für die Bühne geboren sind ...«

Am liebsten würde ich ihm jetzt die Zunge herausstrecken. Oder ihm schnell ein Bein stellen, damit er seine kühle Distanziertheit zugunsten eines netten Adrenalinstoßes verliert und ihm beim Fallen zum Beispiel ein paar Strähnen aus seinem nach hinten gekämmten Haar in die Stirn springen. So ganz schlampig und gar nicht mehr Mister Perfect. Doch nach einem freundschaftlichen, kernigen Händeschütteln mit Paul verlässt er ungehindert und hoch aufgerichtet das Restaurant.

»Paul, weißt du eigentlich genau, was ein Personal Trainer ist? Ich kümmere mich um den Gesamtzustand eines Menschen. Wir reden über die Ernährung, über Lebensgewohnheiten und natürlich über ein geeignetes Bewegungskonzept. Schließlich ist nicht jeder zum Balletttänzer geboren.« Bei der Vorstellung von Paul in einem raschelnden Tütü-Röckchen muss ich kichern. »Nein, Spaß beiseite, Sport ist natürlich nicht wegzudenken.«

»Sport ist Mord«, nuschelt Paul.

»Es geht nicht nur um Sport. Es geht um ein neues Leben!«

»Sie kennt sich wirklich aus«, sagt Lara eifrig. »Sie war nämlich selbst einmal unwahrscheinlich …«

Ich greife mit aller Kraft zu und quetsche Laras Oberschenkel. Was ich mal war, spielt hier keine Geige. Geständnisse einer Ex-Dicken zu später Stunde braucht hier niemand.

»Wir machen das ganz unkompliziert, Paul. Ich gebe dir meine Telefonnummer. Wenn du Hilfe mit dem Abnehmen willst, rufst du mich halt an.«

Dann trinken wir noch den Rest Rotwein aus. Ich bin plötzlich todmüde.

Auf dem Nachhauseweg im Taxi habe ich allerdings eine total elektrisierte, zappelige Lara neben mir. Unruhig rutscht sie auf dem Polster hin und her und verfällt erneut in ihre Paul-Schwärmerei: »Seine Augen sind wirklich wunderschön, nicht? Und hast du gesehen? Er hat längere Wimpern als wir beide zusammen.«

Kein Wunder. Der gute Paul wiegt schließlich hauch mehr als Lara und ich zusammen. Da sind die langen Wimpern wohl eine höfliche Gnade der Natur.

Kapitel 2

Wenn nachts im Kühlschrank ein Lichtlein brennt …

Radio Funtime, Studio 1, 8.58 Uhr

»Es passieren immer wieder Dinge im Leben, Freunde, die man nicht erwartet. Sind das Zufälle? Ist es Schicksal? Ich glaube daran, dass alles seinen Sinn hat und man lernen muss, seiner Intuition zu vertrauen. Euer Gefühl sagt euch doch meist spontan, ob etwas gut oder schlecht für euch ist, oder? Glaubt an eure Eingebungen und lasst die guten Gelegenheiten, eure echten Chancen, nicht an euch vorbeirauschen. Ciao for now, euer Paul!«

Er schaltet das Mikrofon aus, zögert noch einen kurzen Moment und greift dann entschlossen zum Telefonhörer.

***

Ich glaub es nicht. Was ist das für ein Geräusch? Habe ich etwa den Wecker eingeschaltet? Wenn ja, warum? Und: Wie kann man nur so blöd sein? Schließlich habe ich heute frei!

Ich muss nicht ins Sportstudio, ich muss keine Aerobic-Klasse in quietschbunten Outfits mit Hampelmannbewegungen ins Schwitzen bringen, ich muss keine persönlichen Trainingskunden aufs Laufband zerren und dafür sorgen, dass sie von dem Ding nicht herunterfallen, ich muss mich selber kein Stück rühren, nicht mal den kleinen Zeh. Nein, nein, nein, ich brauche hier einfach nur zu liegen.

Wenn dieses unangenehme Geräusch nicht wäre, könnte ich sogar in Frieden liegen.

Vorsichtig öffne ich ein Auge. Nicht so einfach, wenn der Schädel diffus brummt. Mein Blick fällt auf Mäxchen, mein munteres Zwergkaninchen. Seine rosa Nase ist wie üblich schnuppernd in Bewegung, sein dunkles Fell glänzt im Sonnenlicht, das durch die nicht richtig zugezogenen Vorhänge fällt. Abscheulich, diese Helligkeit, widerwärtig geradezu.

»Mäxchen, tu was«, röchle ich in seine Richtung. »Mach, dass es leise ist. Mama muss schlafen.«

Das Geräusch hört auf. Ich öffne das andere Auge. Hab ich es doch von Anfang an gewusst. In Mäxchen steckt etwas ganz Besonderes. Er mag zwar klein sein, aber oho. Offensichtlich kann er zaubern und hat das Geräusch zum Verstummen gebracht.

Vorsichtig drehe ich meinen schmerzenden Kopf auf die andere Seite und kuschle mich wieder tief in die Bettdecke. Eines Tages würde ich es vielleicht sogar schaffen, Mäxchen einige Butler-Qualitäten beizubringen, wozu war ich schließlich ein Trainer? Personal Trainer, Tiertrainer, so groß ist der Unterschied sicher nicht. Dann könnte er jetzt auf ein Zeichen seiner Menschenmama mit einem kalten Lappen zu meinem Bett hoppeln, den ich mir nur allzu gerne quer über den Schädel legen würde.

»O nein, nicht schon wieder«, stöhne ich.

Das Geräusch ist zurückgekehrt. Der Wecker kann es aber diesmal nicht sein, der steht quasi neben mir, und das Geräusch ertönt mehr von hinten links. Langsam hebe ich den Kopf. Da liegt ein Sofakissen auf dem Fußboden. Das Sofakissen hat ein Kabel, wie lustig. Als ich gerade darüber nachdenke, ob es sich in ein Heizkissen verwandelt haben könnte, fällt mir ein, dass ich gestern Nacht vorsichtshalber ein Kissen auf das Telefon gelegt habe. Um eben zu vermeiden, von dem nervig klingelnden Ding geweckt zu werden. Mist, demnächst verbanne ich das Telefon ins Gefrierfach. Da soll es mal sehen, ob es in der Kälte noch Lust hat zu bimmeln.

Auf allen vieren krabble ich aus dem Bett auf das Klingeln zu. Mäxchen hoppelt mir begeistert hinterher.

»Wer stört?«, ächze ich in den Hörer.

»Paul, hier ist Paul!« Eine männliche Stimme dringt an mein Ohr.

»Kenne keinen Paul. Falsch verbunden!«

So eine Frechheit. Da quält man sich an seinem freien Tag aus dem Bett für einen Deppen, der nicht mal richtig eine Telefonnummer wählen kann.

»Halt! Stopp! Nicht auflegen!«

Drei Befehle auf einen Streich. Ist bestimmt ein Macho.

Wenn der glaubt, dass ich mich jetzt hinstelle und strammstehe, hat er sich gewaltig geirrt.

»Ich bin's doch, Paul! Vom Radio. Von gestern Abend.«

»Ach herrje«, entfährt es mir.

Ich bin nämlich splitterfasernackt. In diesem Zustand kann ich nicht mit Männern telefonieren, die ich gerade erst kennen gelernt habe. Das hat eine Logik, selbst wenn es nicht so erscheint. Aber man telefoniert anders, wenn man nackt ist, ich schwör's.

»Hast du auch einen Kater?«, höre ich Pauls Radiostimme an meinem Ohr, während ich versuche, mich mit einigen Verrenkungen in meinen Morgenmantel zu hüllen.

»Nee, einen Zwerghasen«, antworte ich und stolpere über den Morgenmantelgürtel. Mit letzter Kraft werfe ich mich aufs Sofa.

»Ich habe jedenfalls schon zwei Aspirin genommen.« Paul lacht sein wohltönendes Paul-Lachen. »Der Grappa war es. Normalerweise trinke ich nur Wein oder Schampus, nie Schnäpse. Das killt mich.«

»Mich offensichtlich auch«, gebe ich zu. »Mein Kopf war effektiv schon mal klarer.«

»Hör zu, Nicky. Mir ist es wie Schuppen von den Augen gefallen, war wohl so ein Lichtblick-Moment. Ich brauche einen Bodyguard!«

»So berühmt bist du?«, frage ich. »Sind deine Fans hinter dir her? Gehen sie dir an die Wäsche? Wollen dich neidische Ehemänner verhauen? Oder findest du es nur mal schick, so einen Kerl um dich herumzuhaben, der einen finsteren Schlägerblick zur Schau trägt?«

Pauls Prusten dröhnt in meinen Ohren. Ich halte den Hörer etwas weg, weil laute Geräusche im Moment nicht sehr angenehm sind.

»Nein, nein, ich meine, ich brauche jemanden, der sich um meinen Body kümmert, verstehst du? Jemanden, der dafür sorgt, dass mein Körper gesund wird, fit wird, dass ich *abnehme*, verdammt noch mal.«

»Dürfen Radioheinis eigentlich öffentlich fluchen?«, frage ich. »Abnehmen hat übrigens nichts mit Verdammnis zu tun, in deinem Falle eher mit Erleuchtung.«

Es entsteht eine Pause. Paul scheint nachzudenken. Erleuchtung ist halt ein wunderbar großes Wort, das haut immer rein. Damit habe ich schon so manchen Klienten dazu gebracht, meine Turnübungen als etwas Biblisches zu betrachten.

»Ich brauche einen Diätschatten«, erklärt Paul nun. »Jemanden, der mich nicht aus den Augen lässt. Jemanden, der mein Essen kontrolliert, der mir einen Bewegungsplan macht, der einfach immer, immer da ist und auf mich aufpasst, damit ich nicht entgleise. Jemanden, der immer um mich herum ist, einfach immer und überall. Wie ein Schatten eben.«

»Wie wäre es mit einer schwer eifersüchtigen Ehefrau?«

Das ist eine gute Idee, finde ich. So eine neurotische, zwanghafte, möglichst noch zusätzlich mit einer Einsamkeitsphobie, die hinter Paul her ist wie der Teufel.

»Ich brauche dich, Nicky!«

Der will mich doch nicht etwa heiraten, oder? Der meint doch wohl nicht im Ernst, ich wäre so ein hysterisches Wesen, das sich an seine Seite kleben will?

»Wie bitte?«, frage ich verwirrt.

»Ich brauche dich als meinen Diätschatten. Ich habe das schon durchdacht. Weißt du, ich lebe in einem großen, komfortablen Haus. Du ziehst zu mir, sagen wir mal, für mindestens sechs Monate. Und du wirst mein Diätschatten, mein Bodyguard, mein Personal Trainer, all das. Deine Aufgabe ist es, mich schlank zu kriegen und mich zu überwachen. Überall. Zu Hause, im Studio, im Restaurant, auf der Straße, einfach immer und überall.«

Der Mann hat eindeutig einen Knall. Der Job wäre was für jemanden mit Sklavenmentalität oder einem fatalen Hang zum Masochismus.

»Und ich zahle dir zehntausend Euro im Monat, plus Erfolgsprämie von fünfzigtausend Euro, wenn ich es schaffe, mindestens vierzig Pfund in einem halben Jahr loszuwerden.«

Wo ist nur mein Taschenrechner? So viele Zahlen zu so früher Stunde. Also, mal langsam: sechs mal 10 000 macht 60 000 plus 50 000 macht 110 000 Euro in sechs Monaten.

Einhundertzehntausend Euro als Halbjahresverdienst. Der Mann hat Format. Der Mann hat Stil. Der Mann weiß, was Qualitätsarbeit wert ist.

Ich schaue mich in meinem kleinen Apartment um. Sooo schön ist es eigentlich nicht, in einer Einzimmerwohnung mit Kochnische zu leben. Als Chef eines Radiosenders und Kultmoderator würde Paul wohl ein ganz passables Haus haben. Und gegen einen Tapetenwechsel ist grundsätzlich nichts einzuwenden …

»Ich komme nur, wenn ich Mäxchen mitbringen kann!«, erkläre ich, um Zeit zu gewinnen.

»Mäxchen? Du hast einen Sohn?«, fragt Paul gedehnt.

»Quatsch, mein Zwergkaninchen. Und ich habe noch eine Bedingung!«

»Und die wäre?«, fragt Paul.

»Keinen Sex, klar?«

»Du meinst, ich darf sechs Monate lang keinen Sex haben?«

»Ich meine, du kannst keinen Sex *mit mir* haben. Und wenn du es dringend brauchst, glaub ja nicht, ich stell mich als Schatten daneben. So vergnügungssüchtig bin ich nämlich nicht!«

Paul schüttet sich schier aus vor Lachen. Als er sich wieder beruhigt hat, verabreden wir, dass ich noch heute bei ihm einziehen werde.

Wahrscheinlich bin ich nicht zurechnungsfähig.

Dauerüberwacherin für Paul?

Dobermann für einen Übergewichtigen?

Du-darfst-das-nicht-in-den-Mund-stecken-Aufpasserin?

Diätschatten???

Doch abgemacht ist abgemacht.

Als Erstes rufe ich im Sportstudio an, um feierlich zu verkünden, dass ich für ein halbes Jahr einen Privatkunden angenommen habe und vorerst nun leider keine Kurse oder Einzeltrainings mehr übernehmen kann. Danach sorge ich dafür, dass meine liebste Freundin Lara die unglaubliche Neuigkeit erfährt.

»Was? Heute früh hat Paul dich schon angerufen?« Sie staunt nicht schlecht. »Ach ja, du hast ihm eben gefallen. Du bist so munter und schnell im Reden, ich dagegen so lahm, dass mich eigentlich nichts wundern sollte. Ich finde dich ja ebenfalls toll, warum sollte er es nicht tun?« Ihr Ton ist traurig.

»Aber Lara, versteh doch, Paul will nicht das Weib in mir. Er hat mich quasi engagiert als Rundum-Personal-Trainerin. Es ist ein bezahlter Job, nicht der Beginn einer leidenschaftlichen Affäre.«

»Als Trainerin?«, fragt Lara begeistert.

»Genauer gesagt als Diätschatten!«

»Diätschatten!«, echot Lara beeindruckt.

Dann sprudelt sie fast über vor Begeisterung. Von helfen, retten und guten Taten erzählt meine Lara hingerissen. Sie sieht mich bereits als Mutter Teresa für Fettsüchtige, und ich raffgieriges Wesen träume à la Dagobert Duck lediglich vom schnöden Mammon. Na ja, vielleicht kriege ich ja beides unter einen Hut.

***

Als zukünftige Großverdienerin leiste ich mir ein Taxi zu Pauls Haus. Feinste Gegend. Schönste Villa. In meiner Wohnung braucht man nur ein paar Schritte zu gehen, schon klebt man mit der Nase an der nächsten Betonwand. Der Bau hier sieht eher danach aus, als könnte ich von Raum zu Raum regelrecht lustwandeln.

Die Tür öffnet sich, und Paul kommt strahlend auf mich zu. Zwar hilft er dem Taxifahrer nicht mit meinen zwei schweren Koffern – nur keine Kraftanstrengung, bitte, es könnte sich ja ein Müskelchen bilden –, aber dafür bezahlt er meine Fahrtkosten und gibt ein anständiges Trinkgeld obendrauf. Schließlich macht er mit mir eine kleine Führung durch die Villa und zeigt mir mein Zimmer, mein wunderschönes, großes, helles, luxuriös eingerichtetes Zimmer mit Bad und Balkon! Mehr als standesgemäß für einen Diätschatten, allein das Himmelbett verspricht ein besseres Leben als das der Prinzessin auf der Erbse.

»Schön. Echt toll! Aber keine Blumen auf dem Balkon?«, frage ich, um die komische Fremdheit zwischen Paul und mir zu überbrücken.

»Blumen auf dem Balkon? Möglichst Geranien in Blumenkästen? Wie bürgerlich!«, grault sich Paul. »Oder willst du welche?«

»Nee«, antworte ich, obwohl ich da gerade eine kleine spießige Anwandlung in meinem Innern verspüre. Ich hab eben noch nie einen Balkon gehabt und schon gar keinen mit Pflänzchen und Blümchen. »Aber eventuell mal eine Palme im Topf oder so etwas.«

Wir gehen die Treppe wieder hinunter zum Wohnzimmer.

Vorsichtig hebe ich den dort abgestellten Hasenkäfig auf den Wohnzimmertisch und hole meinen kleinen Racker heraus.

»Mäxchen, darf ich vorstellen: Das ist Paul. Paul, das ist Mäxchen!

Mein Mäxchen schnuppert neugierig und stellt seine langen Hasenohren auf.

»Ein netter Braten«, witzelt Paul. »Er ist aber nur in Gefahr, wenn ich nicht genug zu essen bekomme.«

Vorsichtig streichelt er Mäxchens Fell, während Mäxchen andächtig still hält. Der alte Schmuser kann gar nicht genug Streicheleinheiten bekommen.

»Apropos Essen, wo ist der Kühlschrank?«

Paul führt mich in die Küche. Es gibt einen überdimensionalen amerikanischen Kühlschrank, der ausgesprochen passend für eine Großfamilie mit Oma, Opa, Mama, Papa, vier Kindern und zwei Hunden wäre, die wegen ihres Lebens fernab jeglicher Zivilisation eine gute Bevorratung braucht. Aber das ist nur der zarte Anfang: Zusätzlich zu diesem Kühlschrank präsentiert mir Paul eine Speisekammer. Die erinnert an das Hinterzimmer einer gut gehenden Schlachterei. Vor lauter baumelnden Salamis und Schinkenhälften wird mir ganz schwindlig. Beeindruckend ist auch die Ansammlung von Backwaren. Baguettebrot, Kastenweißbrot, Rosinenbrot, amerikanische Bagels, Muffins, Toast und Hörnchen. Daneben große Gläser mit Nüssen aller Art und einer ganzen Kollektion an eingekochten Marmeladen von Hellgelb über

Orange und Rot bis hin zu Dunkelblaulila, das scheint die Brombeerversion zu sein.

Doch zurück zum Kühlschrank. Konzentriert analysiere ich seinen Inhalt. Drei Packungen Butter, ungesalzen, drei Packungen Butter, gesalzen, ein Steintopf mit Schmalz. Französische Leberpastete, ein Meter Aal, Hering in drei Variationen, Sahnemeerrettich, panierte Koteletts, eine Schüssel Undefinierbares in rosa Majonäse, diverse Gänsekeulen, eine ganze Etage voller Käse, keiner unter 70 % Fett i. Tr., eine Schwarzwälder Kirschtorte, eine Nusstorte und eine Riesenschüssel Schokoladenpudding.

»Hattest du kürzlich eine Party?«, frage ich Paul.

»Nein, wieso?«, antwortet Paul mit Unschuldsblick. »Es sind nur stets ein paar Kleinigkeiten im Haus, falls ich Hunger bekomme. Elsa kauft ein. Natürlich isst auch sie davon.«

»Wer ist Elsa?«

Eine Abgesandte des Teufels? Eine verführerische Sirene, die statt zu singen ihre Opfer zu Tode füttert?

»Elsa ist meine Haushälterin. Italienerin. Hier, die Nusstorte ist mit ligurischen Haselnüssen gebacken. Und ihr Tiramisu solltest du mal kosten, da lässt du glatt den Schokoladenpudding stehen.«

Ich betrachte Paul aus den Augenwinkeln. Wann sollte ich es ihm am besten sagen? Jetzt gleich? In fünf Minuten? Er würde in den nächsten Monaten nicht nur den Schokoladenpudding stehen lassen müssen, sondern sämtlichen Süßkram, den Elsa anschleppen könnte.

Zucker adieu, mein Freund. Niente zucchero. No sugar for good old Paul.

Möglicherweise ist ja eine drastische visuelle Aktion besser als tausend brutale Worte.

»Wo sind denn hier die Mülltüten?«, frage ich ganz harmlos.

»Ja, also – das da ist der Mülleimer.«

Der fasst nur 30 Liter. Das würde im Leben nicht reichen, um die Milliarde Kalorien, die ich gerade gesichtet habe, unterzubringen. Beherzt ziehe ich eine Schublade nach der anderen auf. Da sind sie. Große, schwarze Müllsäcke, wie geschaffen für meine erste Diätschatten-Aufräumaktion!

»Hier, halt mal auf!« Ich drücke Paul einen Müllsack in die Hand.

Verwirrt gehorcht er.

Und dann geht es los! Fröhlich pfeifend leere ich Etage für Etage des riesigen Kühlschranks. Schmalz trifft Gans, Butter knallt auf Foie Gras, Pudding klatscht auf Schweineschnitzel. Aal lernt die rosa Majonäse kennen, Sahnemeerrettich ziert Gorgonzola, Schwarzwälder Kirsch hat Rendezvous mit Heringstopf. Der Müllsack füllt sich, frisst die Fettbomben und Zuckergranaten, verschlingt sie mit klatschenden Geräuschen, eine nach der anderen.

»Das ist ja eine regelrechte Vernichtung«, klagt Paul. Bekümmert schaut er seinen Schätzen hinterher.

»Quatsch. Es ist eine Befreiungsaktion. Rundumschlag. Rambazamba, weg mit dem ganzen Mist!«

Ich arbeite mich in Schwung. Die letzten Majonäsereste werden aus der Schüssel gekratzt, die Sahne in den Ausguss gekippt und die Cola gleich hinterher. Nichts ist vor mir sicher. Ich bin der Kalorien-Terminator!

Schließlich ist mein Werk vollbracht. Gemeinsam schauen Paul und ich in den leeren Kühlschrank. Das heißt, ganz leer ist er nicht. Drei grüne Flaschen Mineralwasser, Marke Perrier, leuchten uns friedlich an. Doch sie schaffen es nicht, Paul versöhnlich zu stimmen.

»Wasser«, stöhnt er. »Das Einzige, was mir geblieben ist?«

»Sei froh!«, antworte ich. »Verdursten ist viel schlimmer als verhungern.«

»Sehr witzig!« Paul zieht beleidigt eine Schnute.

»Wasser musst du fortan viel trinken. Das ist gut für die Nieren, macht einen straffen Teint und ist bestens zur Bekämpfung übermäßigen Appetits geeignet, denn oft deutet man Durst fälschlicherweise als Hunger. Außerdem werde ich dich umgewöhnen. In Zukunft werden wir Wasser ohne Kohlensäure kaufen, davon trinkt man automatisch mehr, und du hast nicht den ganzen Bauch voller Blubberblasen. Im Grunde kannst du also froh sein, dass du wenigstens diese drei Flaschen mit Kohlensäure noch behalten darfst.«

Ich nehme ihm die Mülltüte ab. Und weil das Ganze unbändigen Spaß gemacht hat, nähere ich mich nun unbarmherzig seiner Speisekammer. Das wird erst mal eine Gaudi!

Doch Paul, der meine finsteren Absichten zu ahnen scheint,

entwickelt plötzlich eine unerwartete Beweglichkeit, rennt mich fast um und stellt sich vor die Speisekammertür. Dazu breitet er schützend die Arme aus, als wolle er signalisieren, dass er nun höchstpersönlich der Bewacher der Würste, der Rächer der Schinkenseiten sein würde.

Kopfschüttelnd betrachte ich ihn.

»Das sind Dauerräucherwaren!«, ruft Paul.

»Und?«

»Die sind teuer. Schon mal was von Serrano-Schinken gehört?«

»Klar!«, sage ich freundlich.

Paul weiß noch nicht, dass ich diverse Judogriffe beherrsche. Mit ein, zwei beherzten Aktionen könnte ich ihn fällen wie einen Baum. Dann würde er sich seinen Serrano-Schinken mal von unten angucken können.

»Und feinster Tiroler Speck!«, stöhnt Paul.

Die Verletzungsgefahr allerdings schreckt mich im Moment noch ab, denn es ist schwer vorauszusehen, wie Pauls üppiger Körper auf einen unerwarteten Wurf auf den steinernen Küchenboden reagiert.

»Die Salami ist aus Ungarn. Und aus der Toscana!« Kläglich und flehend schaut er mich an.

»Na, da werden sich die Jungs aber freuen!«, antworte ich und nicke ihm beruhigend zu.

»Welche Jungs?«, fragt Paul.

Täusche ich mich, oder ist er wegen seiner Wurstsammlung echt den Tränen nah?

»Na, die Jungs vom Obdachlosenheim. Glaubst du, die mögen keine Salami?«

»*Meine* Salami?«, presst Paul hervor.

»*Deine* Salami!«, wiederhole ich. »Sei doch mal ein bisschen großzügig. Du hast *deine* Salami lange genug für dich allein gehabt. Ich will gar nicht so genau wissen, wie viele Abende ihr hier zusammen hattet, deine Würstchen und du. Wahrscheinlich hast du regelmäßig Würstchenfestivals gefeiert und die baumelnden Brüder zu deiner Ersatzfamilie erkoren. Aber damit ist jetzt Schluss! Wir packen eine große Tasche mit dem ganzen tollen Kram aus deiner Speisekammer und stiften das Essen. Verschenken. Eine gute Tat für heute, kapiert?«

Doch selbst der Appell an seine Pfadfinderseele baut Paul kein bisschen auf. Mein Diätjunge lässt sich stattdessen langsam an der Speisekammertür hinabgleiten und sitzt nun in voller Pracht auf dem Küchenboden. Freiwillig und ganz ohne Judo! Dann nickt er. Mit resigniertem Gesichtsausdruck, aber er nickt. Was werden ihn die Jungs aus dem Obdachlosenheim heute Abend in ihr Nachtgebet einschließen!

***

Die Küchentür öffnet sich. Es erscheint eine kleine, resolut wirkende weibliche Person.

»Was ist denn hier los?«, fragt sie misstrauisch.

»Das ist Elsa«, erklärt Paul, nach wie vor auf dem Boden sitzend.

Nun rappelt er sich aber auf. Offensichtlich ist Elsa eine Respektsperson. Da lümmelt man nicht so einfach herum, da erhebt man sich und macht einen guten Eindruck.

»Elsa ist meine Haushälterin, ich habe dir von ihr ja schon erzählt. Darf ich vorstellen, Elsa: Das ist Nicky. Sie wohnt ab heute oben im Balkonzimmer. Sie wird mir helfen abzunehmen. Deshalb haben wir gerade den Kühlschrank ausgeräumt.« Er zeigt auf die Mülltüte.

»Und Sie kaufen bitte heute auch nichts Neues ein«, füge ich hinzu.

Elsas Augen werden ganz groß. Sie öffnet den Müllsack und späht hinein.

»O Dio, o Dio. Das gute Essen!« Entsetzt schlägt sie die Hände vor den Mund.

»Nee, nee, ist eben nicht so gut, das Essen«, antworte ich und klopfe kameradschaftlich auf Pauls Bauch.

»Che miseria!«, schimpft Elsa und funkelt mich böse an.

Kann ich mir vorstellen, dass diese Situation für sie eine Misere größeren Ausmaßes ist. Ich betrachte sie. Klein und rund ist sie, unsere Elsa. Sehr rund, runder als die italienischen Mamas in der Spagettiwerbung. Offensichtlich ebenso komplett ahnungslos, was man einem Menschen mit falschem Essen so alles antun kann.

Sie baut sich zutiefst empört vor mir auf. »An einem Mann muss doch anständig etwas dran sein!«

»Genau«, sage ich fröhlich. »Das stimmt. Ist auch noch dran. Lassen wir auch dran, das gute Stück. Aber er sollte doch eines Tages seinen kleinen Freund mal wieder ohne Spiegel sehen können, nicht?«

Elsa lässt meine Worte auf sich wirken. Aha, jetzt hat sie verstanden, was ich meine. Hastig bekreuzigt sie sich.

»O Dio, o Dio!«, ruft sie wieder.

Eigentlich mag ich gottesfürchtige Italienerinnen von Herzen gern. Allerdings stößt das im Moment wohl auf wenig Gegenliebe. Ich würde mich nicht wundern, wenn demnächst an meiner Zimmertür Knoblauchzehen, Kruzifixe und diverse Teufelsaustreibungsmittelchen hängen würden.

Ich bin dafür, Elsa nun ihren Gesprächen mit dem lieben Gott zu überlassen, und ziehe Paul aus der Küche. Wir brauchen eine neutrale Atmosphäre, die nicht von Schokoladenpuddinggeruch beeinflusst wird. So gesellen wir uns zu Mäxchen, der samt seinem Stall gemütlich im Wohnzimmer haust. Er scheint sich bereits heimisch zu fühlen.

»So, Paul. Diese erste gemeinsame Aktion war schon mal sehr gut. Jetzt erzähl mir bitte, was du heute bereits gegessen hast.«

Er bekommt einen Musterschülerblick. »Gesündigt habe ich nicht! Ich war ganz diszipliniert!«

»Das freut mich.« Ich nicke ihm aufmunternd zu.

»Ja, ich hatte nur drei Avocados. Die waren gerade so schön reif!« In seiner Stimme schwingt der Triumph der ersten genommenen Diäthürde.

»*Drei* Stück? *Drei* Avocados?«, frage ich entsetzt.

»Warum spielst du das so hoch? Ist doch nur Gemüse«, verteidigt er sich.

Wenn der Arme wüsste. Ich kann ihm jetzt unmöglich sagen, dass er die Fettkalorien eines knusprigen Schweinebratens in Form von drei popeligen Avocados bereits zum Frühstück verzehrt hat. Genau genommen hat er somit seinen gesamten Energiebedarf für heute bereits gedeckt. Und es ist erst früher Nachmittag.

»Paul«, frage ich vorsichtig. »hast du schon mal etwas von Kalorien gehört?«

»Kalorien, Kalorien. Das ist doch Weiberkram.«

»Nein, das ist Mathematik. Dein Körper verbrennt Kalorien, und du isst Nahrung mit Kalorien, die dein Körper als Brennstoff braucht.«

»Was hat denn das mit Mathematik zu tun?«

»Ganz einfach. Wenn du mehr Kalorien isst, als du verbrauchst, dann nimmst du zu. Wenn du weniger isst, als du verbrauchst, nimmst du ab. Simpel, oder? Das ist übrigens das ganze Geheimnis, verstehst du? Wie in der Buchhaltung. Energiebilanz nennt man das.«

»Na schön, und?«

»Und ich will, dass du Eigenverantwortung übernimmst für deine Energiebilanz. Natürlich helfe ich dir zu Anfang. Aber wenn du dich nicht mit dem Kalorien-, dem Fett- und dem Zuckergehalt der verschiedenen Nahrungsmittel beschäftigst, wirst du nicht nur dumm, sondern vor allem dick sterben.«

Da ist es schon wieder passiert. Nicky, die Drastische. Paul zieht den Kopf ein wie eine Schildkröte beim Erdbeben.

»Schließlich sind wir nicht mehr in der Steinzeit, lieber Paul. Wir fangen keine Mammuts, die wir dann verschlingen und als Fett in unserem Körper speichern müssen, weil das nächste Mammut lange auf sich warten lassen kann. Wir haben Supermärkte, wir kaufen unser Essen regelmäßig und gefahrlos und wissen, der Supermarkt hat täglich geöffnet. Wir müssen keine Fettreserven anlegen. Ganz im Gegenteil. Zu viele Fettpolster machen krank!«

»Ja, ja, Herz und Kreislauf und Wirbelsäule und Gelenke und so«, ächzt Paul.

Vor meinem geistigen Auge tauchen ein paar braune Birkenstocksandalen auf. In meinem ersten Leben als Übergewichtige schwollen im Laufe des Tages meine Gelenke und Füße so an, dass mir abends kein einziges Paar Schuhe mehr passte. Dann saß und aß ich allein, frustriert und barfuß zu Hause. Samt meiner nutzlosen Klumpfüße. Schließlich gab es nur noch eine Lösung: braune Birkenstockschlappen mit verstellbaren Riemen, Symbol für den absoluten Tiefpunkt meines Daseins. Interessanterweise schwindet in ihnen jegliches Gefühl für die eigene Weiblichkeit. Man mutiert in ihnen umgehend zum androgynen Waldschrat, zum schlurfenden Trampel, zum asexuellen Fußbesitzer.

Ich schaue auf Pauls Schuhe. Er trägt weiche Mokassins, ohne Schnürsenkel, natürlich. Die hätten auch keine Chance, von ihm derzeit zugebunden zu werden.

Nun muss ich mich aber wieder fassen!

»Weißt du, was du brauchst, Paul? Etwas für Männer! Einen Kaloriencomputer!«

Er blinzelt mich unsicher an. »Einen Kaloriencomputer?«

»Ja! Etwas ganz Schickes, so klein und unauffällig wie ein Taschenrechner. Du gibst ein Nahrungsmittel ein, und der Computer sagt dir, wie viele Kalorien es hat.«

Endlich schaut Paul versöhnlicher. Kein Wunder. Ich habe ihm schließlich gerade ein neues Spielzeug versprochen. Das funktioniert bei kleinen Jungs garantiert! Mein Psychologiestudium – oder vielmehr die sechs Semester, die ich genossen habe – nützt doch immer wieder.

»Und im Sinne der wachsenden Eigenverantwortung wirst du dir deinen Kaloriencomputer auch selber bestellen.« Ich greife zu meiner Handtasche und ziehe meinen Palm heraus. Das ist *mein* elektronisches Spielzeug und spuckt Telefonnummern aus.

Ergeben wählt Paul die Nummer. Und dann erlebe ich eine merkwürdige Vorführung. Paul, der Radioguru, der Supermoderator, verhaspelt sich bei einer simplen Kaloriencomputer-Bestellung, räuspert sich, stottert, kämpft mit plötzlich auftretenden Schweißperlen auf der Stirn und seinem Text. Idiotisch! Als könnte das Telefonfräulein sein Fett durch die Leitung sehen.

Ich schüttle den Kopf und souffliere schließlich. »Bitte noch heute per Overnight-Kurier schicken!«

»Äh, bitte schicken! Noch heute! Per Kurier! Über Nacht!«

Paul ist inzwischen so atemlos, dass er offenkundig den Telegrammstil vorzieht.

Aber er hat es geschafft.

»Schon wieder ein Schritt in die richtige Richtung«, lobe ich Paul. »Aber nun versuche bitte, mir eine sehr wichtige Frage zu beantworten: Warum bist du dick?«

»Ich fürchte, ich bin ein Stressesser. Das geht so, seitdem ich beim Radio bin. Erst als kleiner Reporter, dann als Moderator, jetzt als Senderchef. Ich wachse quasi mit meinen Aufgaben, könnte man sagen.« Er verzieht säuerlich den Mund.

Ich nicke. »Verstehe. Wann isst du denn?«

Paul zuckt hilflos mit den Schultern. »Tja, wann? Im Auto. Am Schreibtisch. Im Aufnahmeraum, wenn das Mikro ausgeschaltet ist. Vorm Fernseher zu Hause. Ich liebe das Fernsehen, noch mehr als das Radio, weißt du? Ich beobachte alle laufenden Shows, analysiere die Konzepte, schaue die Spielfilme. Außerdem, am Ende eines langen Tages, da brauche ich eben eine Belohnung, etwas besonders Gutes zu essen.«

»Falsch!«, rufe ich.

Der Schüler bekommt ein Ungenügend. Problem nicht erkannt. Ganz im Gegenteil. Paul ist Lichtjahre davon entfernt. Doch sei nicht bange, mein Kleiner, die Rettung naht!

»Falsch?«, fragt er.

»Falsch!«, wiederhole ich. »Erstes Gebot: Du sollst das Essen nicht missbrauchen! Wiederhole das.«

»Ziemlich albern«, mault Paul.

Doch mein Lehrerinnengesichtsausdruck ist unmissverständlich.

»Du sollst das Essen nicht missbrauchen«, leiert er brav nach.

»Gut. Essen ist Nahrung und keine Belohnung für irgendetwas. Damit machen wir es uns zu einfach, verstehst du? Wenn wir wütend sind, soll es uns beruhigen, wenn wir frustriert sind, soll es die Stimmung heben. Wenn wir gestresst sind, soll es uns entspannen, wenn wir uns langweilen, soll es uns unterhalten. Wenn wir einsam sind, soll es uns Gesellschaft leisten? Nein, nein, nein! Damit kommen wir zum zweiten Gebot: Essen ist keine Medizin!«

»Essen ist keine Medizin«, wiederholt Paul nun nachdenklich.

Na bitte, es geht doch.

Meine vermeintliche Medizin war früher eine Kombination aus Erdnussflips, Vollmilchschokolade und Gummibärchen. Das Wesentliche daran war, dass der Verzehr ausschließlich an einsamen Fernsehabenden im Bett erfolgte. Und zwar stundenlang. Mein Rekord lag bei sieben Stunden Dauerkauen. Immer wieder von vorn: eine Hand voll Erdnussflips, ein Riegel Vollmilchschokolade, eine Runde Gummibärchen. Danach sah mein Bauch aus wie der einer überfälligen Schwangeren im neunten Monat in freudiger Erwartung von Fünflingen.

Als ich endlich kapiert hatte, was ich heute Paul beizubringen versuche, habe ich mein Bett zur essfreien Zone erklärt!

Einer der entscheidenden Siege in meiner Schlacht gegen Fettrollen. Die einzige Knabberei, die ich mir heute ab und an vorm Fernseher gönne, sind Sonnenblumenkerne. In der Schale. Es dauert ewig, bis man damit Kleinstmengen an Nahrung zu sich nimmt, oder hat schon mal jemand eine fette Blaumeise gesehen?

»Ich habe da noch eine andere Frage an dich, Paul.«

»Vielleicht mal eine, bei der ich mich nicht so schwach fühle?« Er versucht ein Grinsen.

»Das werden wir gleich sehen. Also: Wäre es nicht schön, wenn du deine wahren Gefühle spüren könntest, statt sie mit Essen zu betäuben?«

Er starrt mich an. »Schön? Mensch, ich habe mir eine Sadistin ins Haus geholt.«

»Antworte bitte, Paul.«

»Meine wahren Gefühle? Dass ich die genießen werde, bezweifle ich. Ich glaube, mein größtes Gefühl ist eine diffuse Angst. Angst vor Misserfolg. Angst, mein Pensum nicht zu schaffen, Versagensängste, was weiß ich …«

Ich nicke. »Na und? Ängste haben wir doch alle!«

»So gesehen…«, sagt Paul gedehnt.

»Gut. Wir werden den wahren Paul schon finden. Wenn du motiviert bist. Bei allem, was wir jetzt vor uns haben, ist die Motivation wahnsinnig wichtig. Dünnsein löst ja keine Probleme, höchstens die, die mit dem Dicksein verbunden sind. Also, was ist deine Motivation? Warum willst du abnehmen?«

Ernst schaut Paul mich an. Dann platzt es förmlich aus

ihm heraus: »Ich will mich endlich mögen. Ich will kein Dicker mehr sein. Ich bin nämlich gar kein Dicker, ich sehe nur momentan so aus.«

***

Eine Stunde später habe ich all meine Sachen aus den Koffern ausgepackt und mir mein Balkonzimmer heimisch eingerichtet. Ich will meinen Arbeitgeber fragen, ob er etwas dagegen hat, wenn wir Mäxchen im Wohnzimmer hausen lassen, weil er dort bei Exkursionen außerhalb des Käfigs mehr Auslauf hat. Da treffe ich Paul unten an der Treppe in Lederjacke, ausgehbereit.

»Wo willst du denn hin? Ich meine, wo gehen wir denn jetzt hin?«, frage ich, mir ganz meiner neuen Aufgabe bewusst.

»Äh, du hast heute Abend noch mal frei. Ausnahmsweise.«

»Du willst essen!«

Streng fuchtele ich mit meinem Zeigefinger vor seiner Nase herum. Ja, ich kenne meine Pappenheimer. Ein gieriges Glitzern in der Pupille, glänzende, frisch beleckte Lippen vor Vorfreude auf eine Essorgie, klare Zeichen für drohende Hemmungslosigkeit.

»Nur eine Henkersmahlzeit. Last Supper, quasi!«, gibt Paul zu.

»Jesus war bei seinem letzten Essen auch nicht allein, hatte alle seine Jungs dabei. Du glaubst doch nicht, dass du mich loswirst, oder? Ich komme mit!«

Wir liefern zuerst ohne große Worte die Taschen mit Pauls Dauerräucherwaren und allen anderen Schweinereien aus der Speisekammer im Obdachlosenheim ab. Danach gehen wir in einen echt feinen Schuppen. Ich komme mir etwas deplatziert vor in Jeans, T-Shirt und mit meinem üblichen Pferdeschwanz. Doch wenn Paul das egal ist, ist es mir das ebenfalls. Ich weiß immerhin, dass man das Besteck von außen nach innen benutzt und nie, wirklich nie, eine Stoffserviette als Taschentuch zweckentfremdet.

Synchron lesen wir die Speisekarte.

»Ich glaube, ich beginne mit einem Krabbencocktail«, sagt Paul. »Krabben sind ja leicht, oder?«

»O Mann«, stöhne ich. »Nun haben wir vor ein paar Stunden erfolgreich die fette, rosa Majonäsesauce aus deinem Kühlschrank entsorgt, damit du sie dir gleich im nächstbesten Restaurant wieder einverleibst. Vergiss es! Krabben sind leicht, aber die Sauce in diesem so genannten Cocktail ist der Killer. Versteckte Fettkalorien! Wir nehmen Feldsalat mit Trüffeln.«

»Hast du ein Glück, dass gerade Trüffelzeit ist!«

Stimmt. Wann komme ich schon mal in den Genuss von kostbaren, teuren, aromatischen Trüffeln?

»Hier geht es nicht um mich, ich bin nur Co-Esser. *Du* hast Glück, Paul. Weil Feldsalat ohne Trüffel nicht besonders aufregend ist, eher was für Mäxchen.«

»Hasenfraß«, brummt Paul. »Danach will ich ein Wiener Schnitzel!«

»Das ist paniert«, erkläre ich.

»Eine der sieben Todsünden, oder was?«

»Genau«, antworte ich und lächle süß. »Wie wäre es mit einer schönen Dorade in Salzkruste? Die Kruste wird nach dem Backen im Ofen abgeschlagen, dann ist der Fisch schön saftig und völlig fettlos zubereitet.«

»Aber mit Bratkartoffeln. Die sind schließlich nicht paniert, also erlaubt.«

»Nein, verboten. Bratkartoffeln werden mit Unmengen von Fett in der Pfanne gebraten, oft sogar noch mit Speckstücken. Das fehlt uns gerade noch! Wir nehmen Gemüse als Beilage, gegrillt oder gedünstet. Davon kannst du so viel essen, wie du willst! Sogar mit einem Hauch Olivenöl und Pfeffer drauf.«

»Wie großzügig!«

Trotz alledem schmeckt es Paul. Das gibt er natürlich nur brummend und mit äußerstem Widerwillen zu.

Beim Essen beobachte ich ihn. Er isst zügig, um es vorsichtig auszudrücken. Offensichtlich arbeitet er mit einer anderen Kaugründlichkeit und Schluckfrequenz als ich. Dadurch wirkt die Nahrungsaufnahme mehr wie ein schnelles Schaufeln mit Silberwerkzeugen.

»Leg mal dein Besteck zur Seite, Paul!«

»Ich bin aber noch nicht fertig!«

»Aber gleich, wenn du so weitermachst. Schling das gute Essen doch nicht so rein, du merkst ja gar nicht, wie lecker das ist. Außerdem, wenn du dich weiter in diesem Wahnsinnstempo voll stopfst, als wollte eine Horde hungriger

Hyänen deinen Teller klauen, wirst du ewig das Gefühl haben, du hättest kaum etwas zu dir genommen. Abgesehen davon führt schlecht gekautes Essen zu ernsthaften Verdauungsproblemen, besonders zu B-l-ä-h-u-n-g-e-n.«

Der Kellner, der gerade an mir vorbeigeht, zuckt zusammen.

»Leg immer mal wieder das Besteck zur Seite. Fülle die Gabel erst wieder neu, wenn du den letzten Bissen hinuntergeschluckt hast.«

»Du bist ja schlimmer als jeder Knigge.« Paul guckt fast ein bisschen wütend.

Nun, er rief den Geist, nun soll er damit fertig werden. Jaaa, ich bin Nicky, das Diät-Gespenst. Ich sehe alles und bin überall! Kein Bissen entgeht mir, keine schnell verdrückte Sünde, kein hastig verschlungenes Krümelchen.

In seiner Verzweiflung räumt Paul tatsächlich die gesamte Gemüseplatte leer. Selbst das letzte Mohrrübenscheibchen pickt er noch auf, als würde er in dem Horror leben, in meiner Gesellschaft fortan schlimmste Hungerqualen erleiden zu müssen.

»Wenigstens Kuchen zum Dessert?«, fragt er hoffnungsfroh.

»Frisches Obst«, antworte ich gnädig. »Nicht eingekocht, nicht gezuckert, einfach köstlich frisch. Und wir essen es nicht mit den riesigen Suppenlöffeln, die sie einem in diesen schicken Restaurants zum Nachtisch servieren. Sondern mit einem Kuchengäbelchen oder mit einem Teelöffelchen.«

So geschieht es. Wir picken jede Blaubeere einzeln mit dem Kuchengäbelchen auf und naschen Himbeeren vom Teelöffelchen. Ruhig, besonnen und mit Genuss.

»Bist du nun satt?«, frage ich meinen Schüler nach diesem wunderbaren Mahl.

»Ich bin nie satt!«

Das wird sich ändern. So wahr ich hier sitze!

***

Wieder daheim, begrüßt uns ein fröhliches Mäxchen. Er hat drei riesige Karotten in seinem Stall, diverse Kohlblätter und einen gewaltigen Haufen Heu, an dem er genüsslich herummümmelt. Das muss Elsas Werk sein. Weil sie Paul nicht mehr mästen darf, nimmt sie sich nun Mäxchen vor. Na ja, ein bisschen Völlerei sei ihm heute gegönnt. Aber morgen muss ich mir unbedingt die gute Elsa vorknöpfen.

Ich begleite Paul in sein Schlafzimmer.

»Glaub ja nichts Falsches. Ich will nur mal kurz gucken, ob du hier nicht etwas Essbares hast.«

»Hier? Ich?«, fragt Paul mit Unschuldsmiene.

Nun gut, bisher hatte er keinen Grund, etwas zu verstecken. Wenn es also verborgene Snacks gibt, dann welche, die bequem vom Bett aus zu erreichen sind. Ich ziehe die Nachttischschublade auf.

Keine Keksriegel. Kein Haribo-Konfekt. Keine Kartoffelchips. Keine Lakritze. Keine Erdnüsse. So weit die guten Nachrichten.

»Champagnertrüffel, Marzipankugeln, Nougatpralinen, Weinbrandbohnen, wenn ich mich nicht täusche, und was ist eigentlich das hier?«

»Krokantsplitter und Ingwerstäbchen«, antwortet Paul.

»Alles konfisziert!« Ich ziehe mein T-Shirt aus der Hose und sammle den ganzen Süßkram ein, als wäre ich Sterntaler.

»Dann also gute Nacht«, flöte ich beim Hinausgehen und schließe die Zimmertür des verzweifelten Paul, der soeben seiner letzten Schätze beraubt worden ist.

***

Ich zwinge mich, wach zu bleiben. Glücklicherweise habe ich einen Krimi mitgebracht, der so spannend ist, dass ich ihn kaum aus der Hand legen kann. Gerade als der Mörder wieder zuschlagen will, höre ich ein Rumpeln und schrecke auf.

Das ist er!

Nicht der Mörder, natürlich, sondern Paul.

Darauf habe ich die ganze Zeit gewartet, schließlich kenne ich die Psyche von Esssüchtigen genau! Paul ist auf der Suche nach Nahrung.

Schnell stehe ich auf und schleiche die Treppe hinunter Richtung Küche. Im fahlen Schein des geöffneten Kühlschranks hat Pauls Gesicht eine grünliche Farbe. Das liegt an den einsamen drei Perrier-Flaschen, die sich nicht vermehrt und auch keine Gesellschaft bekommen haben.

Tröstend lege ich ihm von hinten die Hand auf seine Schulter.

»Aller Anfang ist schwer!«, sage ich sanft.

Er zuckt zusammen, dreht sich um und guckt betrübt. »Ist es nicht gut, dass wir alle Dickmacher weggeschmissen haben?«

»Schon«, muss Paul zugeben.

»Womit wir beim dritten Gebot wären: Was nicht da ist, kann man nicht essen!« Ich gebe ihm einen aufmunternden Stups. »Nun sag schon.«

»Was nicht da ist, kann man nicht essen.«

Brav, mein Paul.

Kapitel 3

Können Waagen lügen?

Radio Funtime, Studio 1, 8.58 Uhr

Paul schaut mich kurz an, bevor er sein Mikro einschaltet: »Kennt ihr das, wenn etwas schief läuft und ihr den Grund überall sucht, nur nicht bei euch selber? Immer sind irgendwie die anderen schuld oder die Umstände? Und deshalb sollen euch auch die anderen da mal wieder herausholen? Nein, so läuft das nicht! Man muss Eigenverantwortung übernehmen. Sich helfen zu lassen ist okay, sich Unterstützung zu sichern ist richtig. Aber im Endeffekt muss trotzdem jeder sein eigenes Schicksal in die Hand nehmen. Geht bewusst damit um. Ciao for now, euer Paul.«

***

Paul hat den ersten Morgen mit mir überlebt. Wir haben zu früher Stunde ein leichtes, gesundes Frühstück in meinem Lieblingscafé genossen, wobei ich den Eindruck hatte, Paul war fast dankbar, überhaupt etwas zu essen zu bekommen. Nach dieser wunderbaren Überraschung ging es zum ersten

Mal in meinem Leben zum Radiosender, hinter die Kulissen, hinein in eine merkwürdige Arbeitswelt mit Büros und Aufnahmestudios.

Die Einführung meiner entzückenden Person den Mitarbeitern gegenüber war für den guten Paul allerdings etwas schwierig. Es hatte sich ziemlich schnell herumgesprochen, dass Paul mit einer langmähnigen Blondine aufgetaucht war, die nicht von seiner Seite wich. Hier ein Tuscheln, dort ein nervöses Kichern, viele unverhohlene Blicke, neugieriges Starren.

Der Redakteurin vom Dienst und den Technikern schließlich musste er etwas erzählen. Murmelnd bezeichnete er mich als seinen »Lifestylecoach«. Welch schicke Beförderung!

Nun war ich allen noch rätselhafter. Das hat mich allerdings nicht davon abgehalten, meiner Detektivarbeit nachzugehen und wie ein Trüffelschwein alle Esswaren in Pauls Schreibtisch und im Studio 1 aufzuspüren und in die ewigen Jagdgründe zu befördern. Alles zusammengenommen habe ich bereits einen riesigen Junkfood-Berg aus Süßwaren- und Fettnahrungsmittel-Leichen geschaffen.

***

»Das war die erste Sendung seit Jahren, in deren Moderationspausen ich nichts gekaut habe«, sagt Paul verblüfft.

»Na, ging doch, oder?«

»Wenn man von den Entzugserscheinungen mal absieht.«

»Entzugserscheinungen?«, frage ich.

Wir wollen doch die Kirche im Dorf lassen. Paul wird sich bestimmt nicht schwitzend und halluzinierend auf dem Boden wälzen, nur weil er mal eine Stunde lang Leerlauf im Mund hat.

»Du hast ja keine Ahnung, wie sich mein Magen zwischendurch zusammengekrampft hat«, stöhnt Paul.

»Klar, der sieht nur dein Mikro und flunkert schon, dass er Hunger hat.«

»Mein Magen flunkert?«

»Nur aus Versehen. Dein Kopf ist schuld. Du bist quasi darauf trainiert, auf Stress mit Appetit zu reagieren. Es wird eine Weile dauern, bis du dich selber umprogrammiert hast. Aber du hast das heute schon mal gut gemacht. Schließlich bist du ja zum Arbeiten hier, nicht zum Essen, wenn ich das richtig sehe. Du bist doch der Chef und nicht der Chefesser, oder?«

»Genau! Ich bin hier der Chef!«

Die Techniker runzeln die Stirn und werfen mir einen misstrauischen Blick zu. Frau Lifestylecoach impft dem Chef eine Allüre ein, ein Alpha-Männchen-Gebaren. Das wird sicher das Gesprächsthema des Tages!

***

Es gibt Menschen, die haben in Sportbekleidung eine natürliche Eleganz, eine coole Lässigkeit, eine selbstverständliche Grazie. Paul gehört nicht zu ihnen.

Er steht vor mir in riesengroßen weißen Shorts, die ihn wie ein überdimensionales, frisch gewindeltes Baby aussehen lassen, und einem schlabberigen Shirt ohne Aufschrift, das habe ich ihm wohlweislich vorher verboten. Seine Laufschuhe, die wir gerade gekauft haben, leuchten jungfräulich weiß. Sie haben einen Klettverschluss, damit ich nicht wie die fürsorgliche Mami dem kleinen Jungen täglich die Senkel zuknüpfen muss.

Wir sind im Sportstudio, unserer zweiten Station des heutigen Tages, und ich will eine Bestandsaufnahme machen. Wie groß ist der Schaden, den Paul in Form von Fettpaketen mit sich herumschleppt? Hat er wirklich gar keine Kondition, oder sieht er nur so aus?

»Was glaubst du, wie viel du wiegst?«, frage ich ihn.

»Keine Ahnung. Ich habe keine besonders ausgeprägte Beziehung zu Waagen.«

»Mach keine Witze. Wir sind hier nicht zum Spaß. Also, was schätzst du?«

»125 Kilogramm, zirka?«

Hier ist es wieder. Das frömmste aller Wunschdenken. Emsiges Augenzukneifen vor der schwerwiegenden Realität.

Ich zeige auf die Waage.

Furchtsam zieht Paul den Bauch ein. Dann setzt er zart wie eine Ballerina eine Fußspitze darauf.

»Aber ich habe doch schon gefrühstückt.«

»Dann ziehen wir 200 Gramm ab.«

»Und ich habe Sportsachen an.«

»Ziehen wir nochmal 400 Gramm ab«, antworte ich unerbittlich.

Auf die Zehenspitze folgt der rechte Fuß. Einfüßig linst Paul nun vorsichtig auf die Anzeige der Waage.

»Wir wollen doch nicht wissen, was der halbe Paul wiegt, sondern der ganze, oder?«, frage ich sanft.

Endlich zieht er den linken Fuß und den Rest des Körpers nach. Auch das Zusammenkrümmen nützt nichts, kleiner machen heißt eben nicht leichter machen.

Ich schiebe die Anzeigeklötzchen nach rechts. Weiter nach rechts und noch weiter nach rechts. So langsam bewegt sich die Waage und versucht verzweifelt ein Ausbalancieren, um das akkurate Gewicht anzuzeigen. Glücklicherweise haben die hier eine Spezialwaage, sonst hätte das Ding garantiert schon ächzend den Dienst quittiert.

Zitternd und bebend kommen die Zünglein an der Waage endlich zum Stehen.

Paul wiegt genau 141 Kilogramm!

»141 Kilogramm«, sage ich.

»Kann nicht sein«, behauptet Paul.

»Doch, doch!«

»Vielleicht spinnt die Waage. Oder sie lügt.«

»Vergiss es, Paul. Du wiegst 141 Kilogramm und basta!«

»Minus 600 Gramm für Frühstück und Kleidung«, flüstert er.

Na, das macht den Kohl nun auch nicht fett. Da haben wir ein kräftiges Stück Arbeit vor uns. Sieht man es mal positiv, könnte man sagen, das Projekt lohnt sich wenigstens.

»Nun lass uns gemeinsam ein Ziel definieren, Paul. Du musst wissen, wo du hinwillst, verstehst du? Wer nicht weiß, wo er hinwill, findet auch nicht den richtigen Weg.«

Und verirrt sich wie Rotkäppchen und Hänsel und Gretel. Das wollen wir doch nicht.

»80«, sagt Paul.

»Was 80?«

»Na, 80 Kilo. Das habe ich mit 15 gewogen. Da sah ich echt knackig aus!«

»Was ist denn das für ein Blödsinn? Willst du einen Kinder-Schönheitswettbewerb gewinnen? Die Welt ist doch kein Laufsteg für pubertierende Jünglinge!«

Er klettert von der Waage herunter und betrachtet mich fragend.

»Wir wollen dein persönliches Idealgewicht definieren. Das soll in einer gesunden Relation zu deinem Alter, deinem Körperbau, deinen Genen und deinem Wohlfühlen stehen. Es muss haltbar sein ohne Qual und ohne Hungern. Ein Gewicht, mit dem du dich magst, ohne völlig übertriebene neue Ansprüche an dich zu stellen. Also, vergiss deinen Konfirmationsanzug! Ist bestimmt sowieso schon von den Motten zerfressen.«

»Na dann, vielleicht 85 Kilo. O Gott, das würde ja bedeuten, ich müsste über 55 Kilo abspecken.«

»Nein, nein, nein. Du bist groß, Paul. Du hast breite Schultern, ein breites Kreuz. Du bist wirklich nicht als Hänfling gedacht. Eine Taube kann beispielsweise nicht so wenig wiegen wie ein Spatz.«

»Tauben sind hässlich und fett!«

Ich stöhne. »Gut, dann stell dir einen Löwen vor. Ein großer Löwe kann nicht so wenig wiegen wie ein graziler Gepard.«

»Weil Geparden die schnellsten Wildkatzen sind. Löwen sind ähnlich langsam und gefräßig wie ich.«

»Dafür sind sie Könige! Man regiert kein Reich in laufendem Galopp!«

Er grinst. »Du bist wirklich nicht auf den Mund gefallen, Nicky. Vielleicht sollte ich dich lieber als Moderatorin anheuern, und wir vergessen den ganzen Quatsch hier.«

»Danke, sehr schmeichelhaft. Doch wenn du glaubst, das ist Quatsch, was wir gerade treiben, dann geh ich lieber gleich nach Hause.«

»Bitte nicht. Ich will wirklich abnehmen. Aber wie viel denn nun?«

»Also, wir sind uns darüber einig, dass wir den wahren Paul aus dir herausholen wollen, ja? Nicht einen hingestylten Paul für den Applaus der Medien, einen, der sich mit Models messen will.«

»Aber du bist doch perfekt. Solange es so perfekte Menschen gibt, werde ich mich vermutlich optisch immer unzulänglich fühlen.«

Das ist wirklich mein Tag. Erst lehne ich sein Spontanangebot ab, Moderatorin beim Radio zu werden, um als Diätschatten meine Pflicht zu tun. Dann nennt mich endlich mal jemand perfekt, und ich bin gezwungen, das von mir zu weisen. Der Fairness halber. Ich schlucke. Aber Paul zuliebe muss ich mich einfach überwinden.

»Perfekt? Schön wär's ja. Mein Schwachpunkt sind die Oberschenkel, und da habe ich Cellulite, komische Dellen, die dir als Mann erspart bleiben. Außerdem Dehnungsstreifen aufgrund früherer Gewichtsschwankungen. Und wenn wir schon dabei sind: Ein Hühnerauge hatte ich auch schon!«

»Beeindruckend!« Er lacht.

»Also, mein Freund: Du bist 1,95 m groß. Du solltest zwischen 95 und 100 Kilogramm wiegen. Das bedeutet im Klartext: Du musst mindestens 40 Kilo abnehmen, das sind 80 Pfund Lebendgewicht. Traust du dir das zu?«

»Das ist das Gewicht eines Kleinkindes!«, stöhnt Paul.

»Mehr das eines Teenagers.«

Paul rauft sich die Haare und atmet tief durch. Er scheint entschlossen zu sein, den Kampf gegen die Kilos aufzunehmen. Dann mal in den Ring, mein Gladiator!

»Wir gehen jetzt spielen, Paul!«, rufe ich aufmunternd. »Wir spielen Sport!«

»Das habe ich befürchtet«, antwortet Paul und trottet mir mit hängenden Schultern hinterher.

***

Während wir uns den Weg zwischen den Sportgeräten hindurchbahnen, auf denen bereits mehr oder minder eifrig gearbeitet wird, höre ich hier und da ein Kichern. Sofort steigt mein Adrenalinspiegel. Ich kann mich noch körperlich an meine übergroße Scham erinnern, als ich zum ersten Mal in einem Gym aufgetaucht bin. Es wurde geflüstert und gelästert, was das Zeug hielt. »Die Dicke hält ja sowieso nicht durch«, drang wenig ermunternd an meine hochsensiblen Ohren. Und die englisch angehauchte Vollvernichtung: »Achtung, gleich gibt's Fett in Motion!«

Hinter uns höre ich gerade eine sagen: »Die Schöne und das Biest, haha.« Schnell drehe ich mich um. Die Sportlerin, die da gerade eine dicke Lippe riskiert, ist eine lahme Ente. Trotz ihrer relativen Jugend schleicht sie über ein sich nur höchst langsam bewegendes Laufband, vor sich eine aufgeschlagene Frauenzeitschrift. Eine Lesezirkel-Kuh, die nur minimale Anstrengungen unternimmt, damit ihre Schminke nicht verläuft. Die allerdings hat sie in der Tat sehr sorgfältig aufgetragen. Make-up, Rouge, Lidschatten, Wimperntusche, Lippenstift, alles in eher grellen Farbtönen gehalten. Langweilt sich zu Hause, will bloß nicht ins Schwitzen geraten, sucht aber Anschluss, besonders an muskulöse Bodybuilder, an Möchtegern-Mister-Universums, die hier ihre Luxuskörper trainieren.

Ich funkle sie an. »Wahrscheinlich machen Sie nur so saudumme Bemerkungen, damit Sie auf dem Laufband nicht einschlafen, was?«

Erschrocken reißt sie die Augen auf, wobei ihr verunglückter Cleopatra-Lidstrich ihrem dümmlichen Gesichtsausdruck eine asiatische Clownsnote verleiht.

Als sie den neonroten Lippenstift-Mund öffnet, hebe ich andeutungsweise meinen muskulösen rechten Arm. Der Mund schließt sich wieder. Glück gehabt, du Schwatz-Backe. Ich habe hier nämlich eine Mission! Und ich werde auf meinen Paul aufpassen, damit ihm nichts Böses widerfährt!

»Hallo, hallo, ihr zwei!«

Von hinten links winkt jemand. Freudig überrascht winke ich zurück. Lara ist gerade dabei, auf dem Stepper ein paar hundert Stufen hinaufzuklettern. Gut für Beine und Popo. Nicht, dass es an ihrem zarten Figürchen etwas zu verbessern gäbe, aber Lara turnt sich regelmäßig durch das gesamte Studio.

»Tut mir Leid, dass ich gerade so desolat aussehe«, sagt Lara, die vom Stepper geklettert ist und uns entgegenkommt.

Ihre dunklen Haare kleben ihr am Köpfchen, ihr Teint ist rosig von der Anstrengung.

»Desolat?«, fragt Paul. »Wenn ich so aussähe wie du, würde ich zu Hause mit Schokoladenkuchen auf dem Sofa liegen.«

Nun steigt Lara Purpurröte ins Gesicht. Ein Kompliment von Paul. Den Tag wird sie bestimmt fett in ihrem Kalender ankreuzen.

»Ach, weißt du, auf dem Sofa liege ich auch mal ganz gern«, haucht Lara atemlos. »Aber ich habe doch eine sitzende Tätigkeit, da muss ich mich zum Ausgleich einfach bewegen. Sonst bin ich unausgeglichen und schlapp.«

»So etwas in der Art hat mir mein Hausarzt auch erzählt«, muss Paul zugeben. »Er sagt, ich sitze zu viel. Und ich arbeite zu viel. Und ich esse zu viel.«

»Und du sprichst zu viel«, unterbreche ich ihn. »Lara, sei mir nicht böse, aber wir müssen jetzt loslegen. Noch ist der Kerl organisch einigermaßen gesund, behauptet sein Arzt. Aber wie fit er ist, das muss er mir jetzt erst mal zeigen! Womit willst du anfangen, Paul?«

Er zeigt auf das Fahrrad. Hätte ich wetten können. Das einzige Sportgerät weit und breit, auf dem man gemütlich sitzen kann.

Während Paul zu strampeln beginnt, stelle ich mich neben ihn. Jetzt gilt es, ihn zu entertainen, sonst konzentriert er sich zu sehr auf die Pein der ungewohnten Bewegung.

»Toll, so ein Fahrrad, was? Stell dir vor, wie die Massai in Afrika von so etwas träumen. Die müssen alles zu Fuß machen, kilometerweit, oft in brütender Hitze. Meist gehen die nicht mal, sondern sie rennen, damit sie schneller vorankommen.«

»Ja, toll!« Paul verdreht die Augen.

»Und wir haben hier sogar eine Klimaanlage. Damit der Kreislauf ein bisschen geschont wird bei der sportlichen Toberei. Kannst du dir vorstellen, was so ein Massai dafür geben würde, seine Wege in kühler Luft mit leichtem Wind zurücklegen zu dürfen?«

»Mir tun die Waden weh!«, stöhnt Paul.

»Nach drei Minuten?«

»Erst drei Minuten? Kommt mir vor wie eine Ewigkeit!«

Ich zeige ihm zehn Finger. Erstklässlermethoden sind stets sehr hilfreich.

»Zehn Minuten, Paul. Du kannst gerne etwas langsamer treten, schließlich sind wir nicht bei der Tour de France, und das gelbe Trikot wartet nirgendwo auf dich. Aber unter zehn Minuten läuft überhaupt nichts.«

Fortan fixiert Paul die elektronische Zeitanzeige auf dem Fahrrad. Die sich kontinuierlich bewegende Sekundenzahl zieht ihn hypnotisch in ihren Bann, sein Blick wird glasig wie bei einem Biertrinker nach dem fünfzehnten Pils. Er bewegt die Pedale langsamer und langsamer und langsamer, als ginge ihm der Sprit aus.

»Ja, du schaffst es, weiter so, weiter. Sei mein Held!«, sporne ich ihn an.

Mit letzter Kraft erhöht Paul noch einmal die Trittfrequenz, um fast aufzuheulen, als die Zahlen ihm eine wunderschöne Zehn anzeigen.

»Kannst du aufstehen?«, frage ich ihn vorsichtig.

Er sieht so seltsam festgewachsen aus. Als wäre sein nicht gerade zartes Hinterteil eine symbiotische Verbindung mit dem Sattel eingegangen und könnte nun höchstens noch mit Hilfe der modernen Chirurgie von dem Sportgerät getrennt werden.

»Weiß nicht. Fühl mich schwach!«, antwortet Paul.

»Das ist nur der Kreislauf, ist eben ungewohnt. Ruh dich einen Moment aus, dann machen wir weiter.«

»Weiter?« Er starrt mich entgeistert an.

»Was glaubst du denn? Dass du achtzig Pfund abnehmen kannst mit zehn Minuten Fahrrad fahren? Komm, steh auf, wir gehen jetzt da rüber zu dem Crosstrainer. Da wirst du die Beine und die Arme gleichzeitig bewegen, toll für den ganzen Körper. Es ist ein bisschen wie Ski fahren, weißt du?«

»Ich hasse Ski fahren!«

»Kannst du auch weiterhin tun. Hier liegt ja kein Schnee, rutschig ist es ebenfalls nicht, also viel, viel schöner als auf der Piste!«

Ich führe ihm die Bewegung auf dem Crosstrainer vor, stelle ihm das leichteste Programm mit dem geringsten Widerstand ein und gebe das Startkommando.

Oh, oh, unübersehbare Koordinationsprobleme. Die Beine wollen ein anderes Tempo als die Arme, die ihrerseits nicht so recht kapieren, ob sie schieben oder ziehen sollen. Paul rudert hilflos mit seinen vier Extremitäten herum und nimmt dabei eine derart krumme Haltung ein, dass selbst der Glöckner von Notre Dame tiefstes Mitleid mit ihm hätte.

Ich lege meine Hand auf Pauls Katzenbuckelrücken. »Der Mensch ist das einzige aufrecht laufende Säugetier auf zwei Beinen, und dabei soll es auch bleiben, wenn's geht!«

Er versucht, sich gerade zu halten. Ganz langsam versteht

er die elliptische Bewegung, die seine Beine inzwischen vollautomatisch auf dem Crosstrainer machen. Nicht gerade zügig, dafür aber konsequent. Rechts, links, rechts, links, ganz wunderbar.

»Sport reduziert dein Körperfett! Ist das nicht herrlich? Dein Metabolismus wird schneller, damit verbrauchst du mehr Kalorien. Wenn du nicht zu viel isst, greift dein Körper dann ganz schlau auf deine Fettreserven zurück.«

»Jaaaa«, antwortet Paul mit einem Schluchzer.

Ich referiere weiter: »Und deine Muskeln wachsen. Je mehr Muskeln, desto mehr Fett wird verbrannt! Jetzt, hier in dieser Minute, entwickeln sie sich. Deine Armmuskeln, deine Rückenmuskulatur, deine Beinmuskeln, sogar deine Bauchmuskeln.«

Das wird eine Freude sein, wenn man die alle eines Tages mal zu Gesicht bekommt. Momentan ist jedoch jeder noch so kleine etwaige Muskelansatz sorgfältig unter Putz versteckt.

»Und Sport macht dein Herz kräftiger. Dein Infarktrisiko sinkt. Dein Schlaganfallrisiko sinkt. Dein Diabetesrisiko sinkt, dein Krebsrisiko sinkt. Sogar dein Risiko, Gallensteine zu kriegen, sinkt!«

Ob dieser aufregenden Neuigkeit ächzt Paul besonders laut. Soll das jetzt eine freudige Zustimmung sein, oder muss ich das als Skepsis deuten?

»Ist alles erwiesen, ehrlich! Außerdem werden deine Knochen stärker, und es bilden sich neue Blutkapillargefäße. Die entstehen im Herzen, in deinen Muskeln und sogar im Gehirn. Weißt du, was das bedeutet?«

Ich habe mich ganz heiß geredet. Warum gibt mir niemand eine Flüstertüte, dann könnte ich jeder verzweifelt kämpfenden Seele in diesem Sportstudio meine Motivationsparolen in die Ohren brüllen.

»Das bedeutet, dass die Durchblutung angeregt wird, dass Sauerstoff und Nährstoffe wie verrückt transportiert werden. Kannst du dir vorstellen, was das für tolle Auswirkungen selbst auf dein Oberstübchen haben wird?«

»Zehn Minuten«, japst Paul.

Tatsächlich. Schon wieder hat mein Schützling weitere zehn Minuten sportlicher Aktivität hinter sich gebracht. Sicher nicht gerade auf Höchstleistungsniveau, aber, wie meine Oma schon sagte, steter Tropfen höhlt den Stein.

»Ich fühle mich schlecht!«, jammert Paul.

»Aber nicht mehr lange!«, verspreche ich. »Auf Dauer hilft dir der Sport, Stress abzubauen. Und er wirkt gegen Depressionen!«

»Aber ich leide gar nicht unter Depressionen!«

»Noch nicht!« Unheilschwanger unterstreiche ich meine Worte mit einem wiederholten Kopfnicken.

»Du wirst mehr Eigenliebe entwickeln, weil du das Gefühl hast, etwas erreicht zu haben, dich überwunden zu haben, während mindestens 75 % der Nation faul in ihren Betten liegen oder vorm Fernseher herumlümmeln.«

»Mein Bett!«, schwärmt Paul.

Ich motiviere mir hier die Seele aus dem Leib, und der Kerl träumt von Kopfkissen und Seidenlaken. Das werde ich ihm auf der Stelle austreiben! Nach einer kurzen Pulskontrolle scheuche ich Paul auf das Laufband.

»Eine Minute läufst du langsam, eine Minute schnell. Das Ganze zehn Mal hintereinander!«, befehle ich.

Jawohl, ich kann auch anders. Vielleicht braucht dieser Zögling zackige Kasernenklänge, um in die Hufe zu kommen.

»Gehen oder joggen?«, fragt Paul.

Joggen? Wovon träumt mein Paul eigentlich noch? Ich kann ihn nicht joggen lassen, weil ihm dann sein Kreislauf um die Ohren fliegt und er gleich ein Kandidat fürs Riechsalzfläschchen wird. Außerdem will ich nicht schuld sein an ruinierten Knien, begleitet von Hexenschuss und Arthritisschüben.

»Zügiges Gehen in Intervallen. Langsam, schnell. Zum Joggen kommen wir in ein paar Wochen.«

Routiniert gebe ich die verschiedenen Tempi in das elektronische Laufband-Display ein. Beim ersten Mal der schnelleren Gangart beschwert sich Paul lautstark.

»Willst du mich umbringen?«

»Bist du verrückt? Du bist mein Goldesel, den killt man nicht! Los, ein bisschen schneller, gib dir etwas mehr Mühe!«

Er kämpft. Er läuft rot an. Er schwitzt.

»So ist es gut!«, feuere ich ihn an.

Er marschiert weiter. Er wird noch röter. Er schwitzt noch mehr.

Die neunte Minute ist angebrochen. Wir sind gerade im zügigen Intervall angelangt. Da fällt mir noch etwas zur Inspiration ein, was ihm über die letzten zwei Minuten helfen könnte.

»Laufen ist besonders gut für Männer, wenn du verstehst, was ich meine!«

Ächzend schüttelt Paul den Kopf.

»Ist doch ganz logisch. Die Beckenmuskulatur wird gestärkt, die Beinmuskulatur wird gut durchblutet, besonders die im oberen Bereich. Na, dämmert's langsam?«

»Nein!«, schnauft Paul.

»Auch die Gesäßmuskeln bekommen einen guten Teil ab. Jedenfalls wird bei so guter Durchblutung des Unterleibes insgesamt einer Potenzstörung entgegengewirkt.«

Paul atmet schwer.

»Es kommt also zu weniger Erektionsproblemen. Mit anderen Worten: Der Sex wird besser, ob du es glaubst oder nicht. Sport steigert die L-i-b-i-d-o!«

Diese herrliche Aussicht scheint Paul quasi aus seinen nagelneuen Sportschuhen zu hebeln. Stolpernd taumelt er vom Laufband und sinkt daneben schwer atmend auf die Knie. Eine typische Kirchenpose; büßen für vergangene Sünden, beten für Vergebung und Stärke. Schade, dass unsere katholische Elsa ihn nicht bei seinem Dialog mit dem lieben Gott sehen kann.

Lara kommt aufgeregt angerannt: »Ist was passiert?«

»Ich sterbe«, schnauft Paul. »Und Nicky hält Predigten übers Laufen. Der reinste Sportmessias.«

»Hier, trink was«, sage ich versöhnlich und reiche ihm die Wasserflasche. »Und trink reichlich, wir sind noch nicht fertig.«

Zwischen den Schlucken flucht er. »Verdammt! Ich schwitze wie ein Schwein. Mir tut schon jetzt alles weh!«

»Wir machen noch ein paar Übungen an den Geräten zum Muskelaufbau. Das ist wichtig. Nicht nur, weil sie den Kalorienverbrauch steigern, sondern auch, weil sonst nach dem Abnehmen alles wabbelt, wenn du nur Knochen und Pelle hast. Deshalb werden wir dir von oben bis unten hübsche, kräftige Muskeln basteln!«

Doch nachdem wir behutsam an zwei weiteren Geräten trainiert haben, streikt Paul. Komplette Verweigerung. Er spielt einfach nicht mehr mit.

»Ich hasse dieses Studio, Nicky! Kannst du dir nicht etwas anderes einfallen lassen? Diese blöden chromblitzenden High-Tech-Geräte, diese Luft, die nach Gummimatten und Schweiß stinkt, das ist nichts für mich.«

Besorgt schaue ich ihn an. Kein Funken Anfängerstolz in seinem Blick. Kein kleines Siegerlächeln eines Erstlingssportlers im Mundwinkel. Wenn nicht mal zu Anfang mit der vollkommenen Ahnungslosigkeit des Untrainierten ein Mini-Schüsschen Begeisterung zu spüren ist, dann werde ich ihn auf Dauer nicht hierher zerren können. Weder mit süßen

Versprechungen noch mit wüsten Beschimpfungen oder mit vorgehaltener doppelläufiger Schrotflinte.

»Okay, du hast gewonnen. Mach dich im Waschraum kurz frisch. Dann gehen wir.«

Der Mann muss hier raus.

***

Ich kutschiere uns in Pauls Mercedes quer durch die Stadt, aus der City heraus. Paul ist viel zu erledigt, um irgendwelche Fragen zu stellen oder größere Protestaktionen anzustrengen. Sicherlich hadert er ausgiebig mit seinem Schicksal und ergibt sich derzeit triefendem Selbstmitleid. Sein Blick jedenfalls ist stumpf ins Nirgendwo gerichtet.

»Wir sind am Ziel. Bitte aussteigen«, trompete ich fröhlich.

Ich darf mich von seiner miesepetrigen Stimmung nicht anstecken lassen. Ächzend klettert Paul aus dem Wagen.

»Wo sind wir überhaupt? Hier ist ja nichts«, behauptet er.

»Nichts? Siehst du den Wald vor lauter Bäumen nicht? Wir sind in Mutter Natur! Atme mal tief durch.«

Sein gewaltiger Brustkorb hebt und senkt sich.

»Und was machen wir nun? Rehe verscheuchen? Kastanien suchen? Walderdbeeren zertrampeln?«

»Was viel Besseres. Wir machen – Powerwalking!«

»Hört sich nach Laufen an«, gibt Paul misstrauisch zurück.

»Das hast du gut erkannt. So, nun winkle mal die Arme an, und lass sie nicht an dir herunterhängen, als wärst du eine schlaffe Marionette. Beweg sie seitlich mit dir mit, ganz natürlich. Und immer mir nach.«

Forschen Schrittes schreite ich aus. Hinter mir bebt die Erde. Das muss Paul sein. Nach einer kleinen Weile des Schweigens lasse ich ihn zu mir aufschließen, und wir walken nebeneinander her. Obwohl er schwitzt, sieht er irgendwie zufriedener aus als vorher.

»Riecht gut hier«, sagt er. »So grün.«

Paul riecht Grün. Sicher ein gutes Zeichen.

»Hab völlig vergessen, dass es so etwas gibt. Ich meine Natur und so«, schnauft Paul. »Idiotisch, aber die Studiowände sind so weiß. Und die Luft ist so dumpf. Ganz anders als hier.«

»Ja, nicht wahr!«, jubiliere ich.

»Freiheit! Freiheit!« Er rudert ausgelassen mit den Armen.

Mehr als diese Worte bekommt er wegen des Walkens natürlich nicht heraus. Er muss mit dem Sauerstoff ein wenig geizen, denn den braucht er, um seine Lunge in diesem doch ungewohnten Zustand des heftigen Atmens am Kollabieren zu hindern. Aber in seinen kurzen Worten liegt Wohlgefallen.

Zur Ablenkung von seinen körperlichen Strapazen zeige ich ihm ein paar Pilzansammlungen am Wegesrand. Wir ziehen an Lichtungen mit zwitschernden Vögeln vorbei, passieren Spinnweben und kreuzende Käfer. Kurzum, Idylle, wo man nur hinschaut, und siehe da – eine halbe Stunde Powerwalken ist wie im Flug vergangen.

Ich lobe Paul überschwänglich, denn Lob ist wichtig zur weiteren Motivation. Er wird sich daran gewöhnen und sich danach sehnen. Deshalb wird er sich anstrengen. Erst für mich, dann irgendwann für sich selbst.

Allerdings muss ich ihm jetzt erst mal helfen und ihn in sein Auto verfrachten. Die Aktionen dieses Vormittags haben offensichtlich innere Spuren bei Paul hinterlassen, die zurzeit seine Beweglichkeit einschränken. Damit hat er unter Garantie den Rekord für den am schnellsten ausgebrochenen Muskelkater gebrochen.

Zu Hause angekommen, manövriere ich ihn wieder aus der Limousine. Erstaunlicherweise will er nichts essen, nur ruhen. Völlige Hingabe an die Erschöpfung – sie sei ihm gegönnt.

»Dusch dich schön heiß und schön lange, ja? Und dann trinke möglichst noch einen Liter Wasser.«

»Ich bin todsterbensmüde«, stöhnt Paul. »Dabei wollte ich noch meine Abmoderation für morgen schreiben. Aber mein Kopf ist total leer, wahrscheinlich ist alles Blut in meinen Muskeln.«

Von welchen Muskeln er redet, sei mal dahingestellt. Allerdings soll er nun wirklich erst mal entspannen, das kann unserem Vorhaben nur gut tun!

»Lass mich mal machen, Paul. Leg dich hin, schlaf ein bisschen, ich schreibe dir die Moderation. Und ich gehe ein paar Sachen besorgen. Du warst sehr gut heute. Sehr, sehr gut.«

Müde, aber beseelt lächelnd schleppt sich Paul die Treppe hinauf.

***

Ich weiß jetzt, was er für sein tägliches Trainingsprogramm braucht. In erster Linie mich, das muss bei aller Bescheidenheit mal gesagt werden. Nicky als Batterie, als Trösterin und vor allem als professionelle Antreiberin. Überlegt, überlegen und unbarmherzig.

Wenn es draußen nicht gerade schüttet wie aus Kübeln, hagelt oder schneit, werden wir unser Herz-Kreislauf-Programm in freier Wildbahn bestreiten. An allen anderen Tagen gibt es eben keine Alternative zum Gym. Außer, man ist scharf auf Dauergrippe oder Frostbeulen. Doch diese Faibles sind bei meinem Schützling nicht zu vermuten.

Gymnastik und Muskeltraining mit Gewichten werden wir vorerst bei Paul im Garten oder schlicht und ergreifend im Wohnzimmer mit Mäxchen als einzigem Zuschauer bestreiten. Deshalb fahre ich in ein Sportgeschäft, um zwei Bodenmatten und Hanteln in verschiedenen Gewichtsklassen zu kaufen. Als ich meine neu erworbenen Schätze ins Haus wuchte, ist Elsa bereits am Werke.

Sie betrachtet mit Widerwillen die Hantelparade. Nette Gewichte in verschiedenen Farben. Schön bunt, das hebt die Laune.

»Wozu ist das?«, fragt sie.

»Für Paul. Hanteltraining. So zum Beispiel.«

Ich greife mir eines der Gewichte und führe Elsa eine wunderschöne Bizeps-Übung vor.

»Der arme Junge!«, kommentiert Elsa. »Er wird sich mit diesen Dingern noch erschlagen. Nicht auszudenken, wenn ihm so was auf den Fuß fällt.« Sie schlägt vor Entsetzen die Hände über dem Kopf zusammen.

»Es könnte ihm ein Zehennagel abfallen oder ein Knöchelchen entzweigehen. Er könnte aber auch mit seinen gesunden Männerhänden die Hanteln festhalten und nicht in der Gegend herumschleudern, nicht wahr?«

Elsa würdigt mich nach dieser ironischen Antwort keines Blickes mehr und widmet sich energisch ihrem Staubtuch.

***

Schließlich sitze ich frisch geduscht mit noch nassen Haaren am Wohnzimmertisch und betrachte das weiße Blatt, das vor mir liegt.

»Mensch, Mäxchen. Warum habe ich nur angeboten, eine Moderation zu schreiben? Ich bin zu vorlaut, einfach zu vorlaut.«

Während ich noch grüble, höre ich Elsa brummelnd Selbstgespräche führen. Ziemlich laute Selbstgespräche auf Italienisch. Wahrscheinlich kann man Italienisch nicht leiser sprechen, unter Umständen ist es gar unmöglich, auf Italienisch zu flüstern.

Trotz der brabbelnden Geräuschkulisse habe ich plötzlich eine Idee für den Text und beginne, die ersten Worte niederzuschreiben.

Da zischt es plötzlich hinter mir. Hat Elsa eine Kobra ins Haus gelassen, eine Viper für einen Tag angeheuert, die mich mit einem Biss ins Jenseits befördern soll, oder gar eine Würgeschlange organisiert, die mich zerquetschen wird?

Ich muss dem Feind ins Auge schauen.

Vorsichtig drehe ich mich um.

Der Feind ist von Krupps und nennt sich Dampfbügeleisen.

»Muss das sein?«, frage ich nur.

»Ich bügle immer hier«, verteidigt sich Elsa störrisch und lässt demonstrativ den Dampf aus dem Ungetüm zischen.

Also, weiter im Text. Ich streiche einen halben Satz, schreibe dafür einen neuen.

Da beginnt Elsa zu singen. Vorher hat sie noch das Radio eingeschaltet, jedoch trällert sie nicht etwa mit, nein, sie singt völlig andere Lieder. Offensichtlich ist sie nur inspiriert von dem Frohsinn aus dem Äther, aber sie wählt lieber eine andere Melodie. Fatalerweise übt sie sich sogar ein wenig in Koloratursopran, ganz Königin der Nacht, allerdings ohne die Stimmbänder für solch erlesene Höhen ihr Eigen nennen zu dürfen, von mangelndem musikalischem Talent mal ganz zu schweigen. Wirklich ein Ohrenschmaus der eher gewöhnungsbedürftigen Art.

Selbst Mäxchen hat es das Kauen verschlagen. Er starrt

Elsa, seine edle Mohrrübenspenderin, an und fragt sich sicher ebenfalls, welcher italienische Sangesgott wohl gerade in sie gefahren ist.

All diesen Tücken zum Trotz schaffe ich es endlich, einen Moderationstext zu fabrizieren, und schreibe das Ganze noch einmal fein säuberlich ab, während es sich hinter mir ausgezischt hat. Das Dampfbügeleisen hat für heute seine Pflicht getan.

***

»Der Kühlschrank ist leer!«, verkündet Elsa. »Ich gehe jetzt einkaufen.«

»Irrtum!«, antworte ich. »*Wir* gehen jetzt einkaufen. Gemeinsam!«

Trotz blumenreich vorgetragener Proteste von Elsa und einiger Flüche, die ich glücklicherweise nicht verstehen kann, weil sie offensichtlich einem besonders heißblütigen sizilianischen Regionaldialekt entsprungen sind, lasse ich mich nicht abschütteln. In trauter Feindschaft und geflissentlich aneinander vorbeischauend betreten Elsa und ich den Supermarkt.

»Wir müssen an einem Strang ziehen!« Ich wende mich meiner italienischen Begleiterin zu.

»Was ist das, ein Strang?« Missmutig schiebt sie den Einkaufswagen den ersten Gang entlang.

»Ein Seil, eine Leine, eine Strippe, verstehen Sie?«

»Ich weiß, was ein Seil ist«, gibt Elsa hoheitsvoll zurück.

»Ich meine, wenn Sie an dem einen Ende ziehen und ich an dem anderen, das Ganze mit Paul in der Mitte, dann tun wir ihm nichts Gutes. Ihm zuliebe müssen wir zusammenarbeiten. Sie wollen doch sicher genauso wenig wie ich, dass Paul wegen seines Übergewichtes ernsthaft krank wird, oder?«

»Natürlich nicht. Aber bisher habe ich mich gut alleine um ihn kümmern können.«

Der Einkaufswagen stoppt. Elsa funkelt mich aufgebracht an. Ich funkle zurück. Wenn sie mir eine haut, haue ich zurück, das schwöre ich. Doch sie beschränkt sich auf den bösen Blick. Den beherrscht sie ziemlich eindrucksvoll mit ihren schwarzen Glutaugen.

Da beschließe ich spontan, sie aus der Reserve zu locken.

Ich halte ihr meine Hand hin.

Wie zur Antwort verschränkt sie die Hände auf ihrem Rücken.

»Frieden!«, sage ich sanft.

Wie heißt das nur auf Italienisch?

»Pace!« Das sagt der Papst auch immer. »Pace per Paul!«

In Elsas Augen steigen Tränen auf. Wusste ich's doch, dass sie einen weichen Kern hat, wahrscheinlich sogar einen butterweichen, so wie sie ausschaut.

Zögernd und mit einer unerwarteten Sanftheit nimmt sie meine Hand und erwidert leicht meinen Händedruck.

»Pace per Paul«, wiederholt sie andächtig.

Wenn das mal keine anständige Friedenskundgebung im Supermarkt ist. Fehlen nur noch ein paar gurrende, flatternd aufsteigende weiße Täubchen.

»Wir haben fortan einige gemeinsame Feinde«, erkläre ich nun eifrig meiner neuen Verbündeten. »Als da wäre zum Ersten: Zucker. Zucker ist Gift für unseren Paul! Je mehr Zucker er isst, desto mehr Hunger bekommt er.«

Die Insulin-Aufklärung erspare ich der guten Elsa. Da müsste ich ihr erklären, dass die Bauchspeicheldrüse vermehrt Insulin ausschüttet, sobald wir Zucker verspeisen. Dadurch fällt der Blutzuckerlevel weit unter das Normalniveau, und wir bekommen nur noch mehr Appetit. Ein Teufelskreis. Doch weil Elsa bestimmt kein Wissenschaftsvokabular draufhat und ich unmöglich das Wort »Bauchspeicheldrüse« ins Italienische übersetzen kann, halte ich es doch lieber allgemein verständlich.

»Zucker ist ein Diabolo!«, füge ich noch rasch hinzu. »Ein echter Teufel.«

»Aber Signore Paul liebt Zucker. Er mag alles, was süß ist, besonders aber meine Kuchen!«

Stolz ist sie, und kämpfen kann sie super, unsere Elsa.

»Wenn er etwas Süßes will, dann darf er Obst essen. Und Sie können ihm Jogurt zubereiten mit frischen Früchten.«

»Ach nein, nein, bei Joghurt ist er sehr eigen«, jammert Elsa. »Er isst nur Sahnejogurt, den mit den Schokoladenstückchen. Straciatella!«

»Ab sofort tut er das nicht mehr. Das Nächste, was wir ihm

abgewöhnen, sind Weißmehlprodukte. Alles leere Kalorien, Kohlehydrate der ungesunden Art, die nicht satt machen, nur dick. Also in Zukunft bitte nur noch Vollkornbrot kaufen.«

»Dunkles Brot, ihhhhh.« Elsa schüttelt sich. »In Italien essen wir nur Weißbrot. Ein ganzes Volk kann nicht irren!«

Wie temperamentvoll sie das R rollt! Toll! Einen Moment hält sie mich damit in Schach, aber ihr Nationalstolz muss nun doch der nackten Realität weichen. Provozierend schaue ich auf ihren wogenden Busen und auf den sich direkt darunter anschließenden, leicht vorgewölbten Speckbauch.

»Ist aber echt nicht gut für die Taille, das Weißbrot«, erkläre ich.

Elsa schweigt beleidigt.

Nichtsdestotrotz kaufen wir gemeinsam Äpfel, Orangen und Erdbeeren für den Anfang, suchen zusammen die leckersten Sorten aus und diskutieren die Mengen, die Elsa doch sehr viel großzügiger ansetzen will, als es mir lieb ist. Dann machen wir uns auf den Weg zu Salat und Gemüse. Auch hier langen wir zu und vergessen selbst Mäxchens Bedürfnisse nicht.

Schließlich begutachte ich die Wurst- und Käsetheke.

»Nur magerer Aufschnitt, Elsa. Und alles sichtbare Fett schneiden Sie zu Hause bitte gleich ab. Mit anderen Worten: Die Fettränder müssen in den Müll.«

»Alle?«, fragt sie entgeistert.

»Natürlich alle!«

Oh, ist das eine Pein. Lebensmittel-Umerziehung für Fresslustige und Fettsüchtige.

»Den französischen Doppelrahmkäse verachten wir ebenso. Dafür können Sie Mozzarella aussuchen, der ist erheblich magerer.«

Gierig greift Elsa zu. Mozzarella aus Italien ist genehmigt, das scheint sie versöhnlicher zu stimmen. Beim frischen Fisch taut sie schließlich vollends auf, den hat man nämlich auch in ihrer Heimat gern, und meinen Vortrag über magere Hähnchenbrustfilets nimmt sie schließlich bereits mit einer gewissen südländischen Gelassenheit hin.

***

Als wir zurück zur Villa kommen, fährt Lara gerade mit dem Fahrrad vor.

»Ich hab es ganz eilig, muss zu einem Kunden. Aber ich wollte schnell etwas zur moralischen Unterstützung vorbeibringen. Hier!«

Sie überreicht mir einen Umschlag, gibt mir einen flüchtigen Kuss auf die Wange und fährt winkend davon.

Als ich eine typische Lara-Illustration aus dem Briefumschlag ziehe, muss ich grinsen: Paul mit Hanteln, Stromlinienfigur und Mister-World-Schärpe! Ich pinne das Werk mit einem Magneten an die Tür des Kühlschranks und wende mich wieder Elsa zu.

Ich kläre sie auf über die Wonne einer beschichteten

Pfanne, die es dem gesundheitsbewussten Koch erlaubt, mit einer Minimalmenge an Fett zu brutzeln, ohne dass etwa der Braten anbrennt. Nein, stopp, wir kippen das Öl nicht nach Gefühl irgendwo hinein, sondern messen es mit dem Teelöffel oder Esslöffel ab. Gefühl ist prima, Kontrolle aber besser! Gemüse wird nicht frittiert, sondern ausschließlich gegrillt oder gedünstet, und zwar ohne danach mit Butter oder Sahne verdorben zu werden!

»Nicht mal ein Butterflöckchen?«, fragt Elsa flehend.

»Nein! Njet! No!«

Die Garprozesse von Fleisch und Fisch sind dann ein Thema, bei dem Elsa besonders aufmerksam zuhört, weil sie anscheinend viel Respekt vor jedem Tier hat, das zur Kräftigung des menschlichen Körpers geopfert wurde. Als sie sogar freiwillig erklärt, sie könne Fisch auch fettlos in Folie garen, da denke ich an den Beginn einer langen, von Verständnis geprägten, tiefen Frauenfreundschaft.

Ja, Elsa hat Potential!

***

Paul kreuzt auf. Aus seinem Blick schreit Hunger.

Als Erstes drücke ich ihm eine Wasserflasche in die Hand, die er ohne zu murren öffnet. Er trinkt einen kräftigen Zug, und ich beobachte ihn wohlwollend dabei. Offensichtlich gewöhnt er sich an meine Rituale.

Er verschluckt sich erst, als er die Illustration am Kühlschrank entdeckt. Hustend und lachend betrachtet er die Paul-Zukunftsvision. Gerade will ich ihm erzählen, dass dieses Bild genauso wie das bei unserem Kennenlernen im Restaurant von Lara stammt, als er den Kühlschrank öffnet und seinen Inhalt inspiziert. Sein Blick bleibt auf der Jogurtparade hängen.

»Es ist zwar schon Nachmittag, aber ich habe einen Frühstückshunger. Dieser Sport hat bei mir alles durcheinander gebracht. Gibt es nicht ein Croissant oder so was? Meinetwegen auch trocken, ohne Marmelade? Nur ein einziges?«

»Croissant?«, frage ich gedehnt.

»Ja, ein Croissant, ein französisches Hörnchen. Leicht gebogen, gebacken aus zartem Blätterteig, idealerweise außen ein wenig knusprig, während es innen weich und …«

»Da drüben liegt dein neuer Kaloriencomputer«, unterbreche ich ihn. »Ist gerade mit der Post gekommen. Du darfst in der Phase des Abnehmens täglich 1500 Kalorien essen. Nicht weniger, nicht mehr.«

»Na, da wird doch ein bisschen Brot wohl drin sein. Oder bist du etwa ein Anhänger dieser neumodischen Low-Carb-Ernährung mit möglichst wenig Kohlehydraten?«

»Ach, diese Kohlehydrate-Hysterie«, antworte ich. »Das darfst du nicht überbewerten. Allerdings wirst du feststellen, dass du von proteinhaltigem Essen länger satt bleibst und dein Blutzuckerspiegel nicht so verrückt spielt. Brot generell ist kein schlechtes Nahrungsmittel, vorausgesetzt wir sprechen von Vollkornbrot. Witzig ist nur, dass alle Dicken ausgerechnet Croissants lieben, das einzige Brot, das vor Fett nur so trieft. Da, befrage mal deinen Kaloriencomputer. Gib ›Croissant‹ ein, und er spuckt dir die Kalorienangabe aus.«

Paul nimmt sein neues Spielzeug zur Hand und tippt seinen Speisewunsch ein. »Wow. So ein Croissant hat rund 400 Kalorien!«

»Eben. Das ist fast ein Drittel dessen, was du derzeit zu dir nehmen darfst. Und nun frag ich dich: Wirst du davon satt?«

»Wohl kaum.« Paul grinst. »Ist ja eher mickrig, so ein Croissant.«

Er tippt begeistert auf seinem Kaloriencomputer herum. Offensichtlich fragt er die Kalorien für eine Reihe seiner Lieblingsspeisen ab.

»Das ist ja echt interessant. Ich könnte morgens ein Croissant essen, mittags eine Tafel Schokolade und abends ein Käsesoufflé. Alles zusammen etwa 1500 Kalorien, also würde ich damit abnehmen. Warum machen wir denn nicht so eine Diät?«

Ich verdrehe die Augen. »Weil wir keine Diäten mehr machen, nie wieder, verstehst du? Du sollst lernen, gesund zu essen. Essen ist Energie! Du schüttest ja auch kein minderwertiges Benzin in dein Auto, sondern tankst Super für deinen schicken Schlitten. Also solltest du auch deinem Körper keinen Mist anbieten.«

»Aber fettarmer Jogurt und Kräutertee? Ich bin doch kein zahnloser Opa!«, schimpft Paul.

Mit hocherhobenem Haupt drehe ich mich zu Elsa um.

»Bitte, Elsa, verraten Sie doch unserem Paul, was es heute zum Abendessen gibt.«

Wie aus der Pistole geschossen verkündet Elsa mit verbindlichstem Lächeln, als wäre sie eine neue Fernsehchefköchin: »Mozzarella mit Tomaten und Basilikum. Hähnchenbrustfilet mit Auberginenpiccata. Frische Erdbeeren mit Jogurtschaum.«

Paul bleibt der Mund offen stehen. Entweder vor Hunger oder vor Erstaunen. Vielleicht sogar vor Entzücken.

Elsa und ich werfen uns zufriedene Blicke zu. Ich fange tatsächlich an, diese italienische Mama zu lieben.

Nach dem Abendessen begleite ich Paul in sein Schlafzimmer.

»Traust du mir nicht?«, fragt er.

»Nein! Warum sollte ich?« Ich schaue mich um. Die Schublade, die ich gestern leer geräumt habe, ist nach wie vor sauber. Dann knie ich mich nieder und schaue unter das Bett.

»Was haben wir denn hier? Geleebananen in dunkler Schokolade?«

Demonstrativ öffne ich die Tür zu Pauls Badezimmer, kippe die Geleebananen in die Toilette und betätige die Spülung.

»Da gehören Geleebananen hin. Ins Klo!«, erkläre ich.

»Die waren noch im Schrank da drüben, habe ich gestern Abend nicht dran gedacht. Und ich wollte nur eine einzige vorm Schlafengehen essen«, gibt Paul widerwillig zu.

»Hast du jemals im Leben aus einer vollen Packung Geleebananen nur eine einzige gegessen, danach die Packung sorgfältig verschlossen und gelassen an etwas anderes gedacht als an eben diese Geleebananen?«

»Nein«, sagt er kleinlaut.

»Ist es nicht vielmehr so, dass du bisher immer, und ich sage ganz bewusst immer, erst eine, dann zwei und dann die ganze Packung Geleebananen in dich hineingestopft hast?«

Drohend baue ich mich vor ihm auf. Dies ist ein Kreuzverhör. Staatsanwältin Nicky treibt Angeklagten Paul in die Enge, denn mich hat gerade die Rage gepackt. Ich hasse sie alle, diese verführerischen Geleebananen genauso wie die vielen anderen Zuckermonster auf dieser Welt.

»Ja, ist ja schon gut«, versucht Paul mich zu beruhigen.

Ich atme tief durch. »Dann sabotiere dich gefälligst nicht selber. Schließe den Pakt mit dir, dass wir gemeinsam regelmäßig essen, und dann ist Schluss! Keine Betthupferl, keine stundenlange, widerwillige, tränenreiche Verabschiedung vom Essen mit Geleebananen-Adieus und Marshmallow-Good-byes.«

Ich setze mich auf Pauls Bettkante und klopfe auf den freien Platz neben mir.

»Komm, statt dir vorzustellen, was du alles nicht darfst, stellen wir uns lieber vor, was du alles machen kannst, wenn du dein Ziel erreicht hast. Visualisieren nennt man das. Ist echt lustig, glaub mir!«

Skeptisch gesellt sich Paul zu mir.

»Also: Was würdest du gerne als schlanker Paul machen?

»Springen!«

»Springen?«

»Ja, ich wollte schon immer mal Trampolin springen. Im Moment würden sicher sämtliche Federn krachen. Aber ich würde so gerne mal auf so einem Ding herumhüpfen, ohne dass etwas wabbelt.«

Ich nicke. »Ein Trampolin ist etwas Feines. Was noch?«

»Einen Smoking will ich. Und darin mindestens so gut aussehen wie Richard Gere.«

Ich mustere ihn von der Seite. Wer an Richard Gere denkt, hat automatisch eine »Pretty Woman« im Kopf. Was da wohl Pauls Typ ist? Klein und brünett? Rothaarig und sexy? Oder blond und sportlich?

»Und am Meer oder am Pool will ich liegen. Umgeben von Bikinischönheiten, die alle mich wollen, nicht nur meinen Freund Tom. Die sollen mich wollen, weil ich so einen erotischen Körper habe, nicht etwa, weil ich der Chef eines Radiosenders bin.«

»Natürlich«, sage ich mit trockenem Tonfall. »Ach, und der Tom, der schnappt dir immer die Mädels weg?«

»Nee, absolut nicht. Wenn ich mal eine Freundin hatte, war Tom stets superkorrekt. Der kommt mir nie in die Quere. Nur die Weiber, die stehen so auf ihn, weil er gut aussieht und so schön unnahbar ist. Das scheint toll auf Frauen zu wirken.«

Ich zucke unwillig mit den Schultern. »Auf einige vielleicht: Aber warum ist er denn so unnahbar?«

»Er will halt ebenfalls um seiner selbst willen geliebt werden und nicht nur wegen seines Looks«, erklärt Paul ernsthaft und mit Unschuldsmiene. »Tom verurteilt alle Art von Oberflächlichkeit, er ist ein sehr ernsthafter Mensch, weißt du. Übrigens meint er, Urlaub wäre jetzt ganz gut für mich, weil mir fernab vom Stress beim Sender das Abnehmen leichter fallen würde.«

»Da ist was dran«, muss ich zugeben. »Na, dann träum mal schön vom Trampolinspringen, von deinem Smokingauftritt oder von Sonne, Strand und Meer. Ich jedenfalls gehe jetzt ins Bett und werde mir den Wecker auf 6.00 Uhr stellen. Dann klopfe ich an deine Tür, und du ziehst dir deine Sportsachen an, ja?«

»Was denn, morgen schon wieder?«

»Täglich. Das ist ein Punkt, über den wir nicht verhandeln werden. Denk gar nicht drüber nach, akzeptiere es einfach. Dann wird es eine Selbstverständlichkeit wie das Zähneputzen.«

Wobei Paul noch Glück hat, denn ich werde ihn nur einmal am Tag in den Wald scheuchen, und Zähneputzen soll man ja bekanntlich mindestens *zweimal* täglich.

Kapitel 4

Schokoholics

Radio Funtime, Studio 1, 8.58 Uhr
»Heute möchte ich einen speziellen Gruß an Nicky senden. Sie hat mir dabei geholfen, meine Alltagsperspektive zu verschieben. Ab und zu muss man doch mal raus aus dem Einerlei, der Wohnung, dem Büro, hinein in ein Stück Leben, das man viel zu oft vergisst. Wenn euch mal die Decke auf den Kopf fällt oder die Wände scheinbar immer enger zusammenrücken, Freunde, dann sucht euch ein Stück Natur. Einen Wald, einen See, einen Park, ganz egal. Schaut euch in Ruhe einen Baum an, seine Rinde, seine Äste, seine Blätter. Nehmt die ganze Schönheit unserer Erde in euch auf und atmet tief durch. Dann spürt ihr euch wieder. Ciao for now, euer Paul.«

***

Nach Pauls Morgenmoderation am Dienstag war ich ganz besonders gut gelaunt. Er hat sich von meinem Text inspirieren lassen und sogar große Teile davon wörtlich übernommen. Ich hätte ihn ja glatt um eine Gehaltserhöhung für besondere Dienste gebeten, wenn Paul – ja, wenn er nicht seit Tagen aussähe wie das Leiden Christi.

»Ich kann nicht mehr!«, sagte er vorgestern.

»Ich kann nicht mehr!«, sagte er gestern.

»Ich kann nicht mehr!«, sagte er heute, genauer gesagt vor zehn Sekunden.

Und ich kann ihn nicht mehr hören, Pauls Standardsatz.

Wir sind wie jeden Tag im Wald und machen Intervalltraining. Inzwischen allerdings habe ich den Schwierigkeitsgrad gesteigert, weil wir ja nicht ewig wie ein altes Rentnerehepaar durch die Büsche schleichen wollen. Nein, Paul soll schließlich eines Tages windschnittig durch die Gegend sausen und alle anderen Jogger in einer Staubwolke weit hinter sich lassen.

Nur – wie macht man aus einem lahmen Tandemfahrer einen rasanten Ferraripiloten?

»Komm, Paul. Nicht schlapp machen. Zwei Minuten langsam joggen, dann fünf Minuten gehen. Das hat noch niemanden umgebracht.«

»Dann bin ich eben der Erste«, japst Paul. »Ich kann nur eine Minute joggen, nicht zwei.«

»Sei nicht so ein Krabbelbaby. Wozu hat dir der liebe Gott zwei Beine gegeben?«

»Um mich zu quälen. Der Muskelkater schafft mich. Meine Beine sind innen drin bestimmt total entzündet.«

Ich verdrehe die Augen. Wieder so eine von Pauls wilden Theorien, mit denen er vergeblich um Gnade bettelt.

»Weißt du überhaupt, was das ist, so ein Muskelkater?«, fragt Paul schnaufend. »Ein Trauma ist das nämlich. In den Muskeln habe ich Risse, Verletzungen …«

Oje. Paul hat in meinen Sportbüchern geschmökert. Statt sich von dieser Lektüre mitreißen zu lassen, hat er sich auf der masochistischen Suche nach Leidensverstärkung ausgerechnet das Kapitel mit den Sportunfällen herausgesucht.

Ich falle in leichten Trab, in der Hoffnung, dass Paul es mir gleichtut.

»Muskelkater ist ein Mikrotrauma, das stimmt schon. Aber du wolltest ja gestern kein anständiges Cooldown nach dem Training machen. War dir ja zu mühsam, noch ein paar Minuten dranzuhängen, um den Muskeln etwas Gutes zur Erholung zu tun. Doch heute machen wir das anders. Zuerst stretchen und dehnen wir anständig, und dann gehen wir in die Sauna. Das wird die armen Muskeln freuen.«

Paul starrt mich an. »Wir? Sauna? Ich meine, zusammen?«

»Klar!«, gebe ich fröhlich zurück. »Aber mach dir bloß keine falschen Hoffnungen. Ich weiß genau, wie ich mich in ein Saunatuch einwickeln kann. Busenglotzen ist nicht.«

***

Wieder zu Hause, fühle ich mich wie neu geboren. Ich könnte Bäume mit tief sitzenden Wurzeln ausreißen, ganze Mahagoni-Schrankwände ohne die Hilfe von Möbelpackern bewegen und Felsbrocken werfen wie der gute Obelix.

Nicht so Paul. Momentan findet er nicht einmal die Kraft, seinen frisch zubereiteten Himbeerjogurt zu essen. Klirrend fällt ihm der Teelöffel aus der Hand. Er wird blass, leichenblass wie ein frisch gebleichtes Bettlaken in der Waschmittelreklame von dem komischen weißen Riesen, fasst sich ans Herz und starrt mich mit weit aufgerissenen Augen an.

»Mir ist schlecht«, stöhnt er.

Er wird mir doch hier nicht abschmieren? Einen letzten, pfeifenden Atemzug tun und das Zeitliche segnen? So unsportlich kann doch selbst mein Paul nicht sein, alle viere von sich zu strecken, um sang- und klanglos ins Nirwana hinüberzugleiten?

Ich erinnere mich schwach an einen Erste-Hilfe-Kurs, springe auf, zerre ihn auf dem Sofa in die Rückenlage, hole alle Kissen, die ich in der Eile greifen kann, und stopfe sie ihm unter die Füße. So, Beine hoch, kreislaufstabilisierende Lage.

Seine Augenlider flattern.

Ich greife zur Wasserflasche und versuche, seinen Kopf ein wenig anzuheben.

»Hier, Paul. Trink mal einen Schluck. Und bleib ganz ruhig. Es passiert nichts. Ich bin ja bei dir.«

Und hoffentlich ein ganzer Schwarm Schutzengel obendrein. Und ein Sanitäter wäre nicht schlecht und ein Herzchirurg vielleicht auch und …

Mäxchen kommt herangehoppelt. Er macht Männchen,

das hat ihm Elsa beigebracht, und kratzt dabei aufgeregt am Sofa. Wahrscheinlich hat Elsa mit ihren Dressurversuchen all seine rudimentären Katzen- und Hundegene aus grauer Vorzeit oder aus einer alten Inkarnation aktiviert.

»Gib ihn mir mal«, sagt Paul matt.

Gott sei Dank.

Er lebt.

Er spricht.

Er will Mäxchen.

Vorsichtig setze ich Mäxchen auf Pauls Bauch, wo er es sich umgehend bequem macht. Dieser Hase kann gewissermaßen von einer Sekunde auf die andere in eine Art Schmusetrance fallen. Während Paul Mäxchen den Nacken grault, streichle ich hilflos Pauls Arm.

»Das tut mir so Leid, Paul. Der Sport und die Sauna waren wohl zu viel für dich. Ich habe dich eindeutig überfordert, das dürfte mir nicht passieren.«

»Es geht schon wieder«, murmelt er.

»Wir sollten sicherheitshalber noch mal zu deinem Hausarzt gehen, Paul. Nachher klappst du mir womöglich im Wald zusammen. So viele Millionen Ameisen, die dich dann da wieder heraustransportieren, kann ich auf die Schnelle gar nicht animieren.«

Er grinst. »Ich will auch gar nicht von Ameisen getragen werden.« Ernster setzt er hinzu: »Aber zum Arzt will ich ebenso wenig. Nicht nötig.«

»Nicht nötig? Hattest du denn vorher schon mal so was?

Weißt du, woran es liegt? Nun sprich schon. Was weißt du, was ich nicht weiß?«

»Äh…«

»Raus mit der Sprache!«

»Äh, na ja.« Paul druckst herum.

»Du hast ein afrikanisches Virus, das in unregelmäßigen Abständen ausbricht und dir die Sinne schwinden lässt.«

»Nein, äh«, stottert Paul.

»Du hast heimlich Austern geschlürft, und eine davon war verdorben!«

»Nein, ganz bestimmt nicht!«

»Dich hat im Wald eine Zecke erwischt, und das an einer peinlichen Stelle, deshalb willst du nicht darüber reden.«

»Keine Zecke, nein.«

»Na, schön. Ich habe jetzt dreimal geraten. Ende der Quizstunde! Und nun spuck sie aus, die Wahrheit!«

»Vielleicht, vielleicht sind es die Pillen …

»Was für Pillen?«

»Na, so Pillen aus dem Sportstudio.«

»Was für Pillen? Und aus welchem Sportstudio?«

Wo war er, wo ich nicht war? Ich klebe an diesem Mann von früh bis spät, und trotzdem schafft er es, Geheimnisse vor mir zu hüten!

»An unserem ersten Trainingstag, da waren wir doch in deinem Sportstudio. In den Waschräumen hat mich ein Typ angesprochen. Er meinte, mit Hilfe von Pillen würde ich viel schneller ans Ziel kommen.«

»Du hast also heimlich Pillen genommen? Ja, bist du denn von allen guten Geistern verlassen?« Ich schreie so laut, dass Mäxchen zusammenzuckt, von Paul ganz zu schweigen.

»Sie haben von Anfang an ein komisches Herzrasen gemacht. Aber ich dachte, das wäre gut, wenn das Herz mal so richtig zum Pumpen kommt.«

»Ja, toll, pumpen und pumpen bis zum perfekten Herzinfarkt. Mensch, killen kannst du dich mit so einem Zeug! Wie kann man nur derart blöd sein?«

Paul schaut beleidigt weg. Sein Blick erinnert an Bette Davis und gleichzeitig an eine schwindsüchtige Diva. Das muss an seinen langen Wimpern liegen.

»Wo hast du die Pillen versteckt?«, frage ich, mühsam bemüht, meine Stimme in ihrer Phonzahl wieder etwas herunterzuschalten.

»In der leeren Zuckerdose in der Küche«, gesteht Paul.

Wie passend.

Ich hole die Tabletten und lese nach, was für Zutaten in den kleinen Mistdingern stecken.

»Weißt du, Paul, die Idee, deine Pfunde ohne viel Mühe zu verlieren, ist natürlich reizvoll. Damit haben sich schon im Mittelalter auf Jahrmärkten Schwärme von Scharlatanen ihre Kohle verdient. Mit Schlangenöl und anderem exotischen Gebräu für einen ranken, schlanken Körper. Ich möchte nicht wissen, was zu diesen Zeiten gekotzt und gelitten wurde wegen dieser ekligen Tinkturen und Quacksalbersäftchen.«

Gruselig, was sich Menschen so alles antun. Ich schüttle mich schon nach Hustensaft mit Kirschgeschmack.

»In diesen Pillen von heute sind amphetaminartige Substanzen drin. Die machen dich nervös, zittrig, heben unkontrollierbar den Blutdruck, bringen dein Herz zum Rasen und Stolpern. Ha, und hier, konzentriertes Koffein ist auch noch dabei. Diese Kombination kann tödlich sein, mein Freund. Ich verstehe dich nicht. Du magst doch gar keine Radieschen, und trotzdem scheinst du das dringende Bedürfnis zu haben, dir die Dinger aus der Sargperspektive anzuschauen.«

Ich nehme ihm Mäxchen weg. So eine kuschelige Belohnung hat Paul im Moment nicht verdient. Nach ein paar Minuten unangenehmen Schweigens setzt er sich langsam wieder auf. Glücklicherweise hat sich seine Gesichtsfarbe einigermaßen normalisiert. Er wird wohl überleben.

»Paul.«

Er wendet sich mir zu, blickt aber unglücklich an mir vorbei. Um seine volle Aufmerksamkeit zu bekommen, nehme ich seine Hände in meine. Und auch, weil er mir ein bisschen Leid tut. Er schämt sich gerade sehr. Zu Recht. Aber er ist dabei auch irgendwie so niedlich.

»Es gibt keinen leichten Weg aus dem Fettdilemma, kapiert?«, frage ich versöhnlich.

Er senkt den Blick und nickt zerknirscht.

Sein letzter Rettungsanker ist untauglich, funktioniert nicht und liegt in Pillenform im Müll. Nun gibt es nur noch ihn, mich und eine neue Art zu leben, an die er sich nur schwer, so unendlich schwer gewöhnen kann. Der Frust darüber steht ihm quer über das Gesicht geschrieben.

***

Das Telefon unterbricht unsere traute Zweisamkeit. Gleichzeitig kommt Elsa mit ihren Einkäufen zur Tür herein. Sie geht auf das Telefon zu, als ich ihr ein Zeichen mache, es weiter klingeln zu lassen.

»Aufstehen!«, rufe ich Paul zu.

Verblüfft schaut er mich an.

»Ab sofort telefonierst du im Stehen. Das ist gut für die Haltung und verbrennt mehr Kalorien!«

»An dir ist echt ein Feldmarschall verloren gegangen!«, beschwert sich Paul. »Und das ausgerechnet jetzt, wo ich mich noch so schwach fühle.«

Aber er steht tatsächlich auf und führt ein langes Telefonat, ohne sich einmal dabei zu setzen. Als er damit fertig ist, bringt Elsa jedem von uns einen Salat mit Lachsstreifen. Gierig stürzt sich Paul auf das Essen und schaut beim Kauen nicht einmal auf.

Wieder klingelt das Telefon.

»Aufstehen!«, brüllt nun Elsa.

Paul schießt erschrocken von seinem Stuhl hoch.

Wenn er glaubt, ich wäre taub, dann täuscht er sich. Ich

hab es ganz genau gehört, auch wenn es nur gemurmelt war.

»Scheiß-Frauensolidarität!«

***

Höchstens fünfzig Minuten später, als sein Essen gewiss im Magen angekommen ist, ihn nach wie vor ausfüllt und »satt, satt, satt« signalisieren müsste, beginnt die Jammerei von vorn.

»Mir tut alles weh. Ich fühle mich schwach. Ich habe Hunger. Ich brauche mehr zu essen. Ich …«

Meine Güte. Paul weiß doch gar nicht, was hungern ist. Ganz Afrika hungert. Und mein Liebling hier hat gerade einen überaus delikaten, ausgewogenen, ballaststoffreichen Salat gefuttert.

Es gibt nur zwei Möglichkeiten. Entweder ich kaufe mir Oropax und ertrage ihn in den nächsten Wochen rund um die Uhr mit versiegelten Ohren. Oder es ist an der Zeit, dass ich mir etwas Neues einfallen lasse. Mir kommt ein alter Studienkollege in den Sinn. Gemeinsam haben wir die große weite Welt der menschlichen Psyche studiert. Ich, um mir selbst zu helfen, er beseelt von der Idee, anderen zu helfen. Schließlich war ich mit mir so einigermaßen im Reinen, hab das Studium geschmissen und bin einer momentanen Laune folgend Fitnesstrainerin in dem Studio geworden, in dem ich meinen eigenen Körper in Form gebracht hatte. Mein ehemaliger Kommilitone dagegen arbeitet heute entsprechend seiner Berufung als Therapeut.

Ob so ein Therapeut wohl ein paar Tipps für weinerliche Diätopfer im Programm hat? Könnte er bei Paul einen Knopf finden, der sein unaufhörliches Hadern mit dem grausamen Schicksal abstellen würde?

Ich betrachte Paul. Sein Bauch ist schon ein wenig geschrumpft, aber diesen Kleinsterfolg könnte er mit seiner Jammerlappenhaltung und ein paar ausufernden Essanfällen in nur wenigen Tagen wieder zunichte machen.

Würde ich ihn jedoch jemals auf eine Couch bekommen? Zum Fernsehen und Popcorn-Essen sicher in null Komma nichts. Aber zur Seelenanalyse bei einem Psychoprofi?

Selbst wenn, würde er dort eventuell nicht nur weiter jammern und lamentieren, dass das Universum ihm, nur ihm allein so richtig übel mitspielt?

Und dann erreicht er mich endlich, der rettende Gedanke!

»Komm, Paul, wir gehen aus!« Aufmunternd nicke ich ihm zu. »Wir treffen ein paar Leute.«

»Was für Leute?« Er ist misstrauisch.

»Nennen wir sie mal: Gleichgesinnte.«

»In welchem Sinne Gleichgesinnte?« Nun ist er noch skeptischer.

»Weißt du, du bist mit deinem Problem nicht allein auf dieser Welt. Es gibt Leidensgefährten, massenhaft sogar.«

»Und?«

»Ja, und da gibt es so eine Gruppe, die …«

Er unterbricht mich. »Nein, sag, dass das nicht wahr ist. Du willst mich nicht etwa in eine Gruppe wie die Anonymen Alkoholiker schleppen, oder? Wie heißen die denn in diesem Falle? Die Anonymen Fetten?«

»Das Wort ›fett‹ will ich in diesem Haus nicht hören. Es ist respektlos«, erkläre ich hoheitsvoll. »Es sind die ›Anonymen Essgestörten‹, von denen ich hier rede.«

Ein Stöhnen von Paul. »Tu mir das nicht an, Nicky. Bitte, lass mir meine Würde und lass mich meinen Schmerz allein ertragen.«

»Keine Widerrede, wir gehen da jetzt hin. Deine Leidensmiene geht mir, gelinde gesagt, inzwischen auf den Keks. Hör dir mal ein paar Geschichten von anderen an, das kann nicht schaden. Du musst ja nichts sagen, wenn du nicht willst. Und nun komm. *Du* bist doch derjenige, der hier 80 Pfund abnehmen will!«

***

Wir sitzen im Kreis. Inklusive Paul und mir neun Seelen, die miteinander in Kontakt treten. Irgendwann jedenfalls, wenn sich einer überwinden kann, als Erster das Wort zu ergreifen.

Mein Zögling scheint nervös zu sein. Erst beschäftigt er sich eingehend mit der Betrachtung des frisch gebohnerten, grauen Linoleumbodens, dann beugt er sich zu mir herüber.

»Die stehen doch hier nicht auf und sagen so ein Sprüchlein, oder?«

»Was für ein Sprüchlein?«, frage ich flüsternd zurück.

»Na so: Ich heiße Paul, und ich bin fresssüchtig.«

»Quatsch. Warte einfach ab.«

Schließlich räuspert sich eine Frau mittleren Alters. »Na, dann fang ich heute mal an. Selbst wenn es mir schwer fällt. Die ersten Tage in dieser Woche hatte ich ganz gut im Griff. Aber dann war mein Mann wieder so gleichgültig, so, als wäre ich Luft.« Sie schluckt hart, bevor sie weitersprechen kann. »Er ging morgens aus dem Haus, ohne sich zu verabschieden. Um fünf kam er dann von der Arbeit zurück und hat sich ohne ein Wort vor den Fernseher geknallt.«

»Nee, wirklich?« Paul mischt sich ein. »Das ist doch ein Klischee!«

»Klischee?«, fragt die Mittvierzigerin irritiert. »Wieso Klischee? Alles wahr, kannst du mir glauben!«

Er raunt mir zu: »Duzen die sich hier alle? So wie im Cluburlaub?

»Pssst«, zische ich nur.

Die Mittvierzigerin räuspert sich noch einmal. »Jedenfalls ist es dann wieder passiert.«

Ihre Sitznachbarin tätschelt ihr beruhigend die Hand. Offensichtlich kennen sich die beiden von früheren Treffen.

»Ich habe meine Jacke genommen und bin losgefahren. In so ein Hamburger-Drive-in. Als ich meine Bestellung bekommen habe, bin ich auf so einen Rastplatz, gegessen habe ich aber im Auto. Vier Cheeseburger mit Extrakäse, das machen die mir ohne Probleme, drei doppelte Portionen Pommes samt Majo und Ketchup …«

Ihre Augen leuchten in einem wahnhaften Glanz. Offensichtlich tanzen all diese Speisen gerade vor ihrer Nase herum und lassen ihr das Wasser im Mund zusammenlaufen.

»… dazu zwei Milchshakes, einer Vanille, einer Schokolade, zwei Portionen von diesen frittierten Hühnerdingern, ich vergesse regelmäßig, wie die heißen. Dann hatten die da noch so eine Sonderaktion mit Fischbrötchen, da hab ich gleich noch zwei zum Probieren genommen …«

Diverse Gruppenmitglieder lassen eine gewisse Unruhe erkennen. Auch Paul rutscht auf seinem Stuhl hin und her. Es ist enorm, wie viel Imaginationskraft wir haben, wenn es darum geht, uns Essen vorzustellen. Würde mich nicht wundern, wenn es hier gleich anfinge, nach Imbissbude zu riechen.

»… und natürlich drei Apfeltaschen, die habe ich erst zum Schluss gegessen, weil die immer so heiß sind. Da kann man sich gemein den Mund verbrennen, wenn man zu gierig ist.«

Was vom Schaden her betrachtet ein relativ geringes Übel ist, verglichen mit dem Ausmaß dieser ungebremsten Essattacke.

»Wo isst die das hin?«, flüstert Paul fassungslos. »Die ist doch gar nicht dick.«

»Warte es ab«, gebe ich leise zurück.

»Ich habe mir noch die Reste von der Majonäse aus diesen

kleinen wabbeligen Tütchen in den Mund gedrückt. Schließlich war alles weg. Wie üblich habe ich natürlich ein schrecklich schlechtes Gewissen bekommen.« Ihr Stöhnen erfüllt den Raum. »Die Verpackungsreste habe ich zum Abfalleimer gebracht, und danach konnte ich nicht anders. Ich meine, ich hätte doch dieses ganze Essen nicht bei mir behalten können, das war doch viel zu viel, das setzt doch sofort an. Jedenfalls habe ich es noch auf der Raststätte hinter einen Baum gekotzt.«

»Einfach so?«, fragt Paul entgeistert.

»Einfach? Schön wär's ja. Ich muss mir schon die halbe Hand in den Hals stecken, um alles wieder rauswürgen zu können.« Das Bulimieopfer lässt den Kopf hängen.

Wieder streichelt ihre Sitznachbarin ihr die Hand. Und beginnt selbst zu sprechen: »Ich war diese Woche endlich auf der Waage. Ihr habt ja gesagt, ich soll den Kopf nicht in den Sand stecken, sondern mich der Realität stellen. Es war mehr als niederschmetternd.« Sie seufzt und verzieht ihren kleinen rosa Lippenstiftmund. »Da hatte ich doch so schön abgenommen, fast zwanzig Kilo im vergangenen Jahr.«

Zustimmendes Nicken von der Dame gegenüber. Ebenfalls eine alte Bekannte.

»Und nun habe ich das alles wieder drauf. Plus zwei weitere Kilo. Es ist die Schokolade. Ich kann nicht leben ohne Schokolade. Manchmal esse ich nur ein paar kleine Stückchen, aber an anderen Tagen kann ich gar nicht genug davon kriegen.«

»Verstehe ich!«, sagt plötzlich Paul. »Es gibt kaum etwas Besseres. Schokolade in allen Variationen, am liebsten mit Krokantsplittern oder dunkle Schokolade mit Haselnüssen.«

»Für mich ist es Vollmilch mit Rosinen«, brummt ein Mann, der ganz offensichtlich schon viel, sehr, sehr viel Vollmilchschokolade mit Rosinen in seinem Leben verspeist hat.

Die Frau nickt ihren beiden Schokoladenmitstreitern schief lächelnd zu. »Ja, ich mag besonders gern Schokolade, die mit Marzipan gefüllt ist. Und weiße Schokolade.« Sie seufzt. »Ich weiß jedenfalls nicht, wie ich es schaffen soll, nochmal ganz von vorne anzufangen. Zurzeit habe ich einfach nicht die Kraft.«

»Versuch es, du musst dich zusammenreißen!«, erklärt eine magere Frau, die neben mir sitzt.

Ich werfe ihr von der Seite einen Blick zu. Jede Wette, dass sie aus Sicherheitsgründen jedes Kanalgitter meidet, weil sie sonst unter Umständen zwischen den Metallritzen durchfallen könnte.

»Obwohl, ich muss ja zugeben, ich bin extrem, wenn auch in der anderen Richtung. Seit Tagen esse ich nur ein wenig gedünsteten Spinat und abends als Belohnung eine getrocknete Aprikose. Wenn ich es gar nicht mehr aushalte, koche ich mir Wasser mit einer Zitronenscheibe darin.«

Ihre Augenlider zuckten hektisch. Ich persönlich würde ihr Kamillentee empfehlen, der beruhigt so schön.

»Und ich gehe jeden Tag für mindestens zwei Stunden ins Sportstudio. Mein Arzt sagt, ich darf das nicht, und wenn ich so weitermache, muss ich wieder in die Klinik. Aber ich kann doch nicht zulassen, dass ich dick werde. Ich darf einfach nicht. Heute hatte ich noch gar nichts, es geht halt nichts rein.«

Sie bricht in Tränen aus.

Jemand reicht ihr ein Taschentuch, in das sie für eine so abgemagerte Person recht geräuschvoll hineinschnaubt.

»Das müsste mir mal passieren, dass ich nichts essen kann«, sagt ein schwer übergewichtiger Mann mit sonorer Stimme gegenüber im Kreis. »Wobei, ich muss sagen, eigentlich esse ich gar nicht so viel. Ich habe zwar regelmäßig einen ordentlichen Appetit, aber es ist nicht so, dass ich Mengen verschlinge. Irgendwie liegt es bei mir wahrscheinlich am Kreislauf, der ist vermutlich langsamer als bei anderen. Oder es sind die Hormone oder so. Außerdem habe ich schwere Knochen.«

»Verleugnung«, sagt die Bulimiekranke fachmännisch. »Klarer Fall von Verleugnung.«

»Wie meinst du das?«, fragt der Übergewichtige.

»Du gestehst dir nicht ein, dass du ein Problem hast! Schwere Knochen, wenn ich das schon höre …«

»Ich kann dir ein paar meiner Tricks verraten«, sagt nun eine Frau, die normalgewichtig aussieht. »Spiegel, Spiegel brauchst du.«

Die Art, wie sie spricht, wirkt gehetzt. Als wäre jemand hinter ihr her. Eine weitere Anwärterin für Kamillentee.

»Ich habe inzwischen Spiegel überall. Auf dem Fußboden, an den Wänden, an der Decke. Und essen tue ich nur nackt. Dann sehe ich mich von allen Seiten, von vorn, von hinten, von oben, von unten. Den kleinsten Bauchansatz sehe ich sofort oder wenn am Po plötzlich eine Delle ist. Dann höre ich umgehend auf zu essen. Spiegel, die helfen.«

In der Runde macht sich ein gewisses Entsetzen breit. Die Aussicht, splitterfasernackt in einem Spiegelkabinett zu leben, ist anscheinend nicht jedermanns Sache.

»Und wenn du irgendwo zum Essen eingeladen bist, brauchst du eine anständige Strategie«, erklärt sie mit Nachdruck.

Nun bin ich mal gespannt. Sicher würde sie keine Spiegelkacheln in der Gegend herumschleppen, und als Nudistin kann sie sich bei einem gepflegten Dinner auch schlecht outen.

»Also, wenn du zum Essen eingeladen bist, musst du die engste Hose anziehen, die du in deinem Schrank finden kannst. Ich habe so eine, da lege ich mich immer auf den Fußboden, um überhaupt den Reißverschluss zuzukriegen. Dauert eine Weile, aber lohnt sich. Jedenfalls kann ich in der Hose sowieso kaum was essen, weil sie so eng ist. Außerdem ist die Vorstellung, dass ich bei einem Dinner aus den Nähten platze, so furchtbar, es wäre derart peinlich, dass ich halt nur hier und da einen kleinen Happen zu mir nehme.«

Sie ist außer Atem. Getrieben von ihrer Besessenheit spricht sie zu schnell und bekommt dabei zu wenig Luft. Doch sie lässt noch nicht locker.

»Und manchmal im Restaurant, da bestelle ich mir ein Dessert. Ich hab das ja im Griff, würde ja nicht im Ernst einen ganzen süßen Nachtisch aufessen.«

»Nein?«, fragt der Übergewichtige. »Du kannst die Hälfte stehen lassen?«

»Die Hälfte?« Ein hysterischer Lacher der Besessenen ertönt. »Ich lasse viel mehr als die Hälfte stehen. Weil ich nämlich nach zwei Bissen, immer nach genau zwei Bissen, eine ganze Ladung Salz und Pfeffer auf das Dessert streue.«

Und ich dachte, ich hätte schon alle Beklopptheiten zum Thema Gewichtskontrolle gehört, als ich noch selbst ein übergewichtiges Mitglied einer kleinen Selbsthilfegruppe war. Weit gefehlt.

»Aber wenn du mal etwas Süßes für zu Hause kaufst, machst du das dann genauso? Verdirbst alles mit Salz und Pfeffer?«

»Das ist viel zu mühsam«, antwortet sie mit fiebrigem Glanz in der Pupille. »Ich kaufe alles, was mir schmeckt. Dann mache ich mir winzigste Portionen meiner Lieblingsspeisen. Den Rest, den werfe ich sofort weg. Aber es reicht nicht allein, die Sachen in den Abfalleimer zu werfen. Nein, diesen Fehler machen wahrscheinlich viele!«

»Verstehe ich nicht«, sagt der Übergewichtige.

»Nein? Ist doch ganz klar. Es besteht die große Gefahr, dass man mehr will. Und dann hat man diesen Abfalleimer in der Wohnung, wo ja das Weggeworfene noch drin ist. Wenn man das wieder herausholt, war alles umsonst. Denn meist gibt es ab diesem Punkt kein Halten mehr, ist klar, oder? Deshalb muss man den Abfalleimer sofort aus der Wohnung schaffen, ab in den Container, weg damit, ganz schnell.«

Genau. Sonst werden tausend Spiegel Zeuge, wie man direkt aus dem Abfalleimer schmaust. Womöglich noch ohne Besteck, gleich mit allen zehn Fingern.

»Was man sich nicht alles so überlegt«, stöhnt eine weitere Dame. »Und das alles nur für die Schönheit!«

Hallo, falsch! Falscher Gedanke, falsches Wort, falscher Ansatz. Mühsam beiße ich mir auf die Zunge.

»Ich probiere seit Jahren alles Mögliche aus. Aber die Fettpölsterchen sind geblieben, da konnte ich anstellen, was ich wollte. Deshalb bin ich zu einem Schönheitschirurgen gegangen. Das fing ganz harmlos an, ehrlich. Er hat mir etwas von Reiterhosen erzählt. Ihr Männer kennt das ja nicht so, also das sind die Fettpolster an den Oberschenkeln. Jedenfalls meinte er, er könnte die absaugen und die wären danach endlich für ewige Zeiten verschwunden. Ich habe gespart, und er hat es gemacht. Eigentlich wollte ich in den Urlaub fahren, aber…«

Sie überlegt einen Moment. Offensichtlich will sie uns die Chronologie der Ereignisse faktisch richtig schildern.

… aber ich dachte, wo die Reiterhosenschenkel nun weg waren, würde ja der Bauch stören. Glücklicherweise konnte er den auch wegmachen, nicht ganz, aber so, dass er weniger auffiel. Dumm war nur, dass nun meine Oberarme so klobig aussahen. Da ist er schließlich auch ran. Wir beide fanden dann bei genauer Betrachtung, meine Fesseln passten nicht mehr zum Gesamtbild. War für ihn kein Problem. Da kann man eine Liposuktion machen. So heißt das, wenn die Fett absaugen. Hat aber trotzdem nichts genützt.«

»Wieso?«, fragt Paul. »Ist das Fett zurückgekommen?«

»Nein, das nicht, aber es hat sich nichts verändert. Ich bin in den Urlaub, konnte mich tatsächlich im Bikini blicken lassen, aber mich hat niemand beachtet. Wahrscheinlich, weil ich am Rücken noch etwas absaugen lassen muss. Oder weil es immer eine gibt, die noch schlanker ist und noch schöner. Ihr Männer seid im Grunde schuld an der ganzen Misere!«

Jetzt kommt Stimmung auf. Aus der Selbsthilfegruppe wird eine Vernichtungstruppe. Frau gegen Mann und unter Umständen noch jeder gegen jeden.

»Wir Männer haben es heutzutage genauso schwer wie ihr Frauen«, verteidigt nun der rundliche Mann mit der Vorliebe für Rosinenschokolade die Ehre seiner Geschlechtsgenossen.

Protest der Frauen, ein Bravo-Ruf des Kollegen mit den schweren Knochen.

»Wenn wir Männer dick sind, sind wir angeblich faul, hocken nur auf dem Sofa und umarmen ein Bier nach dem anderen. Wenn wir dünn sind, sind wir angeblich schwach und unmännlich. Wenn wir zu klein sind, kriegen wir überhaupt kein Rendezvous ab. Wenn uns die Haare ausfallen, sind wir unattraktiv. Groß müssen wir sein, stark, athletisch, möglichst noch reich, aber in jedem Falle schlank und gut aussehend. Wir sind die wahren Opfer!«

Nun ist die Stimmung endgültig vergiftet.

Da bekommt Paul plötzlich den Gesichtsausdruck, den er oft beim Moderieren hat. Sein weises Buddha-Antlitz wirkt konzentriert. Man gebe meinem Schützling ein Mikrofon, und große Dinge werden geschehen.

»Opfer ist nur, wer sich als Opfer definiert!«, sagt er laut, bestimmt und ruhig.

Verblüfftes Nicken von allen Seiten.

»Wir wollen keine Opfer sein. Niemand von uns!«

Zustimmendes Murmeln rollt durch den Kreis.

»Wir sitzen alle in einem Boot. Gemeinsam sind wir stark!«

Die Gruppendynamik treibt so einigen bereits Tränen vor Rührung in die Augen. Bevor sich alle gleich bei den Händen nehmen und Paul weitere Beschwörungsformeln für ein besseres, vereintes Dasein findet, stehe ich auf. Definitiv soll man gehen, wenn es am schönsten ist.

Draußen grinst Paul mich an. Wo auch immer sein Humor sich versteckt hielt, er scheint ihn endlich wiedergefunden zu haben.

»Und ich dachte, *ich* hätte ein riesiges Problem«, sagt er. »Aber mit meinen leichten Knochen und sogar ohne Spiegel geht es mir eigentlich doch recht gut.«

Ich hake mich zufrieden bei Paul ein. Im Gleichschritt gehen wir um eine Erfahrung reicher wieder nach Hause.

Tja, schon der alte Einstein hat es gewusst: Alles im Leben ist eben verdammt relativ.

Kapitel 5

Hummer unter Palmen

Radio Funtime, Studio 1, 20.58 Uhr

»Wir sind ja alle irgendwie Individualisten, sehen uns selbst im Zentrum unseres Lebens und entwickeln einen Egoismus, der zum Teil auch gesund ist, weil er uns beim Überleben hilft. Die Schattenseite ist, dass wir uns oft allein fühlen, nur auf uns selbst gestellt, unverstanden von der Welt. Doch, ich sag euch eines: Das Problem, das ihr gerade habt, haben andere genauso. Macht die Augen auf, streckt die Hände aus und sucht nach Verbündeten, dann könnt ihr euer Päckchen viel leichter tragen. In diesem Sinne verabschiede ich mich für heute von euch mit dem Song ›You are not alone‹. Ciao for now, euer Paul.«

***

Ungeduldig warte ich, bis Paul endlich mit der Moderation fertig ist. Kaum erlischt die rote Lampe, öffne ich schon die Tür zum Aufnahmestudio.

»Jetzt?«, frage ich.

»Seid ihr Frauen eigentlich alle so neugierig?« Paul lacht.

»Klar, wir sind das neugierige Geschlecht. Der Vorteil ist, dass wir dadurch zugleich aufgeschlossen, wissbegierig und begeisterungsfähig sind. So, und nun spann mich bitte nicht länger auf die Folter.«

Seit heute Morgen macht Paul eine Andeutung nach der anderen. Er spricht davon, dass etwas Besonderes passieren wird. Er sagt, ich werde Augen machen. Und er streut ab und zu das schöne Wörtchen »Überraschung« ein.

Nach jahrelangem Training schaffe ich es zwar, relativ emotionslos an jeder Konditorei der Stadt vorbeizugehen, ohne mich auf die Backwaren zu stürzen, aber wenn es um Überraschungen geht, überfällt mich so ein unruhiges Kribbeln wie früher vorm Kinderfasching, wenn ich die Welt als Prinzessin, Piratenbraut oder Primaballerina erobern wollte, oder wie kurz vorm Besuch des allwissenden Weihnachtsmannes.

Doch Pauls Lippen bleiben versiegelt, selbst auf der Autofahrt nach Hause kann ich ihm kaum mehr entlocken, als dass wir unseren Horizont erweitern werden.

Den Horizont erweitern? Hoffentlich hat er nicht ein Abonnement für die neuen Brockhaus-Lexika in 48 Bänden abgeschlossen, damit wir uns fortan statt dem Essen der höheren Bildung widmen können.

***

Ich warte, während wir in Ruhe einen gemischten Salat mit Kürbiskernen verspeisen. Ich warte, während wir uns gedünsteten Heilbutt auf Möhren-Kohlrabipüree einverleiben. Ich warte, während wir an Elsas neuester Erfindung, einem zuckerfreien Blaubeersorbet, naschen.

Dann endlich hat Paul Erbarmen.

Er wedelt mit etwas vor meiner Nase herum.

»Weißt du, was das ist?«, fragt er schelmisch.

»Ist ein Flugzeug vorne drauf. Mhm, lass mich raten: Flugtickets?«

»Genau. Flugtickets. Meine Jammerei gestern war ätzend, die ersten zehn Diättage waren echt hart, aber ich merke, meine Hosen sitzen schon lockerer. Ein tolles Gefühl, übrigens.«

Ich nicke ihm zu. Kann ich mir bestens vorstellen.

»Aber ich will mir ganz sicher sein, dass ich auch durchhalte. Deshalb muss ich weg von dem Stress. Da hat Tom ganz Recht. Und wir wollten diese Reise schon seit langer Zeit zusammen machen.«

Etwas in mir macht »pffffft«, als würde jemand mit einer Nadel in einen schönen roten Luftballon piken. Tom also war der Glückliche, der Mitflieger, der Reisegefährte.

»Ihr?«, frage ich und muss mich räuspern. »Ihr fahrt weg?«

»Ja. Aber natürlich nicht ohne dich!«

Pflaster für den Luftballon, schnell die Pumpe zum Aufpusten, ha, alles wieder perfekt!

»Wir? Wir alle drei? Ich meine, wir verreisen gemeinsam? Ja, wohin denn, nun sag schon, nein, wie aufregend!«

Nichts hält mich mehr auf meinem Stuhl. Ich renne auf Paul zu und grabsche nach den Tickets. Hastig schlage ich sie auf.

»Male? Flughafen Male? Wo ist denn das?«

Bitte, bitte sag nicht am Nordpol, nicht östlich von Sibirien, sondern im Paradies.

»Mitten im Indischen Ozean.«

»Im Indischen Ozean«, wiederhole ich andächtig.

Da könnte doch ungefähr das Paradies liegen, oder?

»Wir machen Urlaub auf den Malediven, das ist eine Inselkette mit über tausend Inselchen. Male liegt übrigens auf der Insel Huhule.«

»Huhule. Klingt, als würden einem in der Gegend die gebratenen Hummer in den Mund fliegen, oder?«

Ich tanze aufgeregt vor Paul herum. Huhule. Hummer. Hitze. Hurra!

Noch einmal studiere ich die Tickets. »Mensch, Paul, das ist ja First Class. Ich bin noch nie First Class geflogen. Muss ich mir da etwas Besonderes anziehen?«

»Nee, um Gottes willen.« Paul lacht. »Ich dachte nur, bei so langen Flügen ist First Class doch sehr viel angenehmer. Und außerdem sind die Sitze breiter.« Er verzieht in gekonnter Selbstironie den Mund.

»Da gibt es doch bestimmt Kaviar, oder?«, frage ich euphorisch.

»Ja, höchstwahrscheinlich. Darf ich den denn überhaupt essen?«

»Und ob! Schau mal in deinen Kaloriencomputer!«

Paul überlegt laut. »Also, eine Portion hat wahrscheinlich 30 Gramm. So, ich tippe mal 30 Gramm ein. Ha, es sind nur 78 Kalorien.«

»Eine ganz passable Proteinquelle. Davon darfst du dann sogar zweimal nehmen!«

Ich finde, da muss auch ich mal ein bisschen großzügig sein.

***

Zwei Tage später ist es schon so weit. Elsa schwört hoch und heilig, die beste Ersatzmutter für Mäxchen zu sein und jeden Tag ausgiebig mit ihm zu schmusen, und Lara hilft mir beim Packen. Sorgfältig faltet sie meine Sommer-T-Shirts und legt sie in meine Reisetasche. Ein Seufzen entweicht ihrer zarten Mädchenbrust.

»Wirst du mich vermissen?«, frage ich und schaue sie forschend an.

»Ich muss dir etwas gestehen. Du bist doch meine beste Freundin«, sagt Lara leise.

»Was ist passiert?«

»Ich mag mich selber nicht dafür, aber ehrlich gesagt: Ich bin eifersüchtig.« Kläglich schaut sie zu Boden.

»Weil ich auf die Malediven fahre?«

»Nein, nicht wegen der Malediven. Aber – weil du mit Paul fährst.«

»Nach wie vor verknallt in den Radioguru?«, frage ich behutsam.

»Das ist es ja gerade. Er ist eben nicht mehr nur ein Radioguru. Wenn du von ihm erzählst, wenn ich ihn kurz sehe, vor allem hier in seinen privaten Räumen, dann beneide ich dich so schrecklich. Und ich schäme mich dafür.«

Schnell drücke ich ihr einen Kuss auf die Wange. Sie ist wirklich ein Schatz. Wäre die Situation umgekehrt, würde ich heimlich grollen, nachts vor Neid ins Kopfkissen beißen, aber sicher nicht so frei und offen meine niederen Gefühle offenbaren.

»Reg dich nicht auf, Lara. Ich mag Paul sehr, und ich werde dafür sorgen, dass er auf gesunde Art abnimmt. Vielleicht wird er ein guter Freund, das ist alles.«

»Aber wenn es nun im Urlaub funkt? Ich meine, wenn er sich in dich verliebt? Du bist so witzig und so hübsch. Und dann in so einer Atmosphäre, wenn man halb nackt ist und seine Haut spürt …«

Lara hält gerade einen meiner winzigen Bikinis in der Hand und guckt sich an dem Büstenhalter fest.

Entschlossen nehme ich ihr das Ding ab und stopfe es in die Reisetasche.

»Du wirst sehen, Lara. Ich fahre als Single, ich komme als Single zurück. Da gibt es absolut keinen Zweifel.«

***

Ich habe nie verstanden, warum so viele Leute ihre gesamte Energie darauf verschwenden, dem Reichtum hinterherzurennen. Existenzsicherung ist das eine, aber braucht man das siebenundvierzigste Paar Schuhe? Das Auto mit dem Stern auf dem Kühler? Das Reihenhaus am Stadtrand mit Zaun und Alarmanlage?

Nein, nein und nochmals nein.

Doch ab heute steht mein Weltbild auf dem Kopf.

Ich, Nicky, fliege First Class. Kein Schlangestehen zwischen Hunderten von Menschen mit zerbeulten Koffern beim Einchecken. Keine genervte, sondern eine überfreundliche Bodenstewardess, die Paul und mir unsere Bordkarten feierlichst überreicht. Kein Kämpfen um einen Sitzplatz im Warteraum, dagegen Residieren in der First-Class-Lounge. Dort werden wir dann auch höflichst gebeten zu boarden, woraufhin wir an allen Rucksacktouristen vorbei in das große Flugzeug schweben.

Fehlen höchstens noch der rote Teppich und ein anständiges Blitzlichtgewitter. Doch selbst dieses winzige Manko ist vergessen, als ich, kaum habe ich mich in meinen Reisesessel gekuschelt, ein Glas Champagner serviert bekomme.

Star-Behandlung für Nicky. Nie wieder Holzklasse! Ich muss eines Tages wirklich ernsthaft über meine Zukunft und mögliche Strategien zur Erlangung unermesslichen Reichtums nachdenken!

Ich nehme gerade meinen zweiten Schluck eisgekühlten Schampus, als Tom aufkreuzt. Paul und er umarmen sich lachend und klopfen sich gegenseitig auf den Rücken, wie das Männer eben so machen, wenn sie sich mögen, aber nicht in öffentliches Streicheln verfallen wollen.

»Ach, hast du deine Aufpasserin auch dabei?«, fragt Tom dann mit einem Nicken in meine Richtung.

Er schaut mich an, als wäre ich so eine Art Schmeißfliege, an die man sich nur schwer gewöhnt, weil sie außer ihrer Nutzlosigkeit zudem die Eigenschaft hat, zur falschen Zeit am falschen Ort zu sein.

»Hallo Tom! Wie geht's?«, frage ich gespielt locker.

»Gut«, brummt er. »Und dir?«

»Ausgezeichnet!«, gebe ich zurück.

Na, geht doch. Sollte sich unsere tägliche Konversation auf diesen Wortwechsel beschränken, gäbe es wenigstens keinen offenen Hass im Paradies.

***

Ich sitze neben Paul, und Tom hat seinen Platz quer über dem Gang, so dass wir uns zwar sehen, aber nicht unbedingt verpflichtet sind, miteinander zu reden. Sehr angenehm.

Dieses Summen im Flugzeug, die kuscheligen Sitze, die Decke, die man mir gebracht hat, damit ich bloß nicht friere, Pauls inzwischen so gewohnte Anwesenheit – all das entspannt mich so ungemein, dass ich einschlafe. Ich wache erst langsam wieder auf, als ich um mich herum verhaltenes Klappern vernehme.

Ganz sachte öffne ich ein Auge und sehe ein Stück Brot. Ach ja, Brot. Baguettebrot, Rosinenbrot, Brötchen mit eingebackenen Nüssen und krosser Kante, Stangenbrot mit getrockneten Tomaten, all diese Köstlichkeiten, die einem in Restaurants in unschuldig aussehenden Brotkörbchen auf den Tisch gestellt werden. Jeder Brotkorb war meiner. Bevor das eigentliche Essen überhaupt losging, war ich in jeden Brotkorb eingefallen. Brot dick mit Butter, Brot mit Schmalz, Brot in Öl getunkt, getränkt von feinstem Olivenöl …

Halt, Moment mal. Das gehörte zu meiner wenig ruhmreichen Vergangenheit als Allesesser. Doch warum ist hier so viel Brot um mich herum? Und warum hat Paul so glänzende Lippen, als hätte er mein Lipgloss geklaut? Mit einem Schlag bin ich hellwach.

»Was tust du da?«, fahre ich Paul an.

»Wieso?«

»Du isst Brot mit Olivenöl!«

»Aber kein Weißbrot. Ich habe mir extra ein Vollkornbrötchen geben lassen, weil Weißbrot ja verboten ist. Und Olivenöl ist schließlich gesund.«

Ich raufe mir die Haare und gestikuliere wild, um noch mehr Nachdruck in meine Worte zu legen: »Ja, Olivenöl ist gesund, ist ein gutes Fett. Aber es ist und bleibt F-E-T-T! Fett macht fett, oder hast du schon mal das Gegenteil gehört?«

Paul hört vorübergehend auf zu kauen.

»Natürlich brauchst du täglich eine gewisse Menge Fett, aber die wird gedeckt durch Fisch, Fleisch, Salatdressing, alles Mögliche. Aber Öl pur? Also, wirklich nicht! Da bringe ich Elsa bei, mit Minimalmengen an Öl zu kochen, und du haust dir das Zeug kurzerhand so nebenbei rein. Guck in deinen Kaloriencomputer, na mach schon!«

Es dauert eine Weile, bis Paul seinen Computer hervorgeholt hat. Aber dann tippt er routiniert darauf herum.

»Du guter Gott! Ein Esslöffel hat hundertsechs Kalorien. Was glaubst du, wie viel hier auf dem Tellerchen ist?«

»Na, mindestens zwei Esslöffel. Verstehst du jetzt, was ich meine? Diese kleine Nascherei ist zu reichhaltig für unser Abnehmprogramm!«

»Ist es nicht schön?«, fragt plötzlich Tom quer über den Gang rüber zu uns.

»Was?«, will ich wissen.

»Ist das nicht ein schöner Job? Du kannst von morgens bis abends an einem Mann herummeckern und wirst dafür obendrein bezahlt.«

Was für ein Ekel!

Ich strafe ihn für den Rest des Fluges mit Nichtachtung. Allerdings scheint er das nicht im Geringsten zu bemerken. Ihm ist es wahrscheinlich nur allzu recht, wenn die Schmeißfliege endlich verstummt.

***

Male Airport. 30 Grad im Schatten. Nur, wo ist er, der Schatten? Warum reicht mir niemand einen hellrosa Sonnenschirm mit Rüsche, so wie ihn die Japanerinnen mit sich herumtragen?

In dem grellen Sonnenlicht sehen wir drei aus wie quarkweiße Aliens, die sich bei ihrer Landung grauenvoll im Breitengrad getäuscht haben. Paul, der am meisten schwitzt, reißt sich die oberen Hemdknöpfe auf, ich suche nach meiner Jackie-O-Sonnenbrille, und Tom setzt sich eine Baseballkappe auf den Kopf. Er läuft zielstrebig voran, ganz weltgewandter Globetrotter, und führt uns zu einem Schnellboot, das uns innerhalb von 25 Minuten auf unsere Insel bringen soll.

Es gibt Menschen, die sich als bewusstseinserweiternde Maßnahme dem Schweigen verpflichten. Zu diesem Zwecke gehen sie für eine gewisse Zeit in ein düsteres Schweigekloster, wo sie inmitten kuttengewandeter Brüder das Sprechen vergessen. Mir gelingt das ohne Kloster und sogar mit Paul im Buschhemd neben mir. Weil es einem die Silben, die Worte, die Sätze verschlägt, wenn man über türkisblaues Meer gleitet und sich einer Koralleninsel nähert, die umspielt von weißem Sand inmitten von kristallklarem Wasser liegt und ihre Schönheit mit der Selbstverständlichkeit einer Perle erstrahlen lässt.

Schöner geht's nicht.

Besser wird's nicht.

Das Leben ist ein Traum.

Ich erwache erst aus meiner Malediven-Meditation, als unser Boot anlegt und wir freudig vom Hotelpersonal begrüßt werden.

»Herzlich willkommen auf Kuda Huraa!«

Kuda. Huraa? Perfekt. Ein Inselchen, das irgendwas mit Hurra im Namen hat, ist hundertprozentig ein Ort zum Jubeln.

»Herzlichen Glückwunsch, herzlichen Glückwunsch!«, flöten nun die Damen und Herren vom Hotel.

Beglückwünscht werden wir auch noch. Nein, was für ein reizender Empfang.

Man wirft Paul und mir eine Blumenkette um den Hals. Tom geht leer aus. Die Menschen können einem hier wahrscheinlich in die Seele gucken und wissen, der hat keine verdient.

»Wir freuen uns und fühlen uns geehrt, dass Sie diese kostbare Zeit Ihres Lebens bei uns verbringen«, zwitschert eine junge Frau und strahlt Paul und mich an.

Warum grinst dieser Tom eigentlich so dämlich?

»Honeymoon ist ja soooo romantisch!«, schwärmt die junge Frau und drückt mir vertraulich die Hand.

»Honeymoon?«, frage ich entgeistert.

Sie hält uns für Hochzeitsreisende? Uns merkwürdige Menage à trois, bestehend aus einem übergewichtigen Radiomoderator, seinem weiblichen Diätschatten und einem Casting-Direktor, der außer einer großen Portion Sarkasmus bisher nur wenig in diese kleine Gemeinschaft eingebracht hat?

»Wir haben also den Honeymoon-Bungalow reserviert, das ist unser größtes Haus, es hat mehrere Zimmer, ein extra großes Badezimmer, den schönsten Blick und den besten Komfort, den Sie sich nur vorstellen können. Und dann haben wir noch einen kleineren Bungalow direkt daneben. Alles wie gewünscht.«

»Wer hat eigentlich gebucht?«, frage ich und versuche, mein klösterliches Schweigegefühl wieder zu finden.

Im Moment ist mir ja eher nach einer anständigen Brüllerei, aber mit der Blumenkette um den Hals würde ich dann vermutlich wie eine hysterische Witzfigur aussehen.

»Ich habe das arrangiert, liebste Nicky«, gibt Tom zuckersüß zurück.

Na warte, mein Freund.

»Herrlich, und wirklich sooooo romantisch!«, sage ich und wende mich der leicht irritierten Hoteldame zu. »Es liegt nur ein kleiner Irrtum vor. Ich bin nämlich gar nicht die Braut, müssen Sie wissen.«

Mit spitzen Fingern nehme ich die Blumenkette ab und werfe sie schnell Tom um den Hals.

»Wenn Sie verstehen, was ich meine? Sie sind doch bestimmt ein tolerantes Haus, oder?«

Strahlend schaue ich zwischen Paul und Tom hin und her. Entzückend sehen die beiden Süßen aus mit ihren leuchtenden Blümchen.

Die Hoteldame räuspert sich verlegen. »Ja, äh, wenn Sie mir dann bitte folgen wollen.«

Hocherhobenen Hauptes schließe ich mich ihrer Führung an, während Tom hinter mir Paul zu erklären versucht, dass das ganze Resort ausgebucht war, bis auf eben den Honeymoon-Bungalow und den kleineren Bungalow daneben. Ich verfalle wieder in entspanntes Schweigen. Mir ist das völlig egal, solange in meinem Badezimmer kein brustbehaartes Wesen auftaucht.

***

Mein Häuschen steht auf Holzstelzen im Meer. Es ist perfekt für eine Inselprinzessin ausgestattet. So fühle ich mich sofort. Das ganze Wehren gegen den Malediven-Luxus nützt überhaupt nichts, und so schicke ich einen kurzen Dank nach oben, hinein in den hellblauen, wolkenlosen Himmel. Dann wende ich mich meiner Reisetasche zu. Beim Auspacken entdecke ich plötzlich etwas, das mir offensichtlich Lara ins Gepäck geschmuggelt hat. Ihre Handschrift ist unverkennbar: Die erste Illustration zeigt Paul dick und mit einem knallgelben Schwimmring um den Bauch. Die zweite dagegen präsentiert ihn im engen Badehöschen, bauchlos, dafür mit beeindruckender Taille und umringt von Bikinischönheiten. Die perfekte Urlaubsvision, das beste Motivationsbild, um nicht jedes dumme Stück Weißbrot wie eine verlorene Geliebte anzuschmachten.

Rasch laufe ich die paar Schritte von meinem Inselprinzessinnen-Häuschen zum Honeymoon-Bungalow und schiebe die Illustrationen unter der Tür hindurch. Einen Moment später bereits höre ich Paul schallend lachen. Selbst der reservierte Tom lässt sich zu einem spontanen Gefühlsausbruch hinreißen und fällt in Pauls Lachen ein.

»Das ist ja toll!«, sagt Tom. In seine Stimme legt er einen gespielt affektierten Klang. »Ach, Liebling«, quietscht er, und ich drücke neugierig mein Ohr noch fester an die Tür. »Ach Paul, mein Liebling, wenn du erst mal so schick schlank bist, dann kaufe ich dir einen ganz hinreißenden Fummel!«

Ich muss grinsen und schüttle nachdenklich den Kopf. Wer hätte das gedacht? Wenn nicht gerade ein weibliches Wesen in der Nähe ist, kann Tom ja richtig ausgelassen sein. Zurzeit jedenfalls schütten sich die zwei Freunde gerade aus vor Lachen.

***

Wenig später treffen wir uns alle drei am Strand. Paul hat sich völlig entspannt und in voller Pracht auf einer Sonnenliege ausgebreitet. Tom sitzt daneben und schaut Richtung Horizont übers Meer. Und ich habe einmal mehr meinen Horrormoment. Nun bin ich auf einer Trauminsel mit zwei Männern gelandet, Tausende von Kilometern weg von zu Hause, und trotzdem sind sie mit mir mitgereist: meine lieben Komplexe. Wo ich hingehe, wollen auch sie hingehen. Wann werde ich mich endlich von meinen Unsicherheiten legal und für immer und alle Zeiten scheiden lassen können?

Ich stehe hier in meinem knielangen Kaftan mit einem netten kleinen Bikini darunter, transpiriere, aber traue mich kaum, den Kaftan auszuziehen. Kurz blitzt die Vorstellung von meinem früheren dicken Körper vor mir auf.

Da hilft nur Selbstbeschwörung: Ich bin schlank, ich bin trainiert, ich bin eine sportliche, hübsche Nicky!

Und trotzdem kommt es mir vor, als würde ich gleich zwei wildfremden Männern üppige Körpermasse in Unterwäsche präsentieren. Und, was noch schlimmer ist, sie würden mich anstarren dürfen und sich darüber austauschen können, wie mein Körper, mein Tempel so aussieht.

Ich schlucke und schließe die Augen – Vogel Strauß lässt grüßen –, während ich mich mit klopfendem Herzen aus meinem Kaftan pelle. Schnell setze ich mich auf die dritte Sonnenliege und riskiere einen verstohlenen Blick zu meinen Reisebegleitern.

Nichts passiert.

Was hatte ich erwartet? Dass ausgerechnet der friedliche Paul die Festigkeit meiner Bauchdecke überprüfen würde? Dass Tom mit einer Lupe meine Oberschenkel analysieren wollte? Dass beide sofort mit dem Finger auf mich zeigend zu schwatzen und zu johlen begännen?

Erleichtert atme ich auf. Ätsch, ihr blöden Komplexe. Habt wieder nur blinden Alarm gemacht. Nun haut ab, macht ebenfalls irgendwo Urlaub, möglichst weit weg bei den Eisbären oder, besser noch, auf dem Mond.

»Genial«, schwärmt Paul.

»Bist du überhaupt eingecremt?«, frage ich ihn. Die Sonne brennt hier ganz schön.

»Die Mama fragt, ob du auch eingecremt bist!«, sagt Tom mit ironischem Unterton.

Ich werfe ihm einen wütenden Blick zu.

»Womit denn?«, fragt Paul zurück.

»Mit Sonnenschutzmittel natürlich«, antworte ich. »Oder willst du deinen Bauch mit ein paar Brandblasen verschönern?«

»Sonnenschutzmittel? Hab ich vergessen.«

Aber Mutti nicht. Ich werfe ihm eine Flasche mit Sonnenmilch auf die Liege. »Das mit dem Einreiben schaffst du sicher selber, oder?«

»Glaub nicht. Zu anstrengend«, gibt Paul zurück.

»Dann hilft dir bestimmt dein Freund Tom.«

Damit wäre wohl klar, wo mein Service endet. Aufpassen, ja! Anfassen, nein! Und eincremen? Also bitte, wir sind ja wohl keine Teenager in einem Freibad, wo alle Vierzehnjährigen nur auf die Sekunde hinarbeiten, einem andersgeschlechtlichen, pubertierenden Etwas den Rücken einzuschmieren. Die Zeiten sind vorbei, meine Lieben!

Tom zeigt Paul kurz einen Vogel, und so bleibt Paul nichts anderes übrig, als sich selbst den Leib einzucremen.

»Nur weil wir auf den Malediven im Urlaub sind, heißt das natürlich nicht, dass wir uns fortan nicht mehr bewegen, Paul!«, erkläre ich nun.

»Mhm«, ertönt es wenig begeistert von seiner Liege.

»Aquasport ist wahnsinnig gut. Schwimmen schont die Gelenke, aber das Beste ist, im Wasser fühlt man sich ganz leicht, besonders natürlich im Meer durch den Salzgehalt.«

»Hält sie dir immer solche Vorträge?«, fragt Tom.

»Ja, das tut sie«, antworte ich an Pauls Stelle. »Weil die Mama nämlich viel über Sport und über das Abnehmen weiß.«

Ohne darauf einzugehen, steht Tom auf und trabt in Richtung Wasser. Wie ärgerlich, dass er eine Figur hat wie die Jungs auf den Modelkarten für Fotografen. Breite Schultern, muskulöser Rücken, nicht den Ansatz von Fettröllchen über dem Badehosengummi, lange Beine. Plötzlich nimmt er Anlauf und stürzt sich kopfüber in die türkisfarbenen Fluten. Dann schwimmt er im Kraulstil los. Gekonnt, das muss man ihm lassen. Absaufen wird er also wohl leider nicht.

Ich schlucke. »Also, nimm dir ein Beispiel an Tom. Der bewegt sich auch!«

Entschlossen gehe ich zu Paul und ziehe ihn von der Liege hoch. Gemeinsam laufen wir zum Meer. Es ist warm und einladend.

Als wir schließlich bis zu den Schultern in dem Kristallwasser versunken sind, betrachte ich meinen Schützling.

»Ist das nicht herrlich?«

»Irgendwie schon. Aber ich fühle mich trotzdem wie ein Wal!«

»Macht nichts. Wale können toll schwimmen. Los, beweg dich, das Meer ist keine Badewanne.«

Paul verzieht den Mund. »Du hast gut lachen. Ich bin und bleibe ein Wal. Und du bist eine Nixe.«

»Oh.«

Eine Nixe? Vor fünf Minuten habe ich mich noch nicht getraut, meinen Kaftan auszuziehen, weil ich Angst hatte, mir sieht jemand meine Walvergangenheit an. Und nun bin ich bereits zur Meeresschönheit avanciert. Paul ist echt charmant.

»Komm, mein Wal. Folge mir. Schwimm mir ganz einfach langsam hinterher. Und du wirst sehen, wenn wir in zwei Wochen wieder abreisen, bist du ein Delfin! Selbst Flipper wird deinen Namen kennen, ich schwör's!«

Als Paul endlich mit dem Lachen aufhören kann, schwimmen wir geschlagene zwanzig Minuten ohne Pause. Nach einer halben Stunde ausruhen auf der Liege animiere ich Paul, noch einmal genauso lange mit mir schwimmen zu gehen. Sogar Tom gesellt sich zu uns, schwimmt mit uns mit, macht keine sarkastischen Bemerkungen, sondern schafft es sogar, mir einmal recht neutral in die Augen zu schauen, als wollte er mir eine Art Waffenstillstandsangebot machen.

Mir soll es nur recht sein. Ich bin eine Nixe, und Nixen sind schließlich von Natur aus sanft und friedliebend.

***

Nachmittags melde ich Paul im Spa an. Er soll sich mal so richtig durchkneten und verwöhnen lassen. Von Kopf bis Fuß, von schief nach schräg und das Ganze mit Tiefenwirkung. Außerdem trage ich ihn noch für eine Ayurveda-

Behandlung mit duftenden Ölen ein. Mal schauen, wie das unserem weisen Buddha gefällt. Vielleicht kommt er erleuchtet zurück?

In jedem Falle hat er einen schon fast federnd wirkenden Schritt, als er sich zu Tom und mir zum Aperitif in die Bar gesellt.

Ich stupse Paul in die Seite. »Nun erzähl schon. Wie war's?«

»Ausgesprochen nett, würde ich sagen.« Paul grinst. »Solltest du auch mal hin, Tom, sind lauter nette Mädels da.«

Tom raucht schweigend sein Zigarillo weiter. War natürlich nicht zu erwarten, dass er bei der Aussicht auf Mädels in beglücktes Indianergeheul ausbrechen würde.

»Die sind alle so klein und zart hier, richtig niedlich«, erzählt Paul weiter. »Aber eine Kraft haben die in den Händen, ich kann euch sagen …«

»War es angenehm? Oder haben sie dir wehgetan?«, frage ich.

Man kann ja nie wissen. Nach so mancher Massage fühlt man sich, als hätte einem jemand jeden Knochen in der Wirbelsäule falsch eingesetzt.

»Sehr angenehm!«, schwärmt Paul. »Sie haben übrigens gesagt, ich wäre sehr groß und stark. Von dick hat niemand gesprochen.«

Die Mädels haben also zudem motivierende Seelenarbeit geleistet. Sehr gut. Ich werde gleich Termine für jeden Tag buchen, damit die vereinte holde Weiblichkeit Pauls Problem buchstäblich zu Leibe rücken kann.

»Nur das mit dem Ayurveda, oder wie das heißt, das lassen wir mal, Nicky. Das war komisch.«

»Wieso?«

»Ich lag da so auf dem Rücken, und sie haben mir mit einer kleinen Holzkelle Öl auf die Stirn gegossen. Das Öl ist mir dann langsam über die Stirn Richtung Hinterkopf gelaufen und von da aus heruntergetropft. Irgendwie eklig.«

»Eklig? Das ist doch total entspannend. Da lässt man doch los!

»Was lässt man los?«, fragt nun plötzlich Tom.

Ich wende mich ihm zu. »Alle Anspannungen, alle Verkrampfungen. Wenn du eine gute Vorstellungskraft hast, kannst du sogar mental deine Sorgen und Ängste in die Öltropfen hineinpacken und dann fühlen, wie sie dir vom Kopf weggleiten, verstehst du?«

Tom nickt. Er nickt wirklich. Wenn er jetzt nicht etwas Gemeines sagt, dann wäre das unser erstes zivilisiertes Gespräch ohne kleine Stockhiebe in die empfindlichen Kniekehlen.

»Vielleicht probiere *ich* das mal aus«, sagt er.

Man reiche mir eine Kerze. Man reiche mir ein paar Streichhölzer, um die Kerze feierlich zu entzünden. Ein Lichtlein für den Frieden!

»Tu, was du nicht lassen kannst«, sagt Paul. »Ich kann nur sagen, das Zeug, in das ich nie wieder mein Brot tunken darf, muss mir auch nicht von der Stirn tropfen!«

Doch Paul vergisst das nagende Bedürfnis nach Brot mit Öl ganz schnell, als wir unser erstes Dinner am Strand einnehmen. Es ist kein Dinner mit Kerzenlicht, nein, viel besser, wir sitzen im Fackelschein, und der Mann im Mond schaut zu. Die perfekte Szenerie, um sich stundenlang zu küssen. Nur, wen? Paul ist mein Arbeitgeber, schlechte Idee. Tom? Sein Profil wirkt im Halbdunkel außerordentlich männlich, aber zugleich ein wenig beängstigend. Bei ihm weiß man nie, wann er wieder zubeißt, also viel zu gefährlich.

»Die grillen hier Hummer!«, sagt Paul hocherfreut.

Okay – Hummerknutschen. Es gibt Schlimmeres auf der Welt, oder?

Wir essen gegrillten Lobster mit knackig frischem Salat und verspeisen gemeinsam eine ganze Ananas zum Nachtisch. Köstlich. Zu dritt im Paradies, ein Tick anders als in der Bibel, aber die Ärmsten wurden ja auch vertrieben, im Gegensatz zu uns.

Als ich euphorisch die Arme ausstrecke, um mal kurz meiner Lebensfreude Ausdruck zu verleihen, fege ich meine Handtasche um, die in die Dunkelheit unter den Tisch fällt. Passenderweise war sie nicht richtig verschlossen, so dass sich nun Sand und jegliches Getier an dem Inhalt meiner Damentasche ergötzen können. Fluchend fische ich meinen Lippenstift aus dem Sand, während Paul und Tom versuchen, den Rest zu erhaschen. Pauls Kopf taucht als Letzter wieder auf. Er hat meine Brieftasche gerettet. Sie ist aufgeklappt und zeigt im hellen Fackelschein ein Foto.

Paul starrt auf das Foto.

Tom starrt auf das Foto.

Ich starre auf das Foto.

Schöne Scheiße! Stunde der Wahrheit. Mein Herz klopft stürmisch, als die Blicke von Paul und Tom fragend zwischen dem Foto und mir hin- und hergleiten.

»Das Mädchen auf dem Foto, das bin ich. Ich hieß früher Dickie, ich war fett und hatte bereits Diabetes.«

In den Gesichtern der beiden macht sich eine gewisse Fassungslosigkeit breit. Als hätte ich gestanden, ich wäre die Axtmörderin oder gar die Werwölfin von Bakersville.

»Du?«, fragt Paul.

»Ja, ich!«, gebe ich trocken zurück. »Und nein, ich habe keine kleinen Kinder zum Frühstück verspeist, wenn ihr es genau wissen wollt.«

»Das brauchst du nicht«, sagt Paul.

»Was?«

»Um dich schlagen. Wir tun dir nichts.« Beruhigend tätschelt er meine Hand.

»Dieses Foto«, erkläre ich stockend, »dieses Foto ist eine ständige Warnung an mich selbst, deshalb trage ich es nach wie vor mit mir herum. Ich habe hartnäckig die irrationale Hoffnung gehabt, dass die anderen vielleicht gar nicht merken, wie sehr ich zugenommen hatte. Aber dieses Foto war wie ein Bad in Eiswürfeln. Wenn *ich* sehen konnte, wie dick ich war, hat es einfach *jeder*, wirklich *jeder* andere auch gesehen. Jeder wusste, dass ich total esssüchtig war. Ende der Selbstlüge, versteht ihr?«

Ich schaue kurz zu Tom hinüber. Er betrachtet mich aufmerksam.

»Als ich das kapiert habe, bin ich mit offenen Augen herumgelaufen. Ich habe mich so geschämt. Ich war tatsächlich überall, wo ich hinkam, die Dickste. Nicht, dass ich einsam war, ganz im Gegenteil. Ich war für alle der Kumpel. Ich wollte aber kein Kumpel sein. Ich wollte ein heißer Feger sein, eine coole Braut, eine sexy Frau.«

»So wie jetzt!«, sagt Paul und betrachtet mich wohlwollend.

Das ist der Moment, in dem ich ihn nun endgültig gerne ausgiebig küssen würde. Aber meine Geschichte ist noch nicht zu Ende.

»Ich wusste mir einfach nicht zu helfen. Meine kläglichen Diäterfolge waren nicht von Dauer, weil meine Gefühle so konfus blieben. Ich hatte so die Ahnung, dass irgendwas mit meinem Seelenkostüm nicht in Ordnung war, und da habe ich nach dem Abitur beschlossen, Psychologie zu studieren. Mit dem Hauptziel Eigenanalyse. Könnt ihr euch das vorstellen? Es hat auf jeden Fall gut funktioniert.«

»Darf ich fragen, warum du so viel gegessen hast?« Pauls Stimme ist ganz radiosanft.

»Kurz gesagt: Ich hatte ein Selbstbewusstsein wie ein Wurm, der nicht mal einen alten Blumenkohl zum Verkriechen fand. Wenn mir etwas gut gelang, sagten meine Eltern immer: ›Bilde dir darauf bloß nichts ein. Du bist nichts Besonderes.‹ Wenn etwas schief ging, sagten sie: ›Du taugst eben zu nichts.‹ Sehr aufbauend, oder? Nach solchen kalten

Eltern-Duschen ist Essen absolut tröstlich. Außerdem wird es natürlich nach einer Weile zur Angewohnheit. Wenn man erst mal die Hemmschwellen überwunden hat und bereits zum Frühstück eine Streuselschnecke, einen Berliner mit Zuckerguss und zwei Brötchen mit Nutella isst, dann hat man diese Essmengen im Programm und den übermäßigen Zuckergenuss ebenso.«

»Wem sagst du das«, stöhnt Paul. Allein das Wort »Nutella« hat wahrscheinlich gerade alle bösen Süßigkeitsteufelchen in ihm geweckt.

»Schließlich habe ich viel über Ernährung gelernt, mit Sport angefangen und begonnen, meinen Körper gut zu behandeln. Aber machen wir uns nichts vor – ein Stückchen Dickie lebt in mir weiter, auch wenn man es nicht mehr sieht.«

Tom lehnt sich in seinem Stuhl zurück und blickt in den klaren, funkelnden Sternenhimmel über uns. »Mach dir darüber nicht allzu viele Sorgen. Soweit ich das beurteilen kann, ist Nicky viel stärker als Dickie und wird sie schon in Schach halten.«

Das habe ich befürchtet. Dieses Raubein, dieser John Wayne des neuen Jahrtausends, hat tatsächlich Einfühlungsvermögen. Selbst wenn er es nur äußerst selten zeigt und normalerweise lieber als Zorro mit schwarzer Maske auftritt.

Versonnen pendelt mein Blick zwischen Paul und Tom hin und her. Verdammt, wen küsse ich nun zuerst?

***

Am nächsten Morgen beim Frühstück haben Paul und Tom einen Gesichtsausdruck, den ich nur schwer deuten kann. Ich schicke erst mal ein Stoßgebet zum Himmel, dass sie nicht etwa im Morgengrauen irgendwo einen Schokoladenkuchen aufgetrieben haben.

Eine Orgie dürften sie in ihrem Honeymoon-Bungalow auch nicht gefeiert haben, denn dann hätte ich nebenan sicher wenigstens ab und zu ein Jauchzen oder Stöhnen gehört.

Für Spielzeuglokomotiven und Miniatur-Autorennbahnen, mit denen sie über Nacht hätten spielen können, sind sie eindeutig zu alt.

Also: Warum leuchten die zwei derart, als wären der Osterhase und der Nikolaus gleichzeitig hinter der Palme aufgetaucht?

»Habt ihr etwas ausgeheckt?«, frage ich vorsichtig.

»Wir? Nö!«, antwortet Paul grinsend und isst genüsslich ein Stück Melone.

»Aber wir haben Pläne geschmiedet!«, sagt nun Tom.

»Das ist nämlich ein Teil unseres Malediven-Traums«, erklärt Paul. »Wir wollen tauchen gehen. So richtig mit Sauerstoffflaschen und allem Drum und Dran.«

Ein Abenteuer wollen meine Jungs also. Tief unten im Wasser. Ganz tief unten, wie schrecklich.

Brauche ich den Dialog mit einem Teufelsrochen? Muss ich in einem Gummianzug mit künstlichen Paddelfüßen und einer hässlichen Augenmaske auf dem Meeresboden herumkriechen? Will ich mein Leben davon abhängig machen, ob in einer Sauerstoffflasche noch genügend Luft ist, um meine bedürftigen Lungen zu versorgen?

Nein, nein und nochmals nein!

»Wie schön für euch!«, sage ich freundlich.

»Du kommst nicht mit?«, fragt Paul.

»Nö, weißt du, ich schwimme lieber mit dem Kopf über Wasser. Außerdem kann dir ja nicht viel passieren. Selbst wenn es dich in den Meerestiefen überfällt und du dir einen rohen Fisch gönnst, dann ist das nur gesund. Die Japaner essen eine ganze Menge Sushi und Sashimi, haben einen niedrigen Cholesterinspiegel und sind schlank. Also, meinen Segen hast du!«

»Du hast Angst, gib's zu!«, sagt Paul.

Ich? A-n-g-s-t? Die Vermutung allein ist schon unverfroren. Ich bin doch kein Feigling und kein furchtsames Häschen. Mein Mäxchen hätte sicher Angst vorm Tauchen. Aber ich?

Gerade will ich entrüstet erwidern, dass Superwoman die Meereshöhen als Piratin und ebenso die Meerestiefen wie ein weiblicher Cousteau erobern könnte, wenn sie nur wollte, als ich einen forschenden Blick von Tom auffange.

»Äh, ja, Angst? Also, eventuell ein bisschen.«

»Und wenn ich auf dich aufpassen würde?«, fragt Tom überraschend.

Ich glotze ihn an. Ein paar Sekunden vergehen, und ich bin ihm immer noch eine Antwort schuldig.

»Vielleicht, wenn du erfolgreich deinen ersten Hai in die Flucht geschlagen hast.«

Tom mustert mich amüsiert.

»Haie?«, fragt Paul total entsetzt. »Gibt's hier etwa Haie?«

Die Spannung löst sich. Tom und ich fangen schallend an zu lachen, bis auch Paul kapiert, dass der berühmte Weiße Hai eher auf der Kinoleinwand als um die Malediven herum sein Unwesen treibt.

***

Alle Tauchanfänger versammeln sich zum Üben im Swimmingpool, und ich geselle mich zu Paul und Tom, als seelischer Beistand, gewissermaßen. Allerdings lasse ich nur behaglich die Beine ins Wasser baumeln, während die beiden im Pool mit schweren Geräten ausgestattet werden.

Und auf einmal gibt es ein Problem der besonderen Art.

Dass Paul gewissermaßen nicht unbedingt der Norm entspricht, ist klar. Aber hier sprengt er quasi die Grenzen. Und zwar die Grenzen des Tauchergürtels.

Um im Meer tauchen zu können, muss man einen Bleigürtel tragen, der den Körper unter Wasser hält. So weit, so gut. Doch Pauls Bauchumfang und die Länge des Tauchergürtels stehen in großer Disharmonie zueinander. Genauer gesagt, das Ding lässt sich nicht verschließen, nicht mal ansatzweise, weil es nicht für Riesen wie Paul und schon gar nicht für buddhaartige Riesen wie Paul gemacht ist. Zwischen Verschluss und Schlaufe liegen an die 30 Zentimeter nackter, weißer Bauch. Unüberwindbare 30 Zentimeter.

Kläglich schaut er mich an. Es zerreißt mir förmlich das Herz. Seine großen braunen Augen flehen um Hilfe, bitten um Rettung, damit sein wunderschöner Traum nicht kentert. Hier und jetzt in einem doofen Hotelswimmingpool.

Ich springe ins Wasser und nehme einen Tauchergürtel in die Hand. Tom kommt zu mir mit einem zweiten, und gemeinsam überlegen wir, was zu tun ist. Ein Gürtel ist zu kurz, zwei Gürtel sind zu lang. Wir beraten uns, und Tom diskutiert mit dem Tauchlehrer. Letztlich dürfen wir aus dem einen Gürtel ein Stück herausschneiden, ein zweiter Tauchlehrer hilft beim Zusammennähen, und eine halbe Stunde später gibt es eine Paul-Spezialkonstruktion, die maßgeschneidert seinen Leib umschließt.

Tom klopft Paul auf den Bauch. »Weißt du, du wirst uns noch eine Menge Arbeit machen. Nach dem Tauchtrip ist der Bauch schon etwas kleiner. Morgen noch ein bisschen weniger und übermorgen wieder. Ich sehe uns schon alle paar Tage an diesem Teil hier herumnähen. Aber weißt du, irgendwann ist die Wampe total weg!«

»Ja, glaubt ihr?«, fragt Paul zweifelnd.

»Hundertprozentig!«, versichere ich.

»Ich liebe euch!«, sagt Paul. Setzt sich glücklich seine Tauchermaske auf, lässt sich auf den gekachelten Boden des

Pools sinken und schickt schöne, große Blubberblasen aus der Tiefe herauf.

***

Warum eigentlich ziehen sich schlechte Zeiten zäh wie Kaugummi in die Länge, und gute Zeiten dagegen vergehen in Überschallgeschwindigkeit?

Unsere Tage auf den Malediven jedenfalls gehören eindeutig zu den allerbesten Zeiten. Jeder Tag ist makellos, angefüllt mit Aktivität, nur unterbrochen von Ruhepausen, um wieder Lust zu haben auf das nächste Abenteuer.

Während Paul und Tom vormittags in schöner Regelmäßigkeit die Unterwasserwelt erforschen, schwimme ich im Indischen Ozean. Trotz der Devise »Kopf über Wasser« bin ich neugierig geworden und paddle inzwischen mit Taucherbrille und Schnorchel über den Riffen herum. Beim Mittagessen erfreuen sich meine Mannen dann täglich neu an dem deutlichen Abdruck, den die Taucherbrille stets für Stunden auf meiner zarten Gesichtshaut hinterlässt. Selbst der daraus resultierende Spitzname »Eule« beeindruckt mich wenig. Ich bin nämlich so entspannt, dass mir höchstens der Zusammenstoß mit einer Kokosnuss einen schnelleren Wimpernschlag abverlangen könnte.

Nachmittags mache ich mit Paul stets eine Stunde Wassergymnastik, egal ob er stöhnend behauptet, ihm würden allmählich Schwimmhäute zwischen den Fingern und den

Zehen wachsen. Solange er keine anständigen Kiemen entwickelt, bleibe ich Nicky Gnadenlos.

Sobald Paul dann zu seiner Belohnung entschwindet, nein, kein Kaffee mit Sahnetorte, dafür Massage von den Malediven-Mädchen –, frönen Tom und ich dem Windsurfen. Obwohl wir beide keine Anfänger sind, mussten wir uns zu Anfang gegenseitig ein paarmal helfen, wenn einer von uns abzutreiben drohte. Einem plötzlichen Fallen vom Surfbrett hier, einem gekenterten Segel dort sei Dank! Wir sind auf diese Weise heiter-freundschaftliche Sportskumpel geworden, die für jeden Urlaubskatalog hätten Modell stehen können. Strahlend, braun gebrannt und durchtrainiert. Ein großer, dunkelhaariger Typ, eine kleinere, langmähnige Blondine mit perfekten, sonnengebleichten Strähnen im Haar, die jeden Friseur vor Ehrfurcht hätten erbeben lassen.

Und all das sollte nun bald vorbei sein?

Habe ich mir ernsthaft eingebildet, dem Schicksal von Adam und Eva entgehen zu können?

Wie nur sollte ich weiterleben mit nur einem Mann, wo ich mich doch so an das Trio-Dasein gewöhnt habe?

Paul und Tom. Tom und Paul. Nicht nur, dass mir einer genommen werden würde, ich habe nicht einmal ein Mitspracherecht, wer es sein sollte. Ich bin Pauls Diätschatten, und damit würde Tom aus meinem normalen Leben wieder verschwinden.

Ich blinzle zu ihm rüber. Es ist unser letzter Nachmittag auf den Malediven und damit unser letzter Surfausflug. Er gleitet auf dem Brett zügig über das Meer, und auch ich spüre eine gute Spannung in meinem Segel. Der Wind frischt zunehmend auf, er pustet mit dicken Backen und treibt uns voran.

Tom zeigt auf den Himmel, und ich folge seinem Blick. Eine große dunkelgraue Wolke schwebt über uns und unserer Insel. Mit Handzeichen deutet er an, dass wir zurücksurfen sollten. Wir drehen die Segel und versuchen, so zügig wie möglich an Land zu kommen. Da klatschen schon die ersten Regentropfen auf uns herab. Wir springen von den Brettern ins kniehohe Wasser und ziehen sie auf den Strand, Tom hilft mir mit meinem Segel, und dann ruft er: »Lauf!«

Mein T-Shirt ist inzwischen total vom Regen durchnässt, der stärker und stärker wird. Ich renne, so schnell ich kann, über den Strand auf eine große Palme zu, die uns eventuell vorerst ein wenig Schutz geben kann. Kurz schaue ich an mir herab. Na, bravo. Wären wir auf Mallorca, könnte ich jetzt am Ballermann erfolgreich beim Nassen-T-Shirt-Wettbewerb auftreten und meinen Busen öffentlich durch das durchsichtige Shirt strahlen lassen.

Tom kommt angerannt. Auch er ist völlig durchnässt, eine dunkle Haarsträhne hängt ihm in die Stirn, und er atmet heftig nach dem Sprint.

»Ist ja irre«, sagt er.

»Ja, von einer Sekunde auf die andere!«

»Das ist wohl so bei tropischem Regen. Da merkt man die Naturgewalt, was?«

Ich schaue ihn an. Er steht Haut an Haut mit mir, eng an den Palmenstamm gedrückt.

Zum Thema Naturgewalt verschlägt es mir just die Sprache. Der Regen strömt weiter, das Blut rauscht in meinem Kopf, und mir werden die Knie plötzlich ganz weich. Ich wünsche mir eine Auszeit. Wenn ich jetzt nicht Nicky wäre und nicht für Paul arbeiten würde und Tom und Paul nicht Freunde wären und ich einfach nur im Moment leben würde, dann – ja, dann würde ich jetzt meine Hand auf Toms Arm legen, die Regentropfen wegstreicheln, ihm mit der anderen Hand durch die tropfnassen Haare fahren und schließlich …

»Du zitterst ja«, sagt Tom.

Er legt einen Arm um meine Taille und zieht mich näher an sich heran. Wir stehen eng voreinander, mein Busen berührt seine nackte Brust, ich schaue zögernd zu ihm auf, unsere Blicke treffen sich. Toms Hand gleitet über meinen Rücken, und ich habe das Gefühl, dass meine Haut noch nie derart von fünf Fingern liebkost worden ist. Langsam nähert sich sein Gesicht dem meinen, ich sehe seinen Mund dicht vor mir, Lippen, die so sinnlich aussehen, dass ich alles vergesse. Alles.

Und so hebe ich mein Kinn ein wenig, weil ich ihm meine Lippen entgegenstrecken will. So, wie es Scarlett O'Hara bei Rhett Butler getan hat. So wie Ingrid Bergman bei Humphrey Bogart. Und nun Nicky, Nicky und Tom vor der Kulisse des Indischen Ozeans.

Es wird bestimmt der aufregendste Kuss meines Frauendaseins, eine nicht enden wollende Ekstase, ein wildes und gleichzeitig zärtliches Liebkosen, ein Rausch, eine Leidenschaft, vollkommene Hingabe, ein …

»Hallo, hallo«, ertönt es plötzlich hinter unserer Palme. Tom und ich fahren auseinander.

»Wir bringen Sie zu Ihren Bungalows!«

Strahlend schauen uns zwei Malediven-Jungs an. Jeder ist mit einem übergroßen Regenschirm bewaffnet. Schon hält mir einer den Schirm über den Kopf und läuft mit mir in Richtung der Häuser.

Ich halte mir beide Arme vor die Brust und gebe mich meiner inneren Fassungslosigkeit hin. Ein profaner Regenschirm zerstört die wohl erotischste und kitschigste Situation meines Lebens. Hilflos drehe ich mich um und schaue Tom an, der mit seinem Begleiter scheinbar gelassen durch den nach wie vor strömenden Regeln marschiert.

»Da seid ihr ja«, ruft uns Paul schon von weitem entgegen. Er hat noch den Bademantel aus dem Spa an und steht im Eingang des Honeymoon-Bungalows. »Ich habe euch vermisst und einen Suchtrupp organisiert. Kurzfristig dachte ich schon, es könnte euch womöglich etwas passiert sein.«

Damit liegt er gar nicht so falsch, der gute Paul.

Es ist etwas passiert. Und ich habe nicht die geringste Idee, wie ich damit umgehen soll.

***

Der Regen endet so schlagartig, wie er begonnen hat. Die letzten Sonnenstrahlen und die Wärme des Abends lassen die Feuchtigkeit schnell verdampfen. Es ist, als wäre überhaupt nichts geschehen. Rein äußerlich betrachtet.

Für unseren Abschiedsabend mache ich mich besonders schön. Ich ziehe das einzige Kleidungsstück an, das ich bisher noch nicht getragen habe. Ein türkisfarbenes, tief ausgeschnittenes Kleidchen, passend zur Farbe meiner Augen, passend zur Farbe des Meeres. Mein letzter Nixenauftritt.

Mir wird es unendlich schwer ums Herz, als ich an die Tür des Honeymoon-Bungalows klopfe.

»Können wir nicht verlängern?«, frage ich Paul, der mir öffnet.

»Das wäre was!«, antwortet Paul gut gelaunt. »Aber das Radio ruft! Ich werde gebraucht!«

»Außerdem haben wir ja die Mission erfüllt«, sagt nun Tom, der aus dem Badezimmer kommt. »Paul hat nicht einmal gesündigt, ist gut erholt und hat wunderbar abgenommen!«

Bei Toms Anblick werde ich sofort unsicher. Als stünde ich mit Zahnspange, Schielbrille und heruntergerutschten Kniestrümpfen vor dem gut aussehenden Schwarm der ganzen Schulklasse. Hastig wende ich mich wieder Paul zu. Der steckt stolz zwei Finger in den Hosenbund und demonstriert, dass er diese Hose wirklich nicht mehr ausfüllt. Ohne Gürtel gäbe es hier kein Halten mehr!

Ich beschließe, mich auf Paul zu konzentrieren. Zum einen,

weil das mein Job ist, zum anderen, weil ich nicht weiß, wie ich sonst den letzten Abend am Strand im Schein der Fackeln überleben soll, ohne entweder in Tränen auszubrechen oder mich auf Tom zu stürzen und mich an ihm festzusaugen wie ein ausgewachsener Tintenfisch. So lobe ich Paul, während wir drei uns gemeinsam auf den Weg zum Strand machen, so erzähle ich Paul etwas von seinem neuen, gesünderen Ich, so hebe ich Paul in den Himmel für sein Durchhaltevermögen und seine Stärke!

Als Paul beim letzten Hummeressen seine Ängste äußert, daheim wieder seinen alten Fressgelüsten ausgeliefert zu sein, beruhige ich ihn damit, dass ich ja immer bei ihm sein werde. Ich male ihm seine rosige, schlanke Zukunft in den Nachthimmel, erfinde neue Motivationsparolen und rede überhaupt, als würde jede Sekunde eines etwaigen Schweigens zu einer lebensbedrohlichen Situation einer gewissen nixenhaften jungen Dame führen können. Schließlich bin ich selber so erschöpft von meinen pausenlosen Monologen, dass ich mich zum kurzen Ausruhen an Pauls Schulter lehne.

Bei ihm ist es ruhig und warm. Bei Paul fühle ich mich geborgen und beschützt. Keine Stürme zu erwarten und schon gar keine tropischen Regenfälle. Ich muss an Lara denken. Sie würde sicher ihr letztes Hemdchen dafür geben, in dieser Sekunde mit mir zu tauschen.

»Du bist wirklich ein Mann zum Verlieben!«, sage ich mit einem Seufzer zu Paul.

Meine Worte stehen laut und deutlich in diesem endlosen

Raum am Rande des Meeres. Tom raucht ein Zigarillo. Seine Augen werden ganz schmal, während er den Rauch auspustet. Er steht langsam auf, ohne mich aus den Augen zu lassen. Dann schaut er über das Meer.

»Ich gehe noch ein bisschen am Strand entlang und dann ins Bett. Lasst euch durch mich nicht stören, genießt noch den Rest des Abends.«

Verblüfft starre ich ihm hinterher.

O Gott, er muss mich falsch verstanden haben. Nein, halt, ein Missverständnis, bitte geh nicht, bitte, bitte, bleib. Ich bin nicht in Paul verliebt, ich habe das doch nur theoretisch gemeint. Du bist doch der Mann, mit dem ich einen romantischen Moment, eine verwirrende Minute erlebt habe.

Diese verdammte Palme im Regen. Garantiert saß da eine Schlange drin, schuppenreibend und hämisch kichernd. Und nun stecke ich in diesem Schlamassel. Warum nur ist mir nicht einfach eine reife, schwere Kokosnuss gnadenreich auf den Kopf gefallen?

Kapitel 6

Die chinesische Marzipanblume

Radio Funtime, Studio 1, 8.58 Uhr

»Habt ihr einer Schildkröte schon mal in die Augen geschaut? Nein? Dann macht es doch mal! Ich war gerade im Urlaub und bin zum ersten Mal tauchen gewesen. Das war ein Abenteuer, sag ich euch. Die bunten Fische fand ich toll, aber der schönste Moment war, als ich unter Wasser zusammen mit einer Schildkröte geschwommen bin. Sie war nicht schillernd, aber ganz ruhig und souverän. Macht euer Herz auf für andere Wesen, selbst wenn sie klein sind oder unscheinbar oder unspektakulär. Schließlich hat jeder irgendwie etwas Besonderes, oder? Ciao for now, euer Paul.«

***

Wir sind eindeutig zurück in der Tretmühle. Pauls Schildkröte paddelt ohne ihn ein paar tausend Kilometer weit weg im Indischen Ozean herum, und ich sitze wie jeden Morgen im Studio und beobachte ihn bei der Arbeit.

Als er sein Mikro ausgeschaltet hat und die Aufnahmelampe erlischt, öffnet sich die Tür, und herein kommt ein Moderatorenkollege. Ich mag ihn nicht. Er versucht sich ständig bei Paul einzuschmeicheln, stets auf der Suche nach Anerkennung, nach Beförderung, nach Gehaltserhöhung, nach einer Moderatorenkrone oder nach dem goldenen Mikrofon.

»Na, Großer«, begrüßt er Paul.

Karl der Große, Paul der Große, klar. Wir sind hier ja nicht etwa im Radiostudio, sondern am Hofe des großen Paul. Lächerlich. Wie üblich macht der Herr Kollege sich zum Narren und kriecht verbal vorm Chef herum. Hoffentlich hinterlässt er keine Schleimspur, auf der womöglich jemand ausrutscht.

»Kommst du mit auf ein Eis?«

Nachdenklich fährt Paul sich über den Kopf.

»Nein«, antworte ich an seiner Stelle. »Nein, ganz bestimmt nicht!«

Das Kriechtier geht eingeschnappt wieder.

»Warum bist du so barsch?«, fragt Paul. »Er meint es doch nur nett.«

»Nett? Der meint es nett? Davon träumst du wohl. Er meint es überhaupt nicht nett. Seit wir aus dem Urlaub zurück sind, versucht er, deine Diät zu unterwandern. Verstehst du den Mechanismus nicht? Du bist hier allen derart überlegen, dass es den meisten nur recht ist, wenn du dick bleibst. Wenigstens hast du dann eine schöne, sichtbare Schwäche.«

Kurze Zeit später kommt der Schleimer zum zweiten Mal herein. Er überreicht Paul ein Päckchen.

»Habe ich dir mitgebracht. Nur eine Kleinigkeit, deine Lieblingspralinen, die mit den vielen Haselnüssen.«

Ich schweige und sehe lediglich zu, wie Paul das Päckchen mit gequältem Gesichtsausdruck an den äußersten Rand des Schreibtisches schiebt. Das Ding werde ich im Auge behalten. Denn es ist ein Ding, das tickt und tickt und tickt. Eine Zeitbombe für Schokoholics. Sobald Paul den Deckel öffnet, kann es zu einer großen Zuckerexplosion in seinem Organismus kommen.

Die nächste Attacke auf die Diätmoral erfolgt um die Mittagszeit.

»Kommst du mit rüber zum Italiener? Wir wollen Pizza essen gehen.«

»Pizzaaaaaaa?«, fragt Paul gedehnt.

Was ist nur heute mit ihm los? Echter Hunger kann es nicht sein, der ihm diesen feuchten Glanz in die Pupille treibt. Er hat gerade erst einen Snack gegessen, der ihn normalerweise für eine ganze Weile sättigt.

Mit einem Seitenblick auf mich wendet sich Paul dem Kollegen zu und schüttelt nur resigniert den Kopf. Und was erntet er dafür? Unterstützung? Verständnis? Mitgefühl seiner barmherzigen Mitarbeiter?

»Alter Spielverderber!«, ruft ihm der Kollege zu.

»Na, Mahlzeit«, gebe ich mit ironischem Unterton zurück.

Paul wendet sich wieder einem Berg von Unterlagen zu und vertieft sich grimmig in seine Arbeit. Ich beschließe, ihm einen Tee zu kochen. Vielleicht gibt ihm das warme Getränk mit einem Schuss Milch darin ein gutes Gefühl im Bauch.

Als ich mit der dampfenden Teetasse zurückkehre, steht Paul am Fenster. Und was hat er in der Hand? Die tickende Zeitbombe!

Langsam öffnet er den Deckel. Dann betrachtet er die kleinen runden Pralinen, die lockend aufgereiht zu ihm emporduften. Sein Gesicht verschwindet fast voll und ganz in der Schachtel, als er seine Nase zwischen die Pralinen schmiegt und versucht, das Bukett der Schokolade so intensiv in sich hineinzusaugen, dass selbst seine Nasennebenhöhlen noch etwas davon haben.

So weit, so gut.

Gucken ist erlaubt.

Riechen ist erlaubt.

Anfassen ist erlaubt.

Essen ist verboten!!!

Mit spitzen Fingern nimmt er vorsichtig eine Praline aus der Schachtel und inspiziert sie von allen Seiten. Er schnuppert konzentriert an ihr, als hätte er etwas vollkommen Unbekanntes vor sich, das er kennen lernen, analysieren, verstehen will. Einen betörenden Fremdling oder einen aromatischen Außerirdischen aus einer süßen, fernen Galaxie.

Ich werde sehr unruhig. Ich will ihm allerdings die Chance geben, den Kasten wieder zu verschließen und ihn zurück auf den Schreibtisch zu stellen, ohne dass ich wie üblich einschreite. Wenn er das aus eigenem Antrieb schafft, kann er richtig stolz auf sich sein. Weil er nämlich dann seinem inneren Schokohund einen anständigen Tritt in den Allerwertesten verpasst hätte.

Mühsam halte ich mich also zurück. Doch was tut er nun als Nächstes?

Die Schnupperphase scheint abgeschlossen zu sein, die geblähten Nüstern gehen in Normalstellung zurück. Und dann sehe ich sie – seine kleine rosa Zungenspitze. Sie umkreist das Praliné, flirtet mit der Schokoladenglasur, nähert sich, zieht sich zurück, nur um sich erneut heranzuwagen und sie behutsam ein zweites Mal zu umrunden. Es erinnert an einen Balztanz der besonderen Art, eigentlich fehlen nur noch sanfte Gurrlaute.

Schließlich siegt sie, die Lust. Paul steht da mit geschlossenen Augen und leckt allen Ernstes vorsichtig an der Praline herum.

Ich mache einen Schritt in das Zimmer hinein und donnere krachend die Tür zu. Schlagartig endet das Liebesspiel. Pauls Angebetete fällt vor Schreck aus seiner Hand. Da liegt sie nun auf dem Teppichboden, ein wenig feucht von der Leckerei, ansonsten aber noch jungfräulich und unangebissen.

»Seit diese Pralinen in meinem Büro sind, kann ich mich auf überhaupt nichts mehr konzentrieren!«, klagt Paul. »Verrückt, oder? Ich kann keinen klaren Gedanken fassen. Als würden sie irgendwelche Hochfrequenztöne abgeben, die mein Hirn beeinflussen.«

»Na, dann wollen wir uns mal davon befreien!«, sage ich nur.

Das ist weder der Moment für einen Vortrag darüber, dass Pralinen effektiv nicht sprechen können, noch für eine sarkastische Bemerkung. Wenn sich jemand bereits klein fühlt, muss man nicht unbedingt zusätzlich mit der Holzkeule draufhauen.

So nehme ich ihm die Schachtel aus der Hand und schütte die Haselnuss-Schokoladen-Pralinés mit Schwung in den Papierkorb. Wie wir in der Selbsthilfegruppe gelernt haben, ist es damit natürlich noch nicht getan. Paul wäre nicht der Erste, der den Papierkorb zu seinem besten Freund erklärt, das Wort Hygiene ganz weit von sich schiebt und sich am Inhalt des Mülleimers vergeht. Weil ich grundsätzlich gegen Papierkorbschändungen bin, gieße ich den heißen Tee über die Pralinen. Sie schmelzen, verlieren völlig ihre Form, und es entsteht eine breiige Masse, in die ich zur Sicherheit noch ein paar Büroklammern verstreue. Erst dann bin ich zufrieden mit meiner kleinen Kochstunde, nicke Paul freundschaftlich zu und gehe noch einmal los, um ihm einen neuen Tee zuzubereiten.

***

Paul verlässt abends seinen Büroschreibtisch, um sich sofort zu Hause wiederum an den Schreibtisch zu setzen. Der Urlaub rächt sich. Offensichtlich hat sich so einiges angesammelt, das ihm Kopfzerbrechen bereitet.

Glücklicherweise kommt Lara heute zu Besuch. Wenigstens für mich eine willkommene Abwechslung.

»Ihr seht aber toll aus! Braun gebrannt und knackig!«, begrüßt uns Lara.

Ihr Blick ist offen und voller Vertrauen, keine Spur mehr von Eifersucht. Denn sie hat einen ausgeprägten Sinn für Atmosphärisches. Nein, sie ist nicht in ein neues Liebesnest geraten. Keine Affäre zwischen Paul und Nicky, die Luft ist rein, reiner, am reinsten.

»Und Paul! Du hast abgenommen. Das steht dir aber gut«, fügt sie schüchtern hinzu.

»Danke«, antwortet Paul. »Du bist der erste Mensch heute, der nett zu mir ist. Außer Nicky, natürlich.« Er seufzt. »Wisst ihr, Mädels, ich habe noch so viel zu tun. Ihr wollt mir gewiss nicht die ganze Zeit dabei zuschauen und euch zu Tode langweilen, oder? Warum nimmst du dir nicht mal einen freien Abend, Nicky? Geht aus, habt Spaß!«

»Ehrlich?«, frage ich zweifelnd.

»Ganz ehrlich! Mein Abendessen steht im Kühlschrank. Ansonsten ist sowieso nichts im Haus, womit ich sündigen könnte. Also: Raus mit euch, Mädels.«

Zur Sicherheit kontrolliere ich Kühlschrank und Speisekammer. Im Grunde hat Paul Recht. Wenn es ganz schlimm käme, könnte er außer seinem Abendbrot noch die Tomaten und zwei Magermilchjogurts aufessen. Kein Problem. Moment mal, aber wenn er ausbüchst? Heimlich essen geht?

Da muss ich wohl doch an seine Winnetou-Ehre appellieren, sonst habe ich keine ruhige Minute.

»Paul, schwörst du, das Haus nicht zu verlassen?«

»Ja«, brummt Paul abwesend. Er liest schon wieder irgendetwas.

»Nein, ernsthaft, hör mir zu. Ich gehe nur, wenn du mir schwörst, das Haus nicht zu verlassen und mir darauf dein großes Indianerehrenwort gibst!«

Er guckt kurz hoch. »Okay, also großes Indianerehrenwort!«

Das müsste reichen. Frauen werden betrogen, der große Manitu nicht!

Ich gebe Paul einen Kuss auf die Stirn.

»Arbeite nicht zu viel. Also dann, bis später.«

***

Als ich mit Lara auf der Straße stehe, fühle ich mich ganz komisch. Seit fünf Wochen bin ich ständig mit Paul zusammen gewesen. Und nun habe ich meinen ersten freien Abend? Ich verlasse Paul und habe nicht mal einen Babysitter engagiert? Wenn er nun fällt oder den Haselnuss-Schokoladen-Pralinen aus dem Sender heiße Tränen hinterherweint, wer soll ihn dann trösten?

Lara zupft an meinem Mantel. »Hey, träumst du? Nun komm schon. Es wird ihm nichts geschehen. Er wollte doch, dass du gehst. Eventuell möchte er auch einfach mal allein sein.«

Stimmt. Er wollte, dass ich gehe. Das genau tue ich nun. Beruhigt ziehe ich mit Lara durch die abendliche Stadt. Wir beschließen, im Cookies vorbeizuschauen. Es ist zurzeit total angesagt, und man kann die tollsten Leute dort treffen.

***

»Das gibt es ja nicht! Da hinten ist Tom«, sagt Lara. Sie steht auf den Zehenspitzen und versucht, sich einen Überblick zu verschaffen. Ich sehe sie jemandem zuwinken.

Schnell ziehe ich den Kopf ein. Wie war das mit den Schildkröten? Mögen soll man sie, dann kann man sie sich wohl als Vorbild nehmen. Doch warum hat mir niemand einen Panzer gegeben?

Bevor ich dieser Frage intensiver auf den Grund gehen kann, steht er plötzlich vor mir. Ich erkenne diese Männerbrust, selbst wenn sie heute bekleidet ist. Ich erinnere mich nur allzu gut an die Muskeln, benetzt von Regentropfen, an …

»Was machst du denn hier?« Toms Frage reißt mich aus meiner Inselsehnsucht. »Suchst du noch ein paar Männer mehr für deine Spielchen?«

»Waaas?«, frage ich empört.

Spielchen? So sieht er das also. Er glaubt tatsächlich, ich hätte mit Paul und ihm auf den Malediven ein abgeschmacktes Bühnenstück inszeniert, die weltberühmte Bäumchen-wechsel-dich-Show für gelangweilte Inseldiven. Was für ein überflüssiges, dummes Missverständnis.

»Ach, vergiss es!«, sagt Tom und macht eine wegwerfende Handbewegung. »Aber kannst du mir mal verraten, warum du nicht bei Paul bist?«

»Weil er sein Breichen heute mal alleine essen will.«

Herausfordernd funkele ich ihn an.

»Das finde ich gar nicht lustig. Paul ist seit zwei Tagen wieder im Sender, hat Mörderstress. Und wie wir ja wissen, ist Stress ein Auslöser für seine Esssucht. Da lässt du ihn alleine? Ausgerechnet in dieser Situation? Eine tolle Psychologin bist du!«

Er ist richtig wütend, bebt schon fast vor Zorn.

Ich halte die Luft an. Sein Ton gefällt mir überhaupt nicht, aber in der Sache hat er leider nicht ganz Unrecht. Mein schlummerndes schlechtes Gewissen erwacht und strömt unangenehmerweise durch meinen gesamten Organismus.

»Mist!«, sage ich nur.

»Bockmist!«, bekräftigt er.

Ohne ihn noch eines Blickes zu würdigen, nehme ich Laras Hand und verlasse mit ihr das Etablissement. Für heute bin ich genug beschimpft worden, finde ich. Nichts gegen Schildkröten, aber zur Stunde wäre ich lieber eine Schnecke mit einem hübschen Häuschen, in das ich mich völlig zurückziehen könnte.

***

Den Weg vom Taxi zu Pauls Villa renne ich fast, so unruhig bin ich inzwischen. Ich schließe die Haustür auf und laufe ins Wohnzimmer.

Mir bleibt fast das Herz stehen.

Paul sitzt auf dem Sofa. Auf dem Tisch vor ihm türmen sich Berge leerer Verpackungen aus Pappe und aus Plastik mit übrig gebliebenen Essensresten.

Ich versuche, den Schaden zu identifizieren. Pizza in Wagenradgröße, belegt mit Thunfisch, Salami, Oliven, Sardellen, Pilzen, Zwiebeln, Tomaten, Schinken und einer dicken Käseschicht. Spaghetti in einer Soße aus reiner Sahne mit Speckstücken, Linguini mit Hackfleischbällchen, frittierte Tintenfischringe mit Majonäsedip, mehrere italienische Desserts mit Schwerpunkt Tartufo und Tiramisu. Außerdem ein Ausflug nach China mit Nasi Goreng, Bami Goreng, Sesamhuhn samt Cashewnüssen, Ente auf schwarzen Bohnen; und über allem schwebt der penetrante Geruch von lauwarmem Schweinefleisch süß-sauer.

Ich kombiniere, dass ihm zwei lächerliche Telefonnummern von einem italienischen und einem chinesischen Restaurant gereicht haben, um sich diese unglaubliche Orgie innerhalb kürzester Zeit anrichten zu lassen. Zwei Anrufe, dreißig Minuten Wartezeit, und schon rollen gemütlich 100 000 Kalorien daher.

Pauls T-Shirt ist völlig verschmiert. Sojasoßenspuren und Schokoladenkleckse treten am deutlichsten hervor, aber auch ein paar ausdrucksstarke Tomatensprenkel und eine angetrocknete, gelbliche Nudel geben seiner Oberbekleidung einen abstrakten Touch. Das ganze Bild legt die Vermutung nahe, dass er wie eine ausgehungerte Hyäne über das Essen hergefallen ist und sich voll gestopft hat, als gäbe es kein Morgen mehr.

Als er uns entdeckt, fällt ihm vor Schreck ein Stück Cremekuchen aus der Hand. Der eklige pinkrosa Zuckerguss, gekrönt von einer türkisfarbenen Marzipanblume samt silberner Liebesperle in der Mitte, lässt darauf schließen, dass diese ausgesuchte Köstlichkeit vom Chinesen kommt. Die Italiener haben es nicht so mit grellen Backwaren.

Im Moment liegt alles in Pauls Blick. Verzweiflung, schlechtes Gewissen und Angst. Angst vor einem Blitzschlag aus nächtlichem Himmel, Angst vor Bloßstellung, Angst vor Haue von mir.

Wohl in dem irrationalen Wunsch, sich zu verstecken, rutscht er vom Sofa auf den Fußboden und ist nun eingeklemmt zwischen dem Couchtisch und dem guten Polsterteil. Mit all dem Essen in Augenhöhe.

Er heult auf. »Ich bin schwach. Ich bin so ein Schwächling. Ein riesengroßer, saublöder, fetter, unfähiger Schwächling!«

Lara läuft zu ihm und hockt sich neben ihn. Sie nimmt ihn in den Arm, während er anfängt, richtig zu weinen.

Zwischendurch schluchzt er: »Dabei mag ich gar nicht so gerne Pizza, und Nasi Goreng ebenso wenig.«

Beruhigend flüstert Lara auf ihn ein, wie man es wohl bei einem kleinen Jungen täte, der vom Fahrrad gefallen ist oder sich beim Toben die Knie aufgeschlagen hat. Mit einem blütensauberen Taschentuch, dass sie aus ihrer Hosentasche nestelt, trocknet sie seine Tränen ab. Immer wieder streichelt sie ihm zart über sein Gesicht, das vor Kummer und tiefsten Seelenqualen zu zerfließen scheint.

Mir schnürt das Mitleid förmlich die Kehle zusammen. Ich verstehe nur zu gut, was der arme Paul gerade empfindet.

***

Mein erster, großer Rückfall geschah an einem scheinbar ganz normalen Sonntagnachmittag. Der Kühlschrank war leer, tapfer nach dem Motto, was du nicht zu Hause hast, kannst du nicht essen. Der Supermarkt war geschlossen, aber – die Konditorei gegenüber war geöffnet.

Zuerst habe ich nur sehnsüchtig die alten Tantchen beobachtet, die sich dort schick mit Hütchen und weißer Bluse zum Nachmittagskaffee trafen. Und die Familie von nebenan, die Kuchen kaufte, um die Großeltern zu besuchen. Und das junge Pärchen, das schmusend und kichernd mit einem kleinen Päckchen Torte wieder aus der Konditorei heraustrat. Da saß ich also mit platt gedrückter Nase einsam und allein am Fenster und glühte nahezu vor Neid.

Warum durften die alle – und ich nicht?

Um diese himmelschreiende Ungerechtigkeit auszugleichen, schnappte ich mir mein Portemonnaie und lief hinüber. Und zugegebenermaßen auch, weil ich den Zustand einer Marionette, einer willenlosen Puppe erreicht hatte, die von unsichtbaren Fäden in die süß duftenden Räume des verheißungsvollsten Geschäfts weit und breit gezogen wurde.

»Na, Nicky, bekommst du heute Besuch zum Kaffee?«, fragte mich die Bäckersfrau freundlich.

O Schmach, o Scham.

Sollte ich ihr erklären, dass ein guter Mensch wie ich in einem freien Land das Recht auf ein Stückchen Kuchen hat? Sollte ich ihr offenbaren, dass bereits ein einziger köstlicher Kuchenkrümel meinen grauen Sonntag in ein rosigeres Licht tauchen könnte? Oder sollte ich ihr einfach gestehen, dass mich die Gier getrieben hatte?

Ich beschloss zu lügen.

»Ja, äh, klar, ich kriege Besuch. Also, ich brauche vier Stückchen Kuchen.«

Eigentlich hatte ich mich mit zwei Stückchen zufrieden geben wollen, aber wo ich nun schon mal hier war …

Ich scannte die Torten und Kuchen vor mir sorgfältig mit meinem aktiven, computergesteuerten Ernährungsbewusstsein. Schließlich wollte ich ja nicht übertreiben. Es ging um

Genuss, nicht um Fresserei. Um Sinnlichkeit, nicht etwa um ein unkontrolliertes »Sich-den-Bauch-vollschlagen«.

Die Haselnusstorte kam deshalb nicht in Frage. Nüsse sind zwar gesund, aber die Ernährungsberater sprechen von einer kleinen Hand voll täglich als Zwischenmahlzeit. In dieser Torte steckten mindestens sechs Männerfäuste voller Nüsse, unauffällig fein gemahlen. Nein, darauf fiel ein Profi wie ich nicht herein. Diese Torte war einfach zu fett.

»Ein Stück Pflaumenkuchen, bitte, aber ohne Sahne.«

Das war schon mal ein heroischer Entschluss. Ich neigte halt nicht zur Völlerei, nein, ich war ein äußerst bescheidenes Wesen.

Über dem Schokoladenkuchen schwebte natürlich ein absolutes Verbot. Alles, was derart braun und glänzend war, hatte für einen diätenden Menschen wie mich eindeutig zu viele Kalorien.

»Ein Stück Baiser-Torte.«

Ha, das war schon fast weise zu nennen. Baiser besteht aus Eiweiß und – zugegebenermaßen – Zucker, aber enthält nicht das klitzekleinste Grämmlein Fett. Genau das Richtige für eine Frau auf Abnehmkurs.

Ein Königreich für ein Stück Käse-Sahne-Torte! Aber wie der Name schon sagt: Da ist Sahne drin, und Sahne ist selbstverständlich ein echtes No-No!

»Dann nehme ich noch ein Stück Quarkkuchen mit Mandarinen drauf.«

Schon wieder eine intelligente Wahl. Quark ist ein gesundes Eiweißprodukt, und Mandarinen haben Vitamin C!

Die Nougatschnitten strafte ich mit Todesverachtung, ebenso die Marzipantorte, aus der Hunderte verarbeiteter Mandeln grüßten.

»Und das Stück gedeckten Apfelkuchen dort drüben.«

Klug, ausgesprochen klug, lobte ich mich selber. Das war eine alte Bauernregel: Jeden Tag einen Apfel, und du wirst steinalt! Gut, der Apfelkuchen hatte ein wenig Zuckerguss obendrauf, aber wirklich nur eine hauchdünne Schicht, und es war schließlich Sonntag!

Mit meiner Beute kehrte ich zufrieden nach Hause zurück. Ich richtete mir ein Tablett her, vergaß auch nicht das besonders scharfe Messer, denn nun schnitt ich meine vier Stückchen Kuchen in kleine Genussstückchen. Ich war ja kein Vielfraß, sondern ein Gourmet-Esser, manchmal jedenfalls.

Dann begann meine ganz persönliche Tortenschlacht. Der Quarkkuchen fühlte sich kühl am Gaumen an, der Apfelkuchen sinnlich zimtig, das Baiser lustig krümelig, der Pflaumenkuchen angenehm süß-sauer. Ab und zu änderte ich die Reihenfolge beim Essen und kostete so alle möglichen Kombinationen durch. Bisweilen ließ ich einige Bissen ein wenig länger auf der Zunge ruhen, bevor ich schluckte, ergötzte mich am sanften Schmelz des Zuckergusses, spürte Geliertes und Karamellisiertes auf meinen Lippen, gab mich Würze und Süße vollkommen hin.

Das Fest währte immerhin ganze fünfunddreißig Minuten.

Dann stand ich mit dem leeren Kuchenteller, von dem ich noch die letzten Reste aufgeleckt hatte, in der Küche.

Was nun?

Inzwischen hatte auch die Konditorei geschlossen, so dass an Nachschub nicht zu denken war. Für mein Abendessen war es noch zu früh, man muss sich ja an seine Pläne halten, aber ich brauchte jetzt etwas.

Irgendetwas.

Ich überlegte, öffnete alle Schränke, überlegte wieder und hatte eine neue Idee! Das gesunde Vollkornbrot könnte ich ja wohl hauchdünn mit Halbfettmargarine bestreichen. Und der Honig, der meine Aufräumaktionen wundersamerweise überlebt hatte, könnte mir nun gute Dienste erweisen. So bereitete ich mir eine Scheibe Schwarzbrot mit Halbfettmargarine und Honig zu.

Lecker.

Es folgte die zweite. Ausnahmsweise noch die dritte. Der vierten konnte ich leider nicht widerstehen, und nach der fünften gab es kein Halten mehr. Ich aß die ganze Packung Schwarzbrot auf, zwölf große Scheiben, mit Halbfettmargarine und Honig. Und das nach vier Stücken Kuchen.

Mein Ernährungsbewusstsein hatte mich dabei perverserweise nicht eine Sekunde lang verlassen.

Aber leider mein Verstand.

***

»Ich habe mein Versprechen nicht gebrochen. Ich bin nicht ausgegangen«, flüstert Paul und schiebt sich wie in Trance schon wieder unkontrolliert etwas in den Mund.

»Paul, hör auf zu essen. Du musst wirklich sofort aufhören!«, sage ich bestimmt.

»Jetzt ist doch sowieso alles egal«, jammert er.

»Irrtum. Einen halben Kuchen zu essen ist immer noch besser als einen ganzen, verstehst du? Du bist nicht mehr allein, du hast jetzt uns und brauchst keine Süßigkeiten mehr. Einverstanden?«

»Ja«, flüstert er und nickt.

»Gut. Lara, such ihm ein anständiges Hemd aus und schmeiß das bekleckerte T-Shirt in die Wäsche. Paul, hol eine Mülltüte aus der Küche und lass uns hier klar Schiff machen!«

Jawohl, ich habe als Kapitän das Ruder fest in der Hand. Paul war nur kurzfristig über Bord gefallen, weil ich nicht hingeguckt habe. Aber nun bin ich wieder da, Nicky, der personifizierte Rettungsreifen. Ab sofort werden meine Argusaugen wieder überall sein, wo auch er ist. Jeder Fallstrick wird beseitigt, jede Stolperschnur vernichtet.

Kurze Zeit später ist das Wohnzimmer sauber, Paul ist ordentlich gekleidet und sieht aus, als würde er über etwas scharf nachdenken.

»Ich weiß, was ich zu tun habe«, erklärt er.

Sein Blick wird glasig, und ich bin gespannt, was nun sein Hirn fabriziert. Wahrscheinlich ist er so voller Fett und Zucker, dass ihn seine Insulinausschüttungen vorübergehend benebeln.

»Laufen, ich muss laufen. Ja, genau, ich mache Sport. Jetzt sofort, das ist die Lösung.« Er keucht aufgeregt. »Ich werde alles wieder verbrennen, was ich mir gerade reingezogen habe. Und wenn ich die ganze Nacht hindurch laufen muss. Wo sind meine Joggingschuhe?«

Wie von einer besonders großen Tarantel gestochen springt er auf. Ich halte ihn am Zipfel seines Hemdes fest und bedeute ihm, sich wieder hinzusetzen.

»Deine Ambitionen sind ja sehr löblich, Paul. Aber so funktioniert das nicht. Du sollst Balance lernen. Ausgewogen essen und regelmäßig Sport machen. Im Moment bist du auf der exzessiven Spur. Das ist falsch!«

Außerdem habe ich nicht die geringste Lust, im Stockdunkeln mit einer Taschenlampe bewaffnet über Baumwurzeln und Steine zu stolpern. Abgesehen davon, dass auch das gemeine Wildschwein schließlich seinen Schlaf braucht und nicht scharf ist auf durchgedrehte Fresslustopfer, die zu unchristlicher Stunde die Ruhe des Waldes stören.

»Denk lieber darüber nach, warum du heute einen Rückfall hattest. Was genau ist passiert?«

Paul überlegt nicht lange. »Dieses Locken mit Süßigkeiten im Sender, das hat mich schon ganz verrückt gemacht. Aber es gibt noch etwas anderes: Die Eigentümer des Radiosenders haben einen TV-Sender gekauft. Klein, aber fein, ein total ausbaufähiger Privatsender.«

Er fährt sich mit der Hand durch die Haare und verknotet anschließend die Finger ineinander. Lara und ich warten geduldig, bis er den Faden wieder aufnimmt.

»Das war von jeher etwas, was mich brennend interessiert hat. Die Arbeit mit bewegten Bildern, nicht nur mit der Stimme, sondern zusätzlich mit Mimik und Gestik. Ich würde so gerne hinter den Kulissen einen Managementjob haben, vielleicht eine Abteilung leiten, immerhin schmeiße ich einen ganzen Radiosender, ich kann das bestimmt. Aber meine Moderatorenreputation ist so groß, dass die sicher als Erstes über meine Qualitäten *vor* der Kamera nachdenken.«

»Das hat eine gewisse Logik«, sagt Lara.

»Eben. Aber schaut mich doch an. Die nehmen mich nie, nie und nimmer! Die lassen doch nicht einen Fettkloß ins Fernsehen!«

Oje, Paul denkt über Hollywoodmaßstäbe nach. Am liebsten wäre er jetzt so ein glatt gebügelter, botoxgespritzter Moderationshecht mit schneeweißen Jacketkronen, gegelten Haaren und eingebranntem Dauerlächeln. Faltenfrei, persönlichkeitsfrei, talentfrei, aber hyperschlank und biegsam wie ein Halm auf dem Kornfeld.

»Du willst es nicht mal versuchen?«, frage ich.

Er zuckt müde mit den Schultern.

»Also, deine Gedanken werden die nicht lesen können, und tragen werden die dir deinen Sessel vom Radio zum Fernsehen ebenso wenig. Da musst du dich schon selber bewegen. Wer nicht wagt, der nicht gewinnt!«

»Ich fühle mich schlecht«, gibt Paul mit resigniertem Unterton zurück.

Verflixt. Omas Aufmunterungsparolen und Bauernweisheiten scheinen heute komplett fehlzuschlagen.

»Was fühlst du genau?«

»Ekel. Scham. Schuld. Schmerz. Selbsthass. So was in der Art«, antwortet er abgehackt.

Lara hat schon wieder Tränen in den Augen. Sie starrt ihn an, als wolle sie ihm mittels Gedankenübertragung oder Hypnose all diese Gefühle abnehmen.

»Ich bin schwach, ich bin hässlich, ich habe überhaupt keinen Funken Selbstdisziplin im Leibe!«

»Wie kannst du nur so mit dir reden? Denk doch mal nach!«, sage ich aufgebracht. »Wenn du schwach wärst, hättest du deinen Superjob nicht, sondern würdest allerhöchstens die Klinken beim Radio putzen. Wenn du hässlich wärst, würde Lara dich nicht so anschauen, als wärst du Mister Wunderbar. Entschuldige, Lara.«

Die Arme wird feuerrot. Da ist meine vorlaute Klappe mal wieder reichlich mit mir durchgaloppiert. Aber zurzeit ist mir jedes Mittel recht, um das geknickte Pflänzchen Paul wieder aufzurichten. Lara ist gewissermaßen so was wie Kraftfutter der Qualitätsstufe I, einfach ein perfekter emotionaler Dünger. Es funktioniert bereits. Paul rappelt sich ein klein wenig auf und späht unsicher zu Lara hinüber.

»Und wenn du keine Selbstdisziplin hättest, hättest du nicht schon sechsundzwanzig Pfund abgenommen!«

Niemand sagt etwas. Es liegt eine Menge Verwirrung in der Luft.

»Aufstehen!«, rufe ich deshalb Paul zu.

»Warum? Das Telefon klingelt doch gar nicht«, sagt er mit ironischem Unterton.

Ein gutes Zeichen. Er macht schon wieder Witzchen.

»Nein, wir gehen zum Spiegel. Du hast offensichtlich noch nicht begriffen, wer du bist. Lara, komm du auch mit. Das wird uns allen dreien gut tun.«

Wir bauen uns vor dem großen Spiegel in der Eingangshalle auf.

»Jeder schaut sich selbst an!«, kommandiere ich. »Von oben bis unten. Ja, und noch mal, schön langsam, ganz ruhig und bewusst. Nun schaut sich jeder selbst in die Augen. Und dann sprecht ihr mit euch selbst.«

»Was denn?«, fragt Paul.

»Ich bin der absolute Superstar meines Lebens!«, erkläre ich, jedes einzelne Wort betonend. »So, jetzt du, Paul.«

Er räuspert sich. »Ich bin der absolute Superstar meines Lebens!«

»Ich denke, du bist ein Moderator? Wenn du dich selbst nicht überzeugen kannst, wie willst du dann andere überzeugen? Wenn du mit dir selbst nicht nett redest, wie kannst du erwarten, dass andere es tun? Los, jetzt mal mit ein bisschen mehr Schmackes!«

»Ich bin der absolute Superstar meines Lebens!«, brüllt Paul aus voller Kehle.

»Ja, und noch mal, und immer wieder!«

Mit sicherer Stimme wiederholt Paul sein Mantra. Ich lasse ihn erst aufhören, als er den grimmigen Gesichtsausdruck verliert und endlich seinem Spiegelbild zulächelt.

So muss es sein. Paul muss endlich anfangen, Paul zu mögen.

***

Dann belohnen wir uns für diesen anstrengenden Abend. Natürlich nicht etwa mit Essen, schon gar nicht mit Betrinken, sondern mit einem Ganzkörperwohlfühl-Programm: Um kurz vor Mitternacht bestellen wir uns ein Taxi und gehen tanzen.

Während wir bestrahlt von bunten Lichtern ausgelassen über die Tanzfläche hüpfen, freue ich mich über meine Idee. Ist doch besser in der Disco auf schicken Pumps als mit Joggingschuhen nachts im Wald. Paul bewegt, dreht und wendet sich mit tollem Rhythmusgefühl, während Lara und ich kokett um ihn herumtänzeln.

Zwischendurch spendiere ich eine Runde Mineralwasser und ermutige die beiden, auch mal ein paar Schritte zu langsamerer Musik zu wagen. Vorsichtig führt der große Paul die zarte Lara über den Tanzboden. Nun gut, es ist kein richtiger Engtanz, aber er hat sie sicher im Arm, und irgendwie scheint sie mit ihm zu schweben.

Schließlich wünsche ich mir von dem Discjockey einen

meiner Optimismus-Lieblingstitel: »Dancing Queen« von Abba. Bereits nach den ersten Takten jubeln wir glücklich auf. Ja, heute sind wir drei Superstars, genauer gesagt: zwei tanzende Queens und ein King!

Kapitel 7

Auch Kühe werden dick

Radio Funtime, Studio 1, 14.58 Uhr

»Nobody is perfect, jeder macht mal einen Fehler, oder? Manchmal nehmen wir uns etwas ganz fest vor, aber halten nicht durch und fallen auf halber Strecke um. Wisst ihr, das ist im Grunde nicht schlimm. Das Einzige, was daran schlimm sein könnte, wäre, liegen zu bleiben. Wenn euch etwas misslingt oder ihr etwas nicht auf die Reihe bekommt, dann versucht, einfach wieder aufzustehen. Verzeiht euch eure Fehler, denn Selbstvorwürfe helfen wenig, dafür aber der Glaube an eure eigene Kraft! Ciao for now, euer Paul.

***

Ich tolle mit Mäxchen durchs Wohnzimmer. Er ist völlig vernarrt in die große Plastikpalme, die mir Paul vor ein paar Wochen geschenkt hat. Wir hatten uns ja bereits bei meinem Einzug darauf geeinigt, dass wir das Pflanzen spießiger Balkongeranien besser den Nachbarn überlassen sollten. Weil Paul aber wusste, dass ich mir trotzdem wenigstens *eine*

Pflanze im Haus wünsche, hat er für mich als Erinnerung an die Malediven diesen überdimensionalen Palmenbaum angeschleppt. Natürlich war ich freudig überrascht, wenn auch dieser künstliche Baum ständig Bilder wachruft, die stoisch der Verdrängung standhalten und in mir Zustände verursachen, bei denen man auf Vorboten von Herzkammerflimmern oder erste Anzeichen einer saftigen Kolik schließen könnte.

Doch Mäxchen hat unbekümmert seine ganz persönliche Liaison mit dem Plastikbaum geschlossen. Vielleicht war er ja im letzten Leben ein Äffchen oder gar Weltmeister im Palmenstammklettern, wer weiß? Jedenfalls macht er sich ein echtes Hasenspäßchen daraus, mich immer wieder rund um das Ding zu jagen, wenn ich ihn einfangen will. Nun schlägt er auch noch gewitzt einen Haken und flitzt durch den offenen Spalt der Tür in Pauls Arbeitszimmer.

Der steht am Fenster und telefoniert. Brav. Konditioniert wie ein Pawlow'scher Hund, springt Paul inzwischen bei jedem Telefonbimmeln auf. Aber nicht nur das. Rolltreppen straft er mit Todesverachtung. Fahrstühle benutzt er nur, wenn er höher als ins vierte Stockwerk muss. Jeden Morgen joggt er mit mir durch den Wald, fährt nur noch mit dem Rennrad zum Sender und widmet sich außerdem religiös fünfmal pro Woche intensivem Muskeltraining mit Hanteln, Gummibändern, Gymnastikbällen und anderen Folteraccessoires, gewissermaßen als Sahnehäubchen obendrauf.

Ich habe so etwas wie einen Bewegungsfrankenstein geschaffen, allerdings einen immer gesünder und attraktiver aussehenden.

Als er Mäxchen und mich erblickt, steckt er blitzschnell etwas in seine Hosentasche. Sofort werde ich misstrauisch. Ich bin seine Herrin und Meisterin, mir bleibt nichts verborgen.

»Was hast du da?«, frage ich.

»Das ist privat.«

Privat? Ich habe Paul halbnackt in Badehose gesehen, ich habe ihn sintflutartig schwitzen sehen, ich habe ihn essen und fressen sehen, ich habe ihn heulen und lachen sehen. Und nun macht er hier auf Fräulein-rühr-mich-nicht-an?

»Was ist es denn?«

»Ich sagte doch, es ist privat. Du musst nicht alles wissen, oder?«

Oh, doch! Was könnte es also sein? Es war etwas Helles. Eine Tablettenpackung? Ein Riegel weiße Schokolade? Ein Mäuschen, gerettet aus einem Tierlabor? Nein, so würde ich nicht weiterkommen. Pauls verschlossenem Gesichtsausdruck nach zu urteilen, muss ich ihn herausfordern, ein wenig provozieren.

»Ach, Paul, mir kannst du es doch sagen. Es ist ein Kondom, stimmt's?«

»Unsinn«, knurrt Paul.

»Ist doch nichts dabei. Ich finde es ja besser, du nimmst welche.« Ich kann mir ein Grinsen nicht verkneifen.

»Hat dir schon mal jemand gesagt, dass du eine Nervensäge

bist, Nicky? Nie lässt du locker, solltest einen Beruf daraus machen.«

»Hab ich ja schon. Ich bin dein Schatten, ich passe auf dich auf, ich kontrolliere dich Tag und Nacht. Und nun will ich wissen, was du in der Hosentasche hast.«

Er blickt seufzend an die Decke, fasst in die Hosentasche und zieht ein Taschentuch hervor.

»Wie langweilig!«

Ich bin enttäuscht. Kein Skandal im Hause Paul. Kein Tütchen Koks, keine Drugs, kein Sex, kein Rock'n'Roll. Doch, Sekunde mal! Dieses Taschentuch hat einen aufgestickten Buchstaben in einer Ecke.

»L«, lese ich. »Normalerweise nimmt man den ersten Buchstaben seines Vornamens für das Monogramm, nicht den letzten.«

»Es ist ja auch nicht *mein* Taschentuch«, stöhnt Paul. »Es ist Laras.«

Nanu? Hatte sie in einem unbeobachteten Moment ihr Taschentüchlein fallen lassen? War das Laras Art, einen Angebeteten zu ermutigen? Hatte sie zu viel Jane Austen gelesen und den Sprung in unser Zeitalter verpasst? Bei Gelegenheit sollte ich mit ihr wirklich mal über das Flirten mit angeklebten Wimpern, das Verschicken einer aufheizenden SMS und über die Lockeffekte von Push-up-BHs reden.

Verdutzt betrachte ich Paul. Entpuppt er sich gleich als heimlicher Verehrer von Lara? Oder ist er ein Taschentuchfetischist?

»Dieses Taschentuch erinnert mich immer an meinen Rückfall, die Fressorgie vor ein paar Wochen. Es ist gewissermaßen eine Warnung an mich selbst. Aber nicht nur das.«

Ich warte auf weitere Geständnisse. Vielleicht ist das Taschentuch so etwas wie eine Miniatur-Schmusedecke. Linus von den Peanuts kann ohne sie nicht leben und Paul vom Radio ebenso wenig.

»Mir hat noch nie ein Mensch mit einem Taschentuch die Tränen abgetrocknet. Auf einmal kommt eine Frau daher und ist zärtlich zu mir in einem meiner schwächsten, miesesten Momente, als ich weit weg war von dem starken Mann, den ich sonst so gerne mime. Dadurch ist das Taschentuch zu einem Symbol geworden. Ich kann so sein, wie ich bin, und das ist dann tatsächlich in Ordnung, verstehst du?«

Das hat er jetzt aber echt schön gesagt, der Paul. Mäxchen hat sich soeben auf meinen Fuß gesetzt, und ich beuge mich zu ihm hinunter. So kann Paul nicht sehen, dass mir gerade heiße Tränen vor Rührung in die Augen steigen.

***

»Am Geburtstag darf man sündigen, oder?«, fragt mich Elsa in der Küche.

»Ein bisschen«, antworte ich grinsend.

Sie scheint mit sich und der Welt zu ringen. Oder mit dem Diätgott, der alles sieht und die kleinen Sünderlein bestraft.

Würde mich nicht wundern, wenn Elsa seit geraumer Zeit ihrem katholischen Priester jedes kleinste Schokoladensplitterchen im Beichtstuhl gestehen würde. Flüsternd und mit schlechtem Gewissen und in Erwartung von mindestens fünf Ave Marias, die sie zur Buße bei angezündeter Kerze umgehend beten würde.

Sicherlich ist Elsa nicht so konsequent wie Paul, allerdings scheint sie das Konzept der gesunden Ernährung mit Leib und Seele zu verinnerlichen. Denn auch Elsa hat abgespeckt. Unsere italienische Mama macht inzwischen eher den Eindruck einer schicken Signora, die sich ohne weiteres im Kostümchen auf Mailands berühmter Via Montenapoleone zeigen könnte. Neuerdings trägt Elsa sogar tailliert. Keine Hängerchen mehr, keine kittelschürzenartigen Omakleider, sondern fesch Geschnittenes mit engen Bündchen und betonenden Gürtelchen.

Sie strafft sich und streicht ihren knapp sitzenden Pullover glatt. Offensichtlich macht ihr Pauls anstehender Geburtstag Kopfzerbrechen.

»Im vergangenen Jahr habe ich ihm meine berühmte sizilianische Cassata-Torte gebacken«, erklärt sie.

»Hört sich köstlich an«, gebe ich zurück.

»Ja, sicher, Signor Paul hat sie auch gut geschmeckt. Er hat zweimal nachgenommen.«

Erstaunlich. Dann hätte er nur drei Stück Geburtstagstorte insgesamt verspeist. Für einen Zuckerjunkie noch relativ zurückhaltend.

»Und am nächsten Morgen hat er den Rest der Torte zum Frühstück gegessen«, fügt Elsa hinzu. »Also mehr als den halben Kuchen. Zum Frühstück, kurz nach dem Aufstehen, das stelle man sich mal vor!« Sie schüttelt den Kopf.

Das passt schon eher. Würde man Paul und mich so lassen, wie wir einst wollten, könnten wir uns gemeinsam zu Kuchen-Pummelchen entwickeln, anschließend zu Torten-Tönnchen, um im finalen Stadium als prall gemästete, unförmige Teigklöpse elend zu verrecken.

Doch genau das wollen wir nicht. Getreu dem Motto: Kuchen macht nicht glücklich, sondern dicklich. Doch so ein Stückchen zum Geburtstag muss einfach drin sein.

»Die Cassata-Torte hat reichlich kandierte Früchte«, gesteht Elsa nun. »Und Marzipan außen herum und Sahnecreme innen drin.«

Ich nicke und seufze.

»Die meisten Kuchen sind ja schon allein deshalb schwer, weil im Teig so viel Butter ist«, erklärt Elsa. »Abgesehen von wahnsinnig vielen Eiern und dem Mehl.«

Ihre Hände gleiten in Richtung Taille, als würde sie schon beim Gedanken an die Zutaten um ihre neue Figur fürchten.

»Aber ich habe experimentiert!«

Experimentiert? Höhere Chemie im Backlabor? Hat Elsa daheim gekocht, gebrutzelt, kleine Explosionen erzeugt, Qualm und bunte Dämpfe aufsteigen lassen, um eine Erfindung zu machen? Eine Elsa-Kuchen-Entwicklung, ganz neumodisch, ganz lecker, ganz leicht?

Sie öffnet eine Korbtasche, die sie offensichtlich heute Morgen mit in die Villa gebracht hat, und hebt eine Tupperbox mit blauem Deckel heraus. Als sie die Plastikdose öffnet, gibt sie den Blick frei auf ein Stück Kuchen, das köstlich aussieht.

»Selber gebacken?«, frage ich.

»Certo, certo! Natürlich!«, gibt Elsa zurück. »Eine Woche lang habe ich Abend für Abend herumprobiert. Der Teig sollte so dünn sein wie möglich, aber gleichzeitig so leicht und bekömmlich, wie es geht. Ich habe immer mehr von den üblichen Dickmachern weggelassen, aber man muss hier und da überlegen, sonst schmeckt es überhaupt nicht.«

»Und was ist das Rosafarbene obendrauf?«, frage ich neugierig.

Es sieht so luftig aus. Wie rosa Wölkchen auf einem Hauch von Teigwolkenbett. Vielleicht ist das überhaupt der erste Kuchen, der fliegen kann vor lauter Leichtigkeit.

»Mein Geheimnis!«, sagt Elsa stolz. »Ich sage nur so viel: Die Basis sind pürierte Früchte, all die roten, also Erdbeeren, Himbeeren, Johannisbeeren. Das Püree habe ich durchgesiebt und mit Magerquark und Eischnee vermengt.«

Endlich. Sie gibt mir eine Gabel in die Hand. Andächtig probiere ich eine kleine Ecke dieses zartrosa Wunders.

»Himmlisch!«, murmle ich.

Gleich hebe ich ab, gleich schwebe ich hinfort, gleich lasse ich mich von dieser unglaublichen Kreation auf das Wölkchen Nummer sieben entführen und bitte Elsa, mich offiziell zu adoptieren.

»Sie sind eine Künstlerin, Elsa!«, rufe ich aus, als ich wieder halbwegs zu mir komme. »Dieser Kuchen ist ein Kuchentraum!«

»Mit viel Fett und Zucker ist das einfach. Aber ohne nicht«, gibt Elsa stolz zurück.

Dann nimmt sie mir die Gabel wieder weg. Pauls Geburtstag ist erst morgen, und sie will sicher nicht, dass ich gleich in die Kirche rennen muss, um einen wollüstigen Tortenverzehr am späten Vormittag zu beichten. Selbst wenn es eine Leckerei der mageren und gesunden Art ist.

Das habe ich nun von meinen Predigten über Askese!

***

An Pauls Geburtstag macht er sich selbst erst mal das schönste Geschenk. Wir haben das wöchentliche Wiegen um einen Tag vorverlegt, und Paul steigt angstfrei auf die Waage, die er inzwischen so lieben und schätzen gelernt hat, dass er sie bestimmt eines Tages taufen und persönlich ansprechen wird. Natürlich müsste es ein femininer Name sein, denn seine Hauptunterstützung ist schließlich weiblicher Natur. *Elfchen* wäre recht passend oder eventuell *Engelchen*.

Jedenfalls bringt Engelchen die himmlische Botschaft, dass Paul wiederum abgenommen hat und nun nur noch 112 Kilogramm wiegt. Das wäre eine Reduktion seines Gesamtkörpergewichtes um bisher insgesamt 29 Kilogramm, sprich 58 Pfund menschlicher Speckschwarte.

»Herzlichen Glückwunsch, kann ich da nur sagen!« Ich umarme ihn und klopfe ihm lobend auf die Schulter. »Stell dir vor, das sind nach Adam Riese quasi hundertsechzehn Päckchen Butter, die du weniger mit dir herumschleppst.«

»*Einhundertsechzehn*«, wiederholt Paul fasziniert.

»So viel wie ein zehnjähriger, frecher Junge, der nun nicht mehr auf deinem Buckel hockt.«

»Unfassbar!«

»Allerdings. Ich sage dir, als ich das Balg los war, das sich auf meinem Rücken eingenistet hatte, wollte ich am liebsten einen ganzen Tag lang Purzelbäume schlagen. Eine schöne Befreiung, oder?«

Statt einer Antwort nimmt mich Paul überglücklich in die Arme und gibt mir einen Kuss auf die Wange. Den habe ich auch verdient, finde ich.

***

Am späten Nachmittag klingelt es an der Tür. Lara kommt herein. Seit Pauls schlimmem Ess-Rückfall hat sie ihn nicht wieder gesehen und merkt sofort, dass er in diesen Wochen noch einmal mindestens zwei Konfektionsgrößen schlanker geworden ist.

Paul reagiert ihr gegenüber leicht verschämt. »Eigentlich bin ich gar keine Heulsuse, weißt du. Das damals, ja, das war ein schlimmer Abend.«

»Aber du hast dich ja als Stehaufmännchen erwiesen«, antwortet Lara schlicht. »Das ist doch die Hauptsache!«

Dann überreicht sie ihm als Geburtstagsgeschenk eine geheimnisvolle Papierrolle, die von einem hellblauen Seidenband zusammengehalten wird. Paul öffnet die Schleife und zieht das Papier auseinander.

Neugierig stelle ich mich neben ihn. Sicher ein neues Werk aus Laras spitzer Feder. Das kann ich mir nicht entgehen lassen. Und siehe da, da sitzt er, unser Star: Paul thront mit einer goldenen Krone auf dem Kopf und einem roten Samtumhang samt Hermelinkante auf einem gigantischen Berg von Karotten, Obst und Mineralwasserflaschen. In der Hand hält er statt des Königszepters eine große 50-Kilo-Hantel.

»King Paul«, quietsche ich und muss hellauf loslachen.

Der King starrt das Bild an und klatscht sich mit der flachen Hand auf die Stirn.

»Jetzt kapier ich das erst. Ich dachte immer, diese witzigen Karikaturen wären von Nicky. Dabei hast *du* sie gemalt. Auch das erste Bild im Restaurant war von dir, oder?«

Lara nickt bescheiden. Typisch für ihre Künstlerseele. Flattert und fliegt Paul wie ein verhungertes Vögelchen entgegen, traut sich aber kaum, ihrem Angebeteten so intensiv in die Augen zu gucken, dass in ihm der Gedanke ans Schnäbeln aufkeimen könnte.

Doch was ist plötzlich das?

Paul hat einen Schimmer in seinem Gesicht, als würde er nicht nur über gewisse Schnäbelaktivitäten nachdenken, sondern zudem über gemeinsame Würmchensuche samt anschließendem Nestbau. Ich stelle mich schon gedanklich auf glückliches Jubilieren und Tirillieren ein, als es erneut klingelt. Und es erscheint – Tom.

Zwar begrüßt er auch mich kurz und mit neutraler Stimme, aber ansonsten schafft er es, mich total zu ignorieren. Nicky existiert nicht, Nicky ist Luft, sogar weniger als Luft, denn Luft hat ja noch ein paar gute Bestandteile, zum Beispiel kostbaren Sauerstoff. Nein, ich bin für ihn luftleerer Raum, ein unbedeutendes Vakuum am Rande des Sofas, auf dem ich nun neben Lara sitze. Die Männer haben es sich auf Sesseln gemütlich gemacht, und Elsa serviert den von Tom mitgebrachten Champagner. Dazu hat sie eine Rohkostplatte mit köstlichen Jogurtdips vorbereitet.

Ich knacke ein Radieschen, während die Unterhaltung vor sich hinplätschert. Dann nehme ich mir den Staudensellerie vor. Die Gurkenstreifen sind sehr lecker mit dem Dip, auch die Karotten schmecken gut, besonders wenn man sie lange kaut, dann werden sie fast süßlich. Die grüne Paprika ist eher bitter, während die gelbe milder schmeckt, finde ich. Mhm, die rote ist allerdings noch besser, so knackig mit explosiver Frische, liegt vielleicht an der Farbe, oder? Ich arbeite mich weiter vor zu weißen Blumenkohl- und grünen Brokkoliröschen, als mir schlagartig auffällt, dass ich bereits die halbe Rohkostplatte allein abgeräumt habe.

Was ist das? Wutkauen? Ohnmachtsfuttern? Gekränktes-Herz-Essen?

Selbst der Gedanke, dass ich nur Grünzeug gegessen habe, tröstet mich wenig. Auch Kühe fressen nur Gras und werden dabei dick.

Mich ärgert, dass ausgerechnet Tom es schafft, Dickie in mir zu aktivieren und mich in alte Essmechanismen fallen zu lassen. Zuverlässig nach der klassischen Rechnung: je unglücklicher die arme Nicky, desto bekloppter ihre Esserei. Je mehr Schmerz von der Außenwelt, desto mehr Trost für meine inneren Organe.

Aber eine Rohkostplatte als Bandage, nein, wirklich nicht!

»Es steckt mehr in jedem von uns«, sagt Paul gerade.

Stimmt. In mir steckt ein Dorn, der piekt. Ein Stachel mit Widerhaken, fest eingebettet in mein warmes Fleisch. Schade, dass hinter Tom ausgerechnet meine Plastikpalme steht und kein Naturkaktus. Dann könnte ich dafür sorgen, dass ihm ebenfalls ein mächtiger Stich zugefügt wird.

»In mir steckt einfach mehr, als ein Radiochef und Radiomoderator zu sein«, erklärt Paul weiter. »Jedenfalls habe ich den Leuten beim Fernsehen erklärt, dass ich mich ernsthaft um einen Job bei ihnen bewerbe. Das ist mein größter Wunsch, Fernsehen war schon immer mein Traum, und nun, wo meine Firma diesen Sender gekauft hat, muss ich es einfach versuchen. Sie meinten übrigens, rein optisch wäre ich okay. Ein paar Kilo mehr oder weniger wären für mich als Moderator kein Problem.«

»Du siehst doch auch toll aus!«, entfährt es Lara, die prompt unter Pauls warmem Blick errötet.

»Aber ich will gar nicht moderieren, ehrlich. Mich reizt nach wie vor viel mehr ein Job hinter den Kulissen. Ich habe denen dann gleich ein paar Showkonzepte geschildert, die mir so im Kopf herumwandern. Und das Motto war: Es steckt mehr in jedem von uns. Sagt Nicky auch immer, richtig?«

Nicky.

Das bin ich.

Ich reiße meinen Blick von den Radieschen los und wische mir die Finger an einer Serviette ab. Schluss mit dem Herfallen über das unschuldige Gemüse.

Paul redet begeistert weiter: »Zuerst habe ich ihnen ein paar Ideen für Make-over-Shows präsentiert. Das sind diese Sendungen, in denen Menschen geholfen wird, sich optisch zu verändern, neue Frisur, neue Nase, neue Kleidung und so weiter. Oder ihr Zuhause schöner zu machen oder ihren Lebensstil zu verbessern.«

»Toll!«, haucht Lara.

Womit auch klar wäre, wer wohl in Zukunft Vorstandsvorsitzende von Pauls Fanclub werden möchte. Sie könnte sogar die Clubfahnen selbst entwerfen und bei jeder Gelegenheit enthusiastisch schwenken, was das Zeug hält.

»Außerdem stelle ich mir ein übergreifendes Thema vor, das ich erst mal ›Help‹ nenne. Es umfasst Shows, in denen Leute vorgestellt werden, die Patenschaften übernehmen. Für alles Mögliche, für kranke Menschen, für benachteiligte Menschen, für Menschen um die Ecke oder Menschen in einem anderen Land. Während die Make-over-Shows also mehr Showbusiness atmen, ein bisschen Glamour und Hollywood, will ich dazu im Gegensatz auch etwas fürs Herz ausarbeiten, versteht ihr?«

»Echt cool«, antwortet Tom.

Aha, der nächste Anwärter für einen Chefposten im Paul-Club. Wenn ich nicht aufpasse, kriege ich darin keinen anständigen Job mehr ab.

»Und ein paar Reality-Shows will ich haben. In denen Menschen mit der Kamera dabei begleitet werden, wenn sie etwas Besonderes machen. Ein Gedanke könnte eine Fit-Klinik sein, in der Bewegungsmuffel an einen gesunden Lifestyle herangeführt werden.«

Hier ist wohl meine Lücke, um die Paul-Fahne zu schwenken. Prompt schauen mich auch alle erwartungsvoll an.

»Prima. Prima Idee«, sage ich und lasse mit Begeisterung meinen Pferdeschwanz wippen.

Vielleicht darf ich sogar als Vorturnerin in die Fit-Klinik. Dann kann sich die ganze Nation daran laben, wie gut ich Liegestütze machen kann, von meinen eleganten Rumpfbeugen ganz zu schweigen!

»Was mich aber am meisten beschäftigt, ist die Idee für eine Show, in der ich das Spannendste am Menschen zeigen will«, sagt Paul.

»Und das ist was?«, fragt Tom interessiert.

»Das Spannendste am Menschen ist seine Fähigkeit zur Veränderung. Nicht nur im Sinne der Anpassung an äußere

Umstände, wie Kälte, Überleben in fremden Ländern und so weiter. Sondern das Vermögen, sich selbst neu zu definieren, sich selbst immer wieder neu zu erfinden und sich zu entwickeln.«

Fast bleibt mir vor Begeisterung der Mund offen stehen.

Der Buddha ist tot, es lebe der Buddha!

Wenn Tom darauf nicht schon einmal so allergisch reagiert hätte, würde ich Paul hier und auf der Stelle sofort eine Liebeserklärung machen. Ohne Amor, dafür mit Platon hinter mir, aber vermutlich gerade deshalb reinsten Herzens.

»Diese Idee ist der helle Wahnsinn, Paul«, sage ich im Brustton der Überzeugung. »Menschliche Metamorphosen als Motivation für uns alle – was für ein Konzept! Die Show würde ich immer sehen, immer, ich schwör's.«

Ich schaue zu Lara rüber. Sie malt bereits in aller Ruhe Schmetterlinge. Klar, bei dem Gedanken an Metamorphosen liegt das nahe. Jede kleine Raupe hat große Dinge im Leben vor. Sie weiß es oft noch nicht, aber eines Tages entdeckt sie, wie viel wahre Schönheit in ihr steckt.

»Ich will das Ganze zusätzlich mit einer Wahl verbinden. Die Zuschauer sollen die Geschichten sehen und anschließend den Menschen auswählen, der ihrer Meinung nach die beeindruckendste Veränderung geschafft hat.« Paul ist nicht mehr zu bremsen.

Dieser Mann muss zum Fernsehen! Zwar ist sein Körperumfang geschrumpft, aber er ist eindeutig ein paar Nummern zu groß fürs Radio geworden.

Nun hält Lara ihr neuestes Werk hoch. Es zeigt einen farbenfrohen, lachenden Schmetterling mit einer kleinen Krone auf dem Haupt. Sie hat es heute mit dem goldenen Kopfschmuck.

»Der Schmetterlingskönig! Ja, so könnte die Show heißen«, ruft Paul begeistert.

»Oder die Schmetterlingskönigin!«, werfe ich ein.

Die Emanzipation hat sich inzwischen doch sicher bis zum Fernsehen herumgesprochen, oder?

»Du musst es neutral halten«, sagt Tom.

»Wir könnten den Schmetterlings-Star krönen«, überlegt Paul laut.

»Das spricht sich schlecht«, bekunde ich.

Schmetterlings-Star. Es gibt genug Leute auf der Welt, die diesen Begriff nur zischend oder lispelnd über die Zunge bekämen. In jedem Fall aber mit viel sprühender Spucke.

Paul denkt nach. Währenddessen malt Lara ungerührt weiter. Sie kann nicht anders, sie braucht das einfach. Der nächste Schmetterling hat keine Krone mehr auf dem Kopf, dafür einen wehenden Umhang hinter sich, auf den sie nun ein schwungvolles »S« malt.

»S wie Schmetterling. S wie Supermann«, murmelt Paul. Angestrengt wirft er die Stirn in Falten. Auf einmal erhellt sich sein Gesicht. »Ja, natürlich!«, ruft er begeistert. »Jetzt hab ich's, jetzt hab ich's!«

»Nun sag schon.« Auch Tom ist neugierig.

Wir beugen uns alle vor und starren Paul gespannt an.

»Die Show heißt«, erklärt Paul und holt noch einmal tief Luft, »also, die Show heißt: *Der Super-Schmetterling!*

»*Der Super-Schmetterling?*«, fragt Lara.

»*Der Super-Schmetterling!*«, rufe ich enthusiastisch.

»Darauf wäre ich ohne deine Zeichnung nie gekommen«, sagt Paul und drückt kurz Laras Hand.

»Darauf wärst du wahrscheinlich ohne dein eigenes Leben in den letzten vier Monaten nicht gekommen«, sagt Tom grinsend. »Das beste Beispiel für einen Super-Schmetterling bist du wohl selber, oder?«

***

Da sitzen wir nun in Pauls Villa mit einem glücklichen Geburtstagskind, das voller Tatendrang in die Zukunft schaut. Während ich über meine im Moment überhaupt nicht nachdenken will. Es wird der Tag kommen, an dem Paul ohne Diätschatten leben kann. Und was wird dann aus mir? Eine Haushälterin hat er schon, einen Fernsehschatten braucht er nicht und eine depressive Mitbewohnerin, die nutzlos auf seinem Sofa herumlungert, schon gar nicht.

»Mein Traum ist ja nun klar«, sagt Paul. »Aber wovon träumt ihr? Was schwebt dir für dein Leben vor, Lara?«

»Ich will weiterhin zeichnen, ich glaube, ohne meine Farben könnte ich nicht leben«, antwortet sie lächelnd. »Dazu möchte ich eines Tages einen Partner, die große Liebe, ihr wisst schon. Und mit ihm eine Familie gründen«, fügt sie schüchtern hinzu.

»Wer will das nicht?«, fragt zu meiner großen Überraschung ausgerechnet Tom.

»Wie, du? Du willst das auch?«, entfährt es mir.

»Ich spreche nicht unbedingt von mir persönlich«, antwortet er ausweichend.

»Also doch«, platzt es aus mir heraus. »Typ lonesome Cowboy, ewiger Junggeselle, was? Ab und zu ein Mädel zum Spaß. Was der Mann braucht, braucht er nun mal. Und ansonsten bleibst du lieber kostenlos und unverbindlich, oder?«

Er zieht sie wieder hoch, diese eine Augenbraue. Oh, wie ich das hasse.

»Jedenfalls brauche ich niemanden, der mit mir spielt oder versucht, mich zu verändern. Das muss eine Frauenspezialität sein. Ihr wollt euch die Männer so hinmurksen, wie es euch passt, dann ist man geduldet als Ernährer.« Nun schaut er zwischen Paul und mir hin und her.

Ganz offensichtlich hat Tom riesige Tomaten auf den Augen. Er glaubt immer noch, *ich* würde Paul umgarnen. Dabei sieht selbst jemand mit Schielbrille im Dunkeln, dass es die zarte Lara ist, die versucht, sich in Pauls Herz zu malen.

»Achte nicht auf Tom, der hat ein paar komische Erfahrungen gemacht«, sagt Paul und lacht dröhnend. »Erzähl uns lieber, wovon *du* träumst, Nicky. Willst du ein eigenes Sportstudio eröffnen oder einen Diätclub? Oder willst du auf dem

Land leben mit sechs Kindern und zwei Kühen oder auswandern nach Australien oder Amerika? Oder was?«

Jetzt und hier und in diesem Moment erscheint mir Auswandern ganz verlockend. Timbuktu hört sich gut an. Und vor allem schön weit weg.

»Äh«, antworte ich zögernd, »ich würde gerne etwas mit Sprache machen.«

»Das passt«, antwortet Paul lachend. »Ich kenne niemanden, der eine so große Klappe hat wie du. Dagegen bin selbst ich ein stummer Waisenknabe.«

»Ist das jetzt ein Kompliment?«, frage ich misstrauisch.

Große Klappe klingt so nach frech und vorlaut. Und nach besserwisserisch und unverfroren. Nach all dem, was ein anständiges Mädchen mit guter Kinderstube nicht sein soll.

»Doch, doch, das ist durchaus ein Kompliment«, gibt Paul zurück. »Was genau schwebt dir denn vor?«

Wie soll ich das nun erklären, ohne mich total lächerlich zu machen? Nicky, der zukünftige arbeitslose Diätschatten, möchte am allerliebsten auch zum Fernsehen, und zwar *vor* die Kamera? Um eine schöne Sendung zu moderieren, für die sie den Bambi, den Fernseh-Oscar und das diamantene Bundesverdienstkreuz bekommt?

»Ich will Interviews machen, ich will reden. Vielleicht als Reporterin oder als – Moderatorin.«

Nun ist es raus. Ich schlucke und beäuge die anderen unsicher. Niemand liegt vor Lachen auf dem Teppich, und keiner bekommt vor unterdrücktem Kichern einen Schluckauf. So weit, so gut.

Lara zwinkert mir zu und nickt zustimmend. Paul schaut nachdenklich, Tom eher neutral.

Da taucht glücklicherweise Elsa auf. Mir fällt ein Stein vom Herzen, weil ich derzeit keine Vorträge über mangelnde Ausbildung, tief verwurzelte Naivität oder ausgeprägten Größenwahn brauche.

Und Elsa kommt nicht allein. Hinter ihr her hoppelt Mäxchen, der zur Feier des Tages eine Schleife um den Hals trägt. Doch die Hauptsache hält Elsa in den Händen: eine wunderschöne Geburtstagstorte mit brennenden Kerzen darauf. Es ist die tolle Quarktorte, an deren Entwicklung sie eine Woche lang herumlaboriert hat.

Sofort stimme ich das Geburtstagslied an, und so singen wir alle für Paul, während die Kerzen auf der Torte weiterhin feierlich flackern.

»Nun aber auspusten«, sagt Elsa.

Paul nähert sich dem Kunstwerk, holt tief Luft und pustet so lange, bis alle Lichtlein ausgegangen sind. Ich weiß nicht, was er sich beim Pusten gewünscht hat, aber seine Augen strahlen wie die eines kleinen Jungen.

»Darf ich den Kuchen auch essen?«, fragt er mich dann.

»Diesen Kuchen ja. Er ist eine Spezialerfindung von Elsa. Kuchen wie bei Muttern, aber total kalorienreduziert. Eine enorme Leistung!«

»Und ich habe noch etwas ausprobiert«, erklärt Elsa eifrig.

»Kirsch-Muffins. Außerdem eine neue Sorte Vanille-Orangengebäck ohne Zucker, hier, probiert mal!«

Wann war ihr denn das gelungen? Sie muss sich des Nachts ihren Experimenten widmen, unsere passionierte Bäckerin. Draußen schwirren die Fledermäuse umher, und drinnen lässt Elsa quirlend und rührend ihrer Leidenschaft freien Lauf.

Wir fallen nahezu über die Köstlichkeiten her.

»Ohne Zucker?«, fragt Tom perplex.

»Total ohne Zucker. Nur mit kalorienfreiem Zuckerersatz. Das schmeckt man nicht, weil ich so viele frische Vanilleschoten dazugegeben habe. Gut?«

»Mehr als gut!«, schwärmt Lara. Sie knabbert an einem Keks und scheint jede Krume einzeln zu genießen.

»Wenn das die ganzen armen Übergewichtigen da draußen bekämen, die wären vielleicht happy«, sage ich.

»Das glaube ich auch!« Tom nickt. »Ich kenne den Besitzer eines Food-Konzerns. Vielleicht sollten Sie den mal kennen lernen und ihm Ihre Erfindungen zum Kosten geben, Elsa. Wer weiß, vielleicht können Sie mit denen zusammen etwas erreichen?«

Elsa tätschelt Tom die Wange. »Oh, wirklich? Das würden Sie für mich tun? Ach, guter Junge, er ist doch ein guter Junge!«

Warum nur schaut sie mich dabei so an? Zu mir ist er lediglich ein böser Junge.

***

Schließlich ist es Zeit für mein Geburtstagsgeschenk an Paul. Ich habe den ganzen Morgen daran gearbeitet und es in meinem Zimmer versteckt.

Als Paul, Elsa, Tom, Lara und ich die Treppe hinaufsteigen, habe ich Herzklopfen. Ich will Paul einen besonderen Moment schenken, einen Moment, den er nicht vergisst.

Ich drehe mich zu ihm um, bevor ich die Tür zu meinem Zimmer öffne. Es ist Zeit für meine kleine feierliche Ansprache.

»Liebster Paul, für dich beginnt nicht nur ein neues Lebensjahr, sondern zugleich ein neues Leben. Du hast dich wirklich neu erfunden, und es ist der Augenblick gekommen, in dem du deine alten Lasten ganz bewusst von deinem neuen Ich trennen musst. Und hier ist mein Geschenk für dich!«

Langsam drücke ich die Türklinke herunter und lasse alle eintreten.

»Oh«, haucht Lara.

»Wie schön!«, sagt Elsa.

»Ja, irre!«, ruft Paul.

Die gesamte Decke meines Zimmers hängt voll mit aufgepumpten Luftballons. Rote, blaue, grüne, gelbe, orange, sogar ein paar goldene und silberfarbene sind dabei.

»Es sind genau achtundfünfzig Luftballons«, erkläre ich Paul. »Jeder steht also für ein Pfund, das du in den letzten Monaten abgenommen hast. Und jetzt gehen wir alle zusammen auf meinen Balkon, und du lässt sie davonfliegen, ja?

Achtundfünfzig Pfund, eines nach dem anderen, auf und davon für immer und ewig!«

Und so geschieht es. Begeistert öffnet Paul die Balkontür und zieht einen Ballon nach dem anderen an ihren herunterbaumelnden Schnüren ins Freie.

Elsa singt dazu ein sentimentales italienisches Volkslied, Lara assistiert Paul beim Ballonsteigenlassen, und Tom steht auf einmal so dicht hinter mir, dass die Farben der Ballons vor meinen Augen verschwimmen.

Draußen ist es bereits dunkel, aber wir haben eine herrliche Vollmondnacht. Und was sieht er heute, der Mann im Mond?

58 Luftballons und eine merkwürdig zusammengewürfelte Gruppe von fünf Menschen, die ihnen noch lange hinterherschauen.

Kapitel 8

Mode für Mollige

Radio Funtime, Studio 1, 11.58 Uhr

»Wir wissen, dass wir nachts träumen, weil unser Unterbewusstsein im Schlaf aktiv ist. Doch träumt ihr auch tagsüber? Kann ich nur wärmstens empfehlen! Malt euch in Gedanken aus, was alles Wunderbares in eurem Leben passieren könnte, stellt euch vor, was ihr sein wollt, wie ihr sein könntet, was ihr bewegen könntet und wo und wie ihr leben wollt. Träumt euren eigenen, ganz persönlichen Traum. Dann macht einen Schritt nach dem anderen in diese Richtung. Also, Leute, vergesst das Träumen nicht. Ciao for now, euer Paul.«

***

Die vergangenen zehn Wochen waren heftig.

Paul sah meist aus wie auf der Flucht vor einem Pistolen schwingenden Killerkommando der Mafia oder vor einem wild gewordenen Hornissenschwarm. Mit wehendem Haar und im Sturmschritt raste er zwischen dem Radiosender, seinem Büro in der Villa und der neuen Fernsehanstalt hin und her. Beim Radio managte er seinen üblichen Job, zu Hause schrieb er an einer großen Präsentation mit mehreren Sendekonzepten fürs Fernsehen, und beim neuen Fernsehsender holte er sich ständig die verschiedensten Videobänder von Shows aus aller Welt ab. Die analysierte er daheim, schüttelte den Kopf, machte sich Notizen, machte sich noch mehr Notizen, malträtierte kraftvoll seinen Computer und arbeitete mit Feuereifer. Es war ein Wunder, dass ihm vor lauter innerer Hitze keine Rauchwölkchen aus den Ohren waberten.

Unsere sportlichen Aktivitäten hatten wir auf den Abend verlegt. Paul arbeitete sich nämlich im Laufe des Tages auf ein derart hohes Adrenalinniveau, dass er Schlafstörungen bekam. Deshalb joggten wir in die Abenddämmerung hinein, bis seine Arbeitshysterie abgebaut war. Nach einem köstlichen Elsa-Dinner und nach einer warmen Dusche schlummerte er dann meist rechtschaffen müde und selig wie ein Baby in seinem Bettchen ein. In Fötuslage, versteht sich.

Auch mir tat das abendliche Laufen gut, weil ich ansonsten zum fernsehglotzenden Couchhocker verkommen wäre. Pauls Recherchen hatten nämlich den Vorteil, dass ich mir aus seinen Mustervideobändern alle Talkshows herauspicken konnte, die man so kennen muss. Talkshows mit Krawall, in denen sich die Leute nicht entblödeten, sich gegenseitig anzukreischen und zu bespucken. Andere, in denen die unglaublich peinlichsten Enthüllungen aus dummen Mündern herausblubberten, als gäbe es keine Zuschauer, und schon gar keine schadenfrohen und skandalsüchtigen.

Talkshows für Menschen mit Resthirn und Herz gab es allerdings nur wenige.

Schließlich fand ich ganz klar meinen Favoriten. Die Show einer Frau, wie sollte es auch anders sein, und von was für einer Frau! Oprah heißt sie, die berühmteste Talkmasterin Amerikas. Oprah, was für ein ungewöhnlicher Name. So wie »Oper«, nur besser. Ein Name, der auf -ah endet, kann ja nur Erfolg versprechend sein. Aaaaahhhhhhhhh.

Jedenfalls studierte ich sie stundenlang mit Wonne und mutierte auf diese Art und Weise zu einem Diätschatten, der während Pauls Arbeitszeiten in der Villa fest mit seinem Allerwertesten auf dem Canapé thronte und davon träumte, die zweite Oprah auf dieser Welt zu werden. Eine Nicky, bei der die Menschheit nur noch in Ahs und Ohs ausbrechen würde, ungeduldig auf meine tägliche Showtime wartend, mir jedes Wort von den Lippen ablesend.

Sollte ich eigentlich meinen Namen bei Gelegenheit ändern? Klingt Nicky zu flapsig? Zu unseriös? Zu kindisch?

Außerdem: Nicky endet auf i. Iiiiiihhhhhhhh. Das konnte schnell nach Igitt klingen. Nicht sehr karrierefördernd, oder?

Oprah hat schwarze Haut und große braune Kulleraugen. Bravo, das ist so ungefähr das hundertprozentige Gegenteil von mir. Aber auch mein Bleichgesicht kann man möglicherweise so verändern, dass ich nicht auf den ersten Blick aussehe wie eine Pferdeschwanzblondine aus dem Sportstudio, sondern wie eine Mischung aus der rätselhaften Marlene Dietrich und der sexy Marilyn Monroe. Nein, lieber nicht

Marilyn Monroe, die hat nicht gerade einen Ruf als Intelligenzbestie, und Oprah ist schließlich irre schlau. Also Marlene Dietrich mit einem Schuss Barbra Streisand, obwohl meine kleine, alberne Stupsnase wirklich wenig zu dem Profil dieser berühmten Damen passt.

Doch mit Lidschatten, Wimperntusche und Lippenstift würde man selbst mich irgendwie medientauglich hinstylen können, da bin ich mir sicher. Und mit der richtigen Ausleuchtung im Studio …

Übung macht ja bekanntlich den Meister, also brauche ich als Erstes ein Mikrofon. Ha, da kann der Kugelschreiber herhalten. Mit dem Kugelschreiber vor meinem Mund interviewe ich jetzt mal, ja, wen denn eigentlich? Also gut, Arnold Schwarzenegger. Wer es vom österreichischen Jungen zu Mister Universum, Kinohelden und schließlich zum US-Gouverneur bringt, ist es definitiv wert, in der Nicky-Show als mein Stargast aufzutreten.

»Arnold, ich darf doch Arnold sagen, oder?«, frage ich good old Arnie und lächle charmant Mäxchen zu, der mir gegenüber als Arnie-Ersatz auf dem Sofa sitzt.

»Also, Arnold, wann hatten Sie zum ersten Mal den Traum, über die Grenzen Ihrer Heimat hinaus bekannt zu werden?«

Mist, Mäxchen schweigt. Der ist heute aber auch zu nichts zu gebrauchen. So muss ich gezwungenermaßen Arnolds Sprechteil ebenfalls übernehmen.

Ich brumme mit tiefer Stimme: »Ja, Nicky, das ging schon sehr früh los. Meine Heimat liebe ich bis heute, aber ich wusste genau, dass die Welt da draußen groß ist und nach mir ruft.«

Schnell wechsle ich wieder die Position und halte den Kugelschreiber näher an meine Lippen. »Und wie kamen Sie auf die Idee, die Welt ausgerechnet mit Ihren Muskeln zu erobern?«

Nun lache ich ein tiefes Arnie-Lachen. »Ich war halt ein sportlicher Bub. Eines Tages habe ich in einer Zeitschrift diese Männer mit ihren trainierten Körpern gesehen. Da habe ich mir vorgenommen, einfach der Beste zu werden.«

Jetzt bin ich wieder Nicky. »Der Beste? Ist das Ihr Motto? Immer der Beste sein zu wollen?«

»Das ist gar nicht das Entscheidende«, brummt Nicky-Arnie. »Das Entscheidende ist, stets sein Bestes zu versuchen!«

Nach einer so guten Antwort gibt es von der Moderatorin Nicky natürlich ein breites Lächeln voller Sympathie für Mäxchen à la Schwarzenegger. »Wenn Sie heute junge Menschen aus Ihrer Heimat treffen, was würden Sie ihnen raten, Arnold?«

»Das ist ganz easy!«, brumme ich als Arnie-Antwort. »Schaut über den Tellerrand hinaus. Wartet nicht darauf, dass euer Schicksal vom Himmel fällt. Strengt euch an im Leben, dann könnt ihr in jedem Fall auf euch stolz sein.«

Gerade will ich Arnold fragen, ob seine Kinder seine Terminator-Filme sehen dürfen, wie viel er eigentlich heute noch für seine Muckis tut und ob man sich als Politiker wie eine Maus im Laufrad fühlt, als ich im Augenwinkel eine große Gestalt wahrnehme. Es ist Paul. Schnell werfe ich den Kugelschreiber auf den Tisch, als wäre er ein Stück glühendes Eisen.

»Wie lange stehst du schon da?«, frage ich Paul.

»Lange genug, um zu verstehen, dass wir heute den Geist von Schwarzenegger zu Besuch haben. Schade nur, dass ich ihn nicht sehen kann.« Paul grinst von einem Ohr zum anderen.

Ich fühle, dass ich rot werde.

»Ja, tut mir Leid für dich«, gebe ich zurück. »Ist nämlich eigentlich ganz zugänglich, der Arnold.«

»Keine Angst vor großen Tieren, was?«, fragt Paul und schaut mich mal wieder nachdenklich an.

»Nö, warum auch? Die kochen ebenfalls nur mit Wasser, denen läuft genauso die Nase, wenn sie Schnupfen haben, und sie wollen alle nur geliebt werden.«

»Wohl wahr«, gibt Paul zurück. »Auch wenn einige von ihnen ab und zu besonders dämlich aussehen.« Er zeigt auf sich selbst.

Nun ist es an mir zu grinsen. Paul sieht aus wie eines dieser Hündchen, die aufgrund ihrer genetischen Prädisposition in einer zu großen Haut stecken. Die Runzeln, die ihr Fell schlägt, ähneln frappierend den Falten, die Pauls Jeans und sein T-Shirt werfen. Behäbig wellen sich die zu weiten Hosenbeine um seine Knöchel, der Hosenbund ist vom raffenden Gürtel total verkrumpelt, und sein T-Shirt hängt an ihm wie ein Stück Garderobe von Goliath aus dem Theaterfundus.

»Nicht zu glauben«, sage ich noch immer kichernd, »schon wieder zu groß.«

Wir haben schon seit einiger Zeit ein einfaches Prinzip: Ich gehe regelmäßig in den Jeansladen und kaufe ein bis zwei Nummern kleinere Jeans in Blau und Schwarz und dazu passende T-Shirts. Dann warten wir ab. Nach Pauls nächstem Schrumpfen wiederhole ich diese Aktion. Auf die Art und Weise hat Paul seit Monaten keine richtige Garderobe mehr, nur zwei relativ passende Hosen, die ständig von mir erneuert werden.

»So kann ich nicht zu meiner Präsentation gehen«, sagt Paul vorwurfsvoll.

Ich bemühe mich, das alberne Kichern zu stoppen. Wenn man es genau nimmt, kann Paul so überhaupt nirgends hingehen, ohne für einen komplett modisch Entgleisten oder einen absolut Verwirrten aus der Psychiatrie gehalten zu werden.

»Wie hören sich für dich Georgio Armani, Calvin Klein oder Jil Sander an?«, frage ich.

»Gibt es alle nicht in Übergröße«, antwortet Paul.

»Oder Dior, Dolce & Gabbana und Prada?«, frage ich unbeirrt weiter.

Seufzend zieht Paul seine Jeans, die bereits wieder auf Abwärtskurs ist, hoch in die Taille. »Ich weiß nicht. Ich war seit Jahren nicht mehr in einem normalen Geschäft, und ich habe nicht die geringste Lust, mich heute demoralisieren zu lassen. Es ist so peinlich, wenn einem nichts passt.«

»Keine Sorge«, antworte ich feixend. »Du weißt es noch nicht, aber du bist inzwischen schlank, verstehst du? Natürlich brauchst du bei deiner Länge nach wie vor eine große Größe, aber keine Übergrößen mehr. Aus und vorbei!«

»Glaubst du?«, fragt er skeptisch.

»Nein, ich weiß es! Pack dein Plastikgeld ein! Wir beide gehen jetzt shoppen, bis deinen Kreditkarten die Tränen kommen.«

***

Als ich noch Dickie war, hatte ich keine Konfektionsgröße, sondern eine so genannte Plus-Größe. Was für ein dezenter Euphemismus für dick, oder?

Ich trug Top-Mode *für starke Frauen* oder auch Fashion für *mollige Menschen.* Im Einzelnen fallen unter diese Kategorie wirklich hochinteressante Kleidungsstücke. Für den *korpulenteren Typ* gibt es nämlich keine Blusen, sondern fließende *Tunikas* und entzückende *Long-Blusen* in langer, vorteilhaft kaschierender Hemdenform. Gern empfohlen werden auch bequeme *Wickeloberteile,* die unauffällig mitwachsen, wenn mal wieder zu viele Törtchen für eine Vergrößerung des Gesamtumfangs gesorgt haben.

Ein regelrechtes Zauberwort für die vollere Figur ist der Begriff S-T-R-E-T-C-H. O ja, je mehr Stretch-Material in einer Klamotte, desto größer die *Dehn-Fähigkeit*, damit auch der *Tragekomfort*, desto gewiefter die *Schlankmach-Qualität.*

Zu finden in Hosen mit dem besonderen *Bauch-weg-Schnitt* oder in den gern genommenen *Wohlfühl-Hosen*, die nicht nur mit einem Gummibund in der Taille aufwarten, sondern auch formstabil und atmungsaktiv sind. Formstabil weist allerdings darauf hin, dass der Polyesteranteil schön hoch ist, damit die Dicken ihre Höschen nicht in null Komma nichts ausbeulen oder zum Reißen bringen können.

Es gibt sogar speziell erfundene Systeme bei einem so profanen Produkt wie einer Hose. Die Werbung dafür behauptet, alle Feuchtigkeit wird schnell vom Körper weggeleitet, so dass sich die Trägerin rund um die Uhr herrlich fühlt. Im Klartext soll das wohl heißen, dass der Modeindustrie das Schwitzproblem der runderen Menschen wohl bekannt ist und Stoffe eingesetzt werden, in denen man trocken gelegt wird wie ein Baby.

Häufig geben übrigens Verkäuferinnen den Tipp, doch mal total schick modisch und flexibel dunkle Farben zu tragen, das streckt. Und auch ruhig mal das Kleid über der Hose.

Ein Kleid über der Hose?

Das war früher der verpönte Einwandererlook der Ärmsten aller Armen aus Südanatolien. Und heute soll es laufstegtauglich sein? Lügen, nichts als Lügen für die stärker gebaute Frau von heute.

Als Kundin namhafter Designer war ich natürlich komplett untauglich. Die wollen sich schließlich nicht die Façon und den Chic ihrer Kreationen durch *die mollige Frau* verderben lassen, die jedes Designerauge zum entsetzten Triefen bringt.

Und gerade wegen dieser Dicke verachtenden Gemeinheit gibt es kein größeres Begehren als das erste Designerteil nach einer Abspeckkur. Nein, nicht das Designer-*Parfum*, mit dem man sich begnügen muss, wenn man sich partout in den tollen Rock nicht hineinquetschen kann. Auch eine Designer-*Handtasche* ist wenig tröstlich, wenn auch figurunabhängig konsumierbar. Es muss, es muss einfach ein Kleidungsstück sein.

Mein erstes Nicky-Kleidungsstück war ein Oberteil, genauer gesagt, ein Top des italienischen Designer-Duos Dolce & Gabbana. So teuer, dass ich nach dem Kauf den Anruf meines Bankdirektors gefürchtet habe. So durchsichtig, dass ich mich nie getraut habe, den Designertraum in der Öffentlichkeit zu tragen. Und so bauchfrei, dass der Preis für so wenig Stoff eines der großen Rätsel meines Lebens bleibt. Aber zu Hause vorm Spiegel fand ich mich zum ersten Mal in meinem Leben einfach umwerfend. Wunderschön. Schlank. B-e-g-e-h-r-e-n-s-w-e-r-t.

Und ich habe gelernt, dass es funktioniert: Ja, echt, man kann sich tatsächlich selber küssen! Auch mehrfach und an verschiedenen Stellen.

***

Paul passt ohne Probleme in die Herrenkonfektionsgröße 54 bis 56. Die Verkäufer, die ihn noch vor einem halben Jahr zurück auf die Straße geschickt hätten, raus zu seinesgleichen in Richtung High-und-Mighty-Geschäft mit Sondergrößen, umschwirren und umgarnen ihn und halten ihm Vorträge über den klassischen, den modischen oder den dezenten Business-Stil von heute. Belustigt hört sich Paul das ganze Gelaber an, bis ich entschieden einschreite.

»In dem Look siehst du aus wie ein Modeaffe«, sage ich kopfschüttelnd. »Rosa kariertes Hemd zur grünen Hose, fehlt ja nur noch ein oranges Sakko, und wir können den Papageien im Zoo Konkurrenz machen.«

Der Verkäufer zuckt zusammen.

»Und das da macht dich zehn Jahre älter. Weg damit. Schließlich arbeitest du nicht in einer Bank und in keiner Vorstandsetage einer Versicherungsgesellschaft.«

Mit unglücklichem Gesicht betrachtet der Verkäufer den grauen Kiton-Anzug aus feinstem, vielfädigem Wollstoff mit messerscharfer Bügelfalte. Die handgestickten Nähte soll er mal jemand anderem andrehen. Paul gleich den teuersten Anzug des Ladens zu zeigen, also ehrlich!

Es dauert geschlagene anderthalb Stunden, bis wir einige Kombinationen zusammengestellt haben. Paul sieht cool aus, Paul sieht dynamisch aus, Paul sieht zum Anbeißen aus. Inzwischen lächelt er sogar seinem Spiegelbild zu. Na, es geht doch!

***

Als wir kurz beim Radiosender vorbeigehen, trägt Paul bereits ein neues Outfit. Perfekt geschnittener Anzug, ein dunkellila Hemd dazu, schwarze Prada-Schuhe.

»Du siehst ja echt schnuckelig aus«, sagt Leo und pfeift anerkennend. »Tolles Figürchen, übrigens!«

Paul strahlt. Doch er hat sich offensichtlich zu früh gefreut.

»Jetzt reicht es aber mit dem Abnehmen«, trompetet ein Kollege aus der Kulturredaktion. »Warum hast du das eigentlich gemacht, du sahst doch vorher auch okay aus.«

»Weil er nicht an Herzkranzverfettung sterben will!« Ich fahre dem Kollegen unmissverständlich über den Mund.

Ein Kollege aus dem Wirtschaftsressort mischt sich ein. »Du musst aufpassen, dass du im Gesicht nicht zu dünn wirst. Das macht alt, und wie!«

»Hängebacken ebenfalls!« Vielsagend lasse ich meinen Blick über die ausgeprägte Wangenpartie des Wirtschaftsheinis spazieren. Der könnte statt seiner morgendlichen Zuckerschnecken ruhig ein Äpfelchen-Jogurt-Frühstück als Anti-Hamsterbacken-Maßnahme zu sich nehmen.

»Ich finde ja«, setzt ein weiterer Kollege an, diesmal aus dem Ressort Politik, »also, ich finde, die Leute legen heutzutage sowieso viel zu viel Wert auf ihr Äußeres.« Mit geringschätziger Miene betrachtet er das Revers von Pauls todschickem Sakko. »Und ich finde, du übertreibst es, Paul. Ich wusste gar nicht, dass du so eitel bist.«

Nun, diesem Laster erliegt der Redner anscheinend nicht. Ein ausgesprochen schlampiger, ausgeleierter Zopfstrickpullover hängt über ausgefransten Jeans, die wiederum auf abgeschabte Stiefel mit abgelatschten Absätzen treffen. Wahrscheinlich ist er nicht nur ein Alternativer, sondern zusätzlich ein Hasser der gesamten unschuldigen Schusterzunft.

Als Paul die Kollegenschelte hinter sich hat und wir uns auf den Weg nach Hause machen, schüttelt er wieder und wieder den Kopf.

»Weißt du, Nicky, das Komische ist, dass sich ja alle bemüßigt fühlen, ihre Kommentare abzugeben, sobald man abnimmt. Als wäre mein Körper plötzlich ein Gut der Allgemeinheit. Zuerst betatschen sie einen andauernd und loben einen. Und dann irgendwann fangen sie an zu kritisieren.«

»Klar, du machst denen Angst. Siehst jetzt zu gut aus, mein Herz«, antworte ich fröhlich. »Außerdem, dem Leo hat dein neuer Look doch ganz prima gefallen.«

»Der ist schwul, der Leo«, eröffnet Paul grinsend.

Toll, dann hat Paul jetzt eben überall Chancen.

***

Zu Hause stehen wir vor Pauls Kleiderschrank.

»Dir ist klar, dass wir dieses ganze Übergrößenzeug jetzt weggeben werden, ja?«, sage ich.

»Wollen wir nicht ein paar Teile aufheben?«, fragt Paul. »Für den Fall, dass ich wieder zunehme?«

»Ja, bist du denn des Wahnsinns? Natürlich wirst du nicht wieder zunehmen. Du wirst leben als der wahre Paul. Und der wahre Paul braucht sich nicht mit Fettpolstern vor der Welt zu schützen!«

»Du meinst also, ich soll mir selbst den Rückweg ins Dicksein unmöglich machen?«

»Genau. Weil du dann nicht nur wieder dick bist, sondern ohne ein einziges passendes Kleidungsstück obendrein nackt aus dem Haus gehen musst. Dann kommst du als Flitzer in die Zeitung. Gibt sicher eine hübsche Titelseite und eine saftige Schlagzeile. Willst du das?«

»Witzbold!« Paul lacht.

»Ich sage dir, was wir machen. Elsa hat schon Säcke vom Roten Kreuz besorgt. Wir packen alles ein und geben es in die Altkleidersammlung. Bis auf dieses Prachtexemplar!«

Ich halte mit weit ausgestreckten Armen ein Riesenkleidungsstück in die Höhe. Diese Hose ist wirklich unglaublich groß. Paul hat sie getragen, als wir uns kennen gelernt haben. Er steigt probehalber hinein und kann es selbst kaum glauben, wie gigantisch sie im Verhältnis zu seinem gesunden, schlanken Körper ist.

»Und was machen wir mit dem Ding?«, fragt er gespannt.

»Oh, etwas ganz Besonderes. Ich hoffe, dir ist feierlich zumute!«, antworte ich kichernd.

Paul folgt mir die Treppe hinunter zur Hintertür und in den Garten. Ich hole schnell den Spaten, der an der Rückwand des Hauses lehnt, und werfe ihn Paul zu.

»Da, am Rande von Elsas Kräutergarten, da darfst du buddeln. Ein nettes, anständiges Loch, bitte.«

»Du willst doch nicht etwa …?«, fragt Paul grinsend.

»Und ob ich will! Ich will eine First-Class-Beerdigung des dicken Paul. Der ist von uns gegangen, letzte Hautschüppchen stecken noch in dieser Hose. Ist das nicht furchtbar tragisch?« Ich schniefe demonstrativ und zücke ein Taschentüchlein. »Und nun buddel schon!«

So geschieht es. Paul hebt eine kleine Grube aus, und ich lasse die Hose hineinsegeln. Dann falte ich die Hände und blicke mit ernster Miene in die Gruft.

»Wir haben uns heute hier versammelt, um dem dicken Paul das letzte Geleit zu geben. Eine gewisse Maßlosigkeit hatte sich seiner bemächtigt, aber er war kein schlechter Mensch, nein, wirklich nicht. Nun denn, auf Nimmerwiedersehen, dicker Paul!«, intoniere ich salbungsvoll und streue etwas Erde auf die Hose.

»Das Leben war schwer mit dir, aber man soll ja nicht allzu schlecht reden über die, die von uns gegangen sind«, sagt Paul.

»Wir werden dich nicht vermissen, wir werden aber ebenso wenig im Zorn zurückblicken. Deine Zeit war einfach abgelaufen, und nun ruhe in Frieden.« Gekonnt werfe ich eine zweite Hand voll Erde in die letzte Ruhestätte.

»Nun ja, dann mach's gut, alter Junge«, gluckst Paul und schaufelt schließlich das Grab zu.

Wir treten gemeinsam die Erde fest und bauen uns ein letztes Mal vor den Überresten des holden Verblichenen auf. Morgen schon wird die gute Elsa hier ein paar neue Samen legen. Rosmarin für den köstlichsten aller Lammbraten,

Oregano für die italienische Salatsauce und Dill für ihren unnachahmlichen Kräuterquark mit Magerstufe.

***

Noch bevor die ersten Kräuter auf dem Grab des dicken Paul sprießen können, geschehen zwei ganz wunderbare Dinge.

Paul bekommt seinen Traumjob beim Fernsehen. Er wird der neue Unterhaltungschef und soll als Erstes sein Konzept für den *Super-Schmetterling* umsetzen. Es wird sie also tatsächlich eines Tages geben, die Show, in der Menschen erzählen, wie sie ihr Leben verändert haben, wie sie es geschafft haben, von der unscheinbaren Raupe zum schillernden Schmetterling zu werden.

Die andere Neuigkeit ist, dass Pauls Waage sein Zielgewicht anzeigt. Erst wollten wir es beide nicht so recht wahrhaben. Aber was am Montag Wirklichkeit war, blieb auch am Dienstag Realität, und am Mittwoch wog er immer noch dasselbe. Hier war kein Spuk im Spiel, hier manipulierte kein frecher Hausgeist und auch nicht ein intriganter Waagenteufel.

»Du hast tatsächlich achtzig Pfund abgenommen!«, erkläre ich beeindruckt.

»Dank deiner Hilfe!«

»Vielleicht, aber *du* bist durch den Wald gerannt. *Du* hast gesund gegessen. *Du* bist diszipliniert geworden, Paul.«

Ich schlucke hart. Wie gerne würde ich noch ein bisschen bei Paul bleiben. So sieben, acht Jährchen könnte ich bequem in der Villa aushalten. Aber nein, nein, Nicky, spiel jetzt bloß nicht deine Rolle hoch. Schneide dir stattdessen lieber kräftig ins eigene Fleisch, bis das Blut spritzt, aber entlasse Paul aus seiner vermeintlichen Abhängigkeit.

Ich straffe mich. Nur nicht wie ein Kleinkind anfangen zu wimmern. Schließlich bin ich eine erwachsene, selbständige Frau mit einem eigenen Leben, jawohl!

»Tja, dann ist meine Mission hier beendet!«, sage ich leise.

Mist, jetzt zittert auch noch meine Unterlippe. Sie ist auf dem Wege, sich in ein Schmollmündchen zu verwandeln, weil sie ebenfalls bei Paul bleiben will.

»Aber, aber«, stottert Paul, »du kannst doch weiter auf mich aufpassen, gerade jetzt, wo der Stress beim Fernsehen für mich anfängt. Und hier wohnen bleiben kannst du auch!«

Genau, warum eigentlich nicht? Zur Not könnte ich ihm auch die Schuhe putzen, ich weiß, wie das geht. Der Trick ist, zum Schluss ein bisschen Spucke auf das Leder zu geben und dann zu bürsten, was die Armmuskeln hergeben. Blitzeblank wären Pauls Schuhe, glänzender als bei Elsa, ganz bestimmt.

Außerdem bin ich kein schlechter Entertainer. Wenn er müde würde, könnte ich ihn mit ein paar Sprüchen aufmuntern und seine Lachmuskeln aktivieren, das erhöht die Sauerstoffzufuhr im Hirn, glaube ich.

Sollten ihn die neuen Aufgaben nervös machen, so wäre ich zudem eine gute Teeköchin, das habe ich bereits bewiesen. Ein wenig Kamillentee hier, ein wenig über das müde

Köpfchen streichen dort, und Paul wäre erfrischt und stets wie neu geboren.

Ja, ich könnte sein Lebenselixier scin.

Ich könnte sein Lebenselixier sein?

O Gott, meine Fantasie ist auf dem Holzweg.

Schluss, Schnitt. Dieser Film wird nicht gedreht, dieser Film schreit nach einem anderen Ende.

»Paul«, sage ich zögernd und verscheuche die letzten wehmütigen Träume. »Paul, du musst dich von mir befreien, verstehst du das? Du bist nicht von mir abhängig, weder emotional noch sonst irgendwie. Du brauchst keinen Diätschatten mehr, du bist auch nicht mehr auf Diät. Mach so weiter wie in den letzten Monaten, und du wirst dein Gewicht spielend halten können.«

»Aber du kannst doch nicht einfach so gehen!«

Einfach? Einfach bestimmt nicht. Unter Umständen bekomme ich sogar gleich einen Nervenzusammenbruch und gehe nicht, sondern werde von ein paar umsichtigen Sanitätern flott und höflich rausgetragen.

»Doch, ich werde gehen«, sage ich bestimmt. »Ich habe bereits mit dem Sportstudio gesprochen und kann dort jederzeit wieder anfangen. Ich werde gebraucht. Andere wollen auch abnehmen und in Form kommen.«

»Andere…«, murmelt Paul.

Er nimmt meine Hand. Mein Schmollmündchen zittert nun noch stärker, meine Augenlider klappern wie verrückt, da höre ich dieses Schluchzen und kann gar nicht sagen, ob es meines ist oder Pauls. Da stehen wir nun. Hand in Hand und heulen. Zwei vor Tränen triefende Schlosshunde, fehlt nur noch ein herzzerreißendes Jaulen im Sekundentakt.

Dieser Tag bleibt vorerst der Tag der Taschentücher und roten Augen.

Als Elsa mir beim Packen hilft, bringt sie vorsichtshalber eine ganze Packung Kleenex-Tücher mit, die wir uns schwesterlich teilen. Gemeinsam schniefen und schnäuzen wir um die Wette.

»Du wirst mir so fehlen. Und das Mäxchen werde ich vermissen, o Dio«, jammert Elsa.

»Ich werde dich auch vermissen«, gebe ich zurück.

Gerade jetzt, wo es am schönsten ist und Elsa und ich endlich per Du sind, muss ich aus diesem Haus verschwinden. Warum nur, warum ist das Leben so hart? Warum habe ich seit meiner Geburt ein Ticket um den Hals hängen, auf dem Ein-Zimmer-Single-Wohnung steht?

»Du musst mich besuchen, und ich komme dich besuchen«, verspricht Elsa. »Dann bringe ich jedes Mal einen neuen Diätkuchen mit. Die Firma, mit der der liebe Tom mich zusammengebracht hat, will meine Kuchen-Rezepte kaufen und die Keks-Rezepte obendrein. Alle. Fantastico, oder?«

Tom, ach ja, der verschwindet ebenfalls endgültig aus meinem Leben. Soll er doch bleiben, wo alle beziehungsunfähigen Männer landen: in der Vorhölle, in der wir Weiber wunderschön, langbeinig, festbusig, ewig lockend und ganz nackt herumlaufen, s-p-l-i-t-t-e-r-f-a-s-e-r-n-a-c-k-t, aber niemals von ihnen berührt werden können. Niemals, n-i-e-m-a-l-s!

Schließlich konzentriere ich mich wieder auf die gute Elsa. Wird sie nun die reichste italienische Kuchenbäckerin, die die Welt je gesehen hat?

»Wie sollen sie denn heißen, deine Backwaren?«, frage ich.

»Wissen die noch nicht. Aber sie wollen ein kleines Bild von mir auf jeder Verpackung. Ist das nicht toll?«

Wenn Paul dann zu beschäftigt beim Fernsehen ist, um sich mit mir zu treffen, und Elsa zu beschäftigt ist mit der Werbung für ihre Backwaren, dann kann ich wenigstens im Supermarkt Elsas Porträt auf der Kekspackung anschauen. Ob dieser unglaublichen Tragik und meiner Einsamkeit in meiner unmittelbaren Zukunft schießen mir schon wieder die Tränen in die Augen.

Elsa nimmt mich tröstend in die Arme.

»Du bist wie eine Mutter zu mir«, nuschle ich an ihrem Busen. »Wirklich wie eine Mama. Mama Elsa.«

Mama Elsa?

»Das trifft es! Deine Kuchen und Kekse müssen von *Mama Elsa* sein. Sag denen das. Backwaren von Mama Elsa klingen schon so, als würden sie lecker schmecken. Nach Zuhause, nach selbst gebacken, nach ganz und gar köhöhöhöstlich«, wimmere ich.

»Mama Elsa«, wiederholt Elsa andächtig, bricht ebenfalls

erneut in Tränen aus und gibt mir einen dicken, feuchten Kuss auf die Stirn. Wie eine Mama. Sag ich ja.

***

Bei unserem Abschiedsabendessen in einem französischen Bistro habe ich immer noch rote Augen. Paul sitzt mir gegenüber und sieht aus wie ein begossener Pudel, dem jemand seine Lieblingsquietschmaus geklaut hat.

»Es ist ja kein Abschied für ewig«, sagt er schließlich.

»Eben«, antworte ich einsilbig.

»Wir sind doch richtige Freunde geworden, oder?«

»Klar.«

»Und du versprichst mir, dich regelmäßig zu melden, Nicky?«

»Sicher.«

»Auch wenn ich mal schwer zu erreichen bin oder auf Reisen oder so, dann hinterlasse mir auf jeden Fall eine Nachricht. Ich rufe dann zurück, sobald ich kann.«

»Gut.«

»Und sobald du mal Hilfe brauchst, bitte keine Scheu. Ich bin immer für dich da.«

»Fein.«

»Ich werde nie vergessen, was du alles für mich getan hast. Als Diätschatten, als Mensch und als Freundin. Das kann ich sowieso nie wieder gutmachen. Ich stehe in deiner Schuld.«

»Nein.«

»Doch, doch, ich sehe das so. Klar, du hast ein Gehalt bekommen, aber moralisch fühle ich mich dir sehr verpflichtet, verstehst du?«

»Schon.«

Ich kann nichts dafür. Ich habe so was wie eine Stimmbandlähmung. Die Dinger schwingen nicht richtig da hinten im Hals. Es will nur Gekrächze herauskommen, nichts Melodisches, schon gar nicht ein vollständiger Hauptsatz mit Subjekt und Prädikat, von einem bereichernden Objekt, Adjektiv oder Adverb ganz zu schweigen.

»Haben die Herrschaften gewählt? Heute ist übrigens das Kaninchen sehr zu empfehlen«, sagt ein Kellner.

Na klar, Kaninchen. Dieser ganze Tag ist ein Desaster, da musste dann natürlich zusätzlich ein Verwandter von Mäxchen dran glauben. Der ist jetzt hin und wird in Weißwein serviert. Was ist die Welt doch für eine ausgesuchte Scheußlichkeit.

Doch wegen meiner Behinderung im Stimmbandbereich kann ich jetzt leider keinen Vortrag zur Rettung der Hasenpopulation halten, selbst wenn mir danach wäre. Stattdessen tippe ich in der Speisekarte auf die fünfte Zeile.

»Aha, die Dame möchte also die Muscheln in Weißweinsud. Wir servieren dazu Pommes frites, ist das recht?«

»Ja«, krächze ich.

»Die Dame«, höre ich da Paul sagen, »die Dame mag gar keine Pommes frites, stimmt's?«

Ich schaue ihn nur mit großen Augen an. Jeder mag Pommes frites, jeder. Paul mag sie. Ich mag sie. Aber wir essen sie nicht, weil sie kleine, vor Fett triefende Stäbchen sind, die mit einer gesunden Kartoffel so viel gemein haben wie eine Saharaspinne mit einem Pinguin.

»Die Dame hätte gerne statt der Pommes frites einen gemischten Salat«, erklärt Paul.

»Ich will ja nicht, dass du mit einem schlechten Gewissen einschläfst«, sagt er grinsend.

»Ach Paul, nun rettest du mich noch. Jedenfalls kannst du wirklich ab sofort ohne mich laufen«, schluchze ich. Todunglücklich und doch irgendwie sehr zufrieden.

»Ich weiß nur noch nicht so genau, wie«, antwortet Paul.

»Ich aber. In großen Sprüngen, ganz hoch und höher hinaus.«

Und das schon morgen früh, am ersten Morgen seit Monaten ohne seinen Diätschatten. Denn dann wird meine ganz persönliche Belohnung für Paul angeliefert: das Trampolin, das er sich schon immer gewünscht hat und für das er jahrelang viel zu schwer war.

Spring, mein Paul, spring, hüpfe bis zum Himmel.

Und vergiss mich bitte nicht.

Kapitel 9

Ich will Kuchen!

Radio Funtime, Studio 1, 20.58 Uhr

»Freunde, an dieser Stelle hört ihr mich heute zum letzten Mal. Ihr habt ja vielleicht schon in der Presse gelesen, dass ich zum Fernsehen gehe. Eines kann ich euch sagen: Ich verlasse Radio Funtime mit einem weinenden Auge, denn ich habe meine Arbeit hier geliebt. Aber wie das so ist mit allem im Leben: Ein Ende, ein Abschied sind immer eine Chance für einen Neubeginn. Ich wünsche euch eine gute Zukunft, bleibt Radio Funtime treu, und freut euch auf unseren neuen Fernsehsender ›TV Fun‹, der in ein paar Wochen auf Sendung geht. Wir hören und wir sehen uns, ciao for now, euer Paul.«

***

»Du musst da hingehen!« Pauls Stimme dringt unerbittlich aus dem Telefonhörer an mein Ohr.

»Nie im Leben!«, antworte ich.

Seit Tagen ruft Paul jeden Morgen um die gleiche Zeit an. Punkt 7.30 Uhr klingelt mein Telefon, weil er weiß, dass ich eine halbe Stunde später meine ersten Kunden im Sportstudio trainiere, und er sichergehen will, mich vorher noch zu erwischen. Und dann nimmt er mich regelrecht in die Zange, als wäre er ein begnadeter Nussknacker und ich eine dusslige Haselnuss. Aber er irrt sich. Ich bin die härteste Haselnuss der Welt, habe einen Kern aus Stahlbeton, und meine Schale ist rutschig wie nasse Schmierseife, so dass ich nicht zu greifen bin.

Nein, nein, nicht mit mir. Da kann er reden, wie er will.

»Dir hat doch das Konzept für meine Schmetterlings-Show von Anfang an gefallen, oder? Das fandest du doch interessant, diese Geschichten von Menschen, die sich verändern, sich in irgendeiner Form entwickeln.«

»Das schon«, gebe ich widerwillig zu.

»Warum gehst du dann nicht zum Moderatoren-Casting für den Super-Schmetterling?«

»Weil ich keine Moderatorin bin, verdammt noch mal.«

»Aber du hast gesagt, du würdest gerne eine sein.«

»Wunschdenken, reines Wunschdenken.«

»Nicky, hör mir bitte mal ernsthaft zu. Da ist doch nichts dabei. Wir als Sender suchen einen Moderator, und du bewirbst dich eben um diesen Job. Du hast zwar keine Berufserfahrung in dem Feld, aber du arbeitest gewissermaßen in der Öffentlichkeit, dirigierst jeden Tag verschiedene Menschen im Sportstudio, kannst reden wie ein Buch, bist locker mit der Sprache, also begabt für einen Job dieser Art. Und genau deshalb stellst du dich vor. Stinknormaler Berufsalltag.«

»Du weißt genau, dass daran absolut nichts normal ist. Das ist ein Kameratest. Ich habe so etwas noch nie gemacht.«

»Na und? Du bist halt ein Quereinsteiger. Jeder Moderator hat irgendwann einmal seine erste Moderationschance bekommen. Sonst wäre er nicht da, wo er ist, verstehst du? Das waren alles mal Anfänger.«

»Kann schon sein, aber ich werde nicht zu deinem Super-Schmetterlings-Casting gehen!«

»Sei nicht so stur, Nicky. Du hast doch nichts zu verlieren!

Nichts zu verlieren? O doch! Und zwar eine ganze Menge: meine Selbstachtung zum Beispiel, wenn ich mich beim Casting in ein unsicheres, dümmliches und stotterndes Bündel Mensch verwandle. Meine Eigenliebe, wenn ich in dem wichtigsten Moment meines popeligen Erdendaseins versage, mir die Sinne schwinden, mir in meiner Ohnmacht der Schaum vorm Mund steht wie einer tollwütigen Pudeldame. Meinen Stolz, wenn ich mich schwitzend und hilflos mit Armen und Beinen rudernd wegen ausgeprägter Wortfindungsschwierigkeiten zum Idioten mache. Und meine Träume, wenn ich in Schimpf und Schande geteert und gefedert aus dem Studio hinausgeschmissen werde.

»Ich kann da nicht hingehen, Paul«, jammere ich.

»Weißt du, ich traue dir die Moderation so einer Sendung allen Ernstes zu, und mein Instinkt ist nicht allzu schlecht, kannst du mir glauben. Gut, du hast keine Erfahrung, du brauchst auf jeden Fall Moderationstraining, aber bei dem Casting wollen wir sehen, wie sich die Persönlichkeit der Bewerber vor der Kamera entwickelt. Ich habe keine Ahnung, was mit dir vor einer Kamera passiert. Vielleicht blühst du da richtig auf, vielleicht aber frierst du auch ein.«

»Einfrieren? Ist es so kalt im Studio? Ich dachte immer, durch die ganzen Scheinwerfer wäre es warm.«

Paul lacht. »Nein, man nennt das Einfrieren, wenn jemand vor der laufenden Kamera quasi bewegungslos und sprachlos wird. Ein Angstphänomen.«

»Ein Angstphänomen. Na toll, Paul. Sehr beruhigend.«

Warum sollte ausgerechnet ich frei sein von diesem Angstphänomen? Nicky zittert vor eingeschalteter Kamera plötzlich wie ein Bambi, wenn ein Autoscheinwerfer aufleuchtet. Oder Nicky mutiert zur reglosen Maus, sobald die züngelnde Königskobra auftaucht. Starr vor Schreck, womöglich mit bleibenden Lähmungserscheinungen. Dann wäre ich nicht mal mehr als Aerobic-Vorturnerin zu gebrauchen.

»Mach dir deshalb keine Sorgen. Es ist doch nur ein Ausprobieren. Ich will wissen, ob du vor der Kamera genauso gut reden kannst wie im normalen Leben. Nun sei doch nicht so feige.«

»Das sagst du jetzt nur, um mich zu provozieren!«, gebe ich zurück.

Ich bin ja nicht auf den Kopf gefallen, so was merke ich sofort. Paul versucht mich zu manipulieren, mich ihm gefügig zu machen, bis ich willig werde und ihm meine Kehle für einen Fangbiss zur Verfügung stelle oder mich ergeben auf den Rücken schmeiße, damit er alles mit mir machen kann, alles, was er will, zum Beispiel mich in ein Fernsehstudio zu schleppen.

Doch Paul dringt weiter in meinen Gehörgang: »Willst du dir vorwerfen, dass du es nicht mal versucht hast? Dass du eine Chance, die wahrscheinlich n-i-e wiederkehrt, einfach ausgeschlagen hast?«

»Ich weiß nicht«, antworte ich zögernd.

Mein Leben als Hampelmann im Jogginganzug ist zwar ganz nett, aber meine gesamte Zukunft wollte ich eigentlich nicht als Hupfdohle verbringen. Und zumindest damit hat Paul Recht: Hier tut sich eine Chance auf, eine echte, eine große Chance.

»Meinst du, Paul, dass Oprah, die große amerikanische Moderatorin, irgendwann mal einen Kameratest gemacht hat?«

Paul lacht. »Natürlich. Glaubst du, jemand bekommt einen Vertrag beim Fernsehen, ohne dass die auf Nummer sicher gehen? Oprah war unter Garantie bei einem Casting.«

Sicher auch mit einer Million Ameisen im Bauch und Brausepulverprickeln in den Adern. Könnte ich das wirklich? Würde mir mein großes Idol aus der Ferne beistehen?

»Also, was ist nun, Nicky? Sei kein Frosch und sag ja!«

»Ich habe heute Vormittag frei und überlege es mir noch einmal. Ich rufe dich dann später an«, erkläre ich zögernd.

Puh, Frosch oder nicht Frosch, das ist hier die Frage!
»Versprochen? Du rufst mich nachher an?«
»Versprochen.«

***

Kuchen.

Kuchen, Kuchen, Kuchen, Kuchen.

Der Gedanke an Kuchen wird groß und größer, nimmt die Dimensionen der Zugspitze an, steigert sich bis hin zum Mount Everest und weitet sich aus, bis die Kuchenberge vor meinem geistigen Auge die Dimensionen der Alpen, der Anden und der Rocky Mountains zusammen annehmen.

Hau ab, Dickie. Es gibt keinen Kuchen.

»Was soll ich nur tun, Mäxchen?«

Ich betrachte sorgenvoll mein Zwergkaninchen. Mäxchen hockt unter der Plastikpalme, die in meiner Einzimmerwohnung noch viel gigantischer wirkt als in Pauls Villa. Seitdem wir zurück in unserem Heim sind, ist Mäxchen irgendwie verwirrt. Er ist stark beschränkt in seinem Auslauf und hat aus Kummer oder Protest nur sehr wenig gefuttert. Somit ist er das Gegenteil von mir. Sein Hasenleid führt zu unfreiwilliger Diät, während Frauchen sich nur so in Zucker und Süßkram wälzen könnte.

Ich schlüpfe in meine Turnschuhe und jogge um den Block. Eine Runde. Eine zweite Runde. Eine dritte Runde.

Rein theoretisch könnte ich jetzt so lange joggen, wie mich

meine Füße tragen. Bis sie riesige Wasserblasen bekommen, bis sie enorm in ihrem Umfang anschwellen, bis sie, total wund gescheuert, anfangen zu bluten. Rein praktisch könnte ich allerdings auch eine Entscheidung fällen.

Atemlos schließe ich meine Wohnungstür auf. Mein Blick fällt auf Mäxchen, der einsam am Stamm der Plastikpalme kauert. Genau. Ich muss es schon für ihn tun. Schließlich hat man als Kaninchenmutter eine Verantwortung. Mäxchen braucht mehr Platz, er braucht Raum zum Flitzen, zum Rennen, zum Hakenschlagen. Mäxchen soll kein unwürdiges Hasendasein leben, nein, glücklich soll er sein.

Ich wähle Pauls Telefonnummer.

»Hier ist Nicky.«

»Hast du es dir überlegt?«

»Ja!«

»Und?«

»Schon wegen Mäxchen.«

»Wie bitte?«, fragt Paul.

»Na, wir können hier doch nicht ewig hausen, auf so engem Raum. Ich muss einen anderen Job haben, mehr Geld verdienen, dann kann ich irgendwann in eine größere Wohnung ziehen.«

»Aha, und nun?«

»Und nun«, ich hole tief Luft, »und nun will ich zu diesem komischen Casting gehen. Ist wenigstens eine Chance, aus diesem Loch hier herauszukommen, oder?«

Paul lacht. Dann gibt er mir den Termin und diktiert mir

die Adresse der Castingfirma. »Aber nicht kneifen. Du gehst wirklich hin, ja?«

»Ja, sag ich doch, ja!«

Mit klopfendem Herzen beende ich das Telefonat. Dann schlage ich einmal mit der Faust auf den Tisch. Nun ist er platt, der Frosch. Denn ich bin kein Frosch, auch keine Fröschin. Ich bin Nicky, die Froschkönigin, die sich ihren Weg durch das Leben bahnt. Gemeinsam mit Mäxchen, dem ich eine schönere Zukunft ermöglichen kann.

Ich setze mich zu ihm unter die Palme, streichle sein Fell und hoffe, dass dieses nervöse Herzklopfen, verdammt noch mal, gefälligst schwächer wird.

***

Lara ist vorbeigekommen. Sie hört mir konzentriert zu. Es bleibt ihr auch nichts anderes übrig, weil eine Freundin einer anderen Freundin, derer sich eine gewisse Verzweiflung bemächtigt hat, eben zuhören muss. Aus Liebe und Frauensolidarität, jawohl!

»Allein der Gedanke an das Casting bringt mich schon um, verstehst du? Zum ersten Mal in meinem Leben entwickle ich eine unbestimmte Sehnsucht nach Valium.«

Lara nickt.

»Das Ganze ist doch total verrückt. Was habe ich da eigentlich zu suchen? Das Frollein will zum Fernsehen? O Gott, o Gott, demnächst verspürt Mäxchen womöglich gleichzeitig einen zwanghaften Drang gen Hollywood. Doch stattdessen werden wir beide in die Nervenklinik eingeliefert wegen Persönlichkeitsspaltung und Realitätsverlust – oder wegen geistiger Umnachtung.«

Lara öffnet den Mund, schließt ihn aber gleich wieder, als ich hektisch weiterplappere.

»Dann stellt sich natürlich die Frage aller Fragen: Was ziehe ich an? Und was mache ich mit meinen Haaren? Und wie soll ich mich schminken? Meinst du eigentlich, mir steht ein Lidstrich? Mensch, stell dir vor, der gelingt nachher nicht, und ich habe einen fetten Balken auf dem Auge. Dann gehe ich in die Geschichte des Castings ein als die Idiotin mit den schwarzen Strichen im Gesicht oder als Cleopatra für Arme.«

Inzwischen tigere ich durch das Zimmer und drehe Kreise um die Plastikpalme.

»Außerdem, Lara, stell dir vor, mir bleibt die Spucke weg. Nein, nein, schüttle nicht den Kopf, ich meine das ernst. Wenn einem die Spucke wegbleibt, hat man einen so trockenen Mund, dass man kein Wort herausbekommt. Die Zunge klebt am Gaumen fest wie bei einer Wüstenwanderung, verstehst du? Keine Oase in Sicht, keine Palme weit und breit, nicht mal eine billige Fata Morgana.«

»Dann trinkst du eben einen Schluck Wasser«, sagt Lara nun. »Die haben immer Wassergläser beim Fernsehen.«

»Meinst du?«, frage ich skeptisch.

»Bestimmt. Also, wenn du mich fragst, dann denk nicht

mehr so viel nach. Verlass dich auf deinen Instinkt, verlass dich auf deinen Bauch.«

»Auf meinen Bauch?«

Ich lege eine Hand auf den Magen. Ein paar Muskeln fühle ich da, Ergebnis Hunderter von Sit-ups, und ein Grummeln innen drin ist deutlich zu spüren. Ergebnis einer sich vehement ankündigenden Magenschleimhautentzündung durch vermehrte Säureausschüttungen aufgrund nagender Übernervosität.

»Ja, ich meine, hör auf dein Gefühl und sei einfach du selbst. Das sagt Paul übrigens auch!«

»Paul? Das sagt Paul? Wann hat er das gesagt?«

Ich beende meine achtundfünfzigste Runde um die Palme und setze mich wieder zu Lara aufs Sofa.

»Gestern Abend.« Lara errötet.

»Gestern Abend?«

»Ja, wir waren essen.«

»Was? Ich meine, was hat er gegessen?«, frage ich.

»Du bist also immer noch auf Diätschatten gepolt?«

Lara lacht. »Also, er hatte grünen Spargel als Vorspeise und als Hauptgericht Seezunge mit gemischtem Salat.«

»Warum?«

»Na, weil es leicht und gesund ist.«

»Nein, nein«, ich schüttle den Kopf, »nein, ich meine, warum wart ihr essen?«

Schüchtern schaut Lara mich an. »Er hat mich eingeladen. Wir haben uns in letzter Zeit ja oft gesehen, weil ich für seinen Fernsehsender ein paar Logos entworfen habe. Auch das für den *Super-Schmetterling*. Es ist, glaube ich, sehr schön geworden. Und gestern, da dachte ich erst, es wäre ein Arbeitsessen, aber wir haben gar nicht über die Arbeit geredet.«

»Sondern über mich«, sage ich trocken.

»Ja, auch. Und, äh, über uns.«

»Nun sag schon!« Ich beuge mich neugierig vor. »Hat er dich geküsst?«

Lara nickt strahlend.

»Auf die Wange oder so richtig, ich meine so richtig richtig?«, frage ich.

»Ja, so richtig. Soll ich es dir aufmalen?«

Darauf verzichte ich dann doch. Der große Paul beugt sich herunter, die kleine Lara steht wahrscheinlich auf Zehenspitzen, geschlossene Augen, Lippen auf Lippen, das kann ich mir schon vorstellen. Ein beglücktes Seufzen entringt sich meiner Brust und lässt mich alle meine Ängste vergessen – für immerhin ganze fünf Sekunden.

***

Hier stehe ich nun. Vor der Tür der Castingfirma. Paul hat mir erklärt, es gebe drei Casting-Tage, ich bin am letzten Tag an der Reihe. Um 16.00 Uhr, und ich bin pünktlich. Genauer gesagt überpünktlich, zehn Minuten zu früh, denn das dürfte unter Umständen der einzige Akt sein, mit dem ich heute Eindruck schinden kann. Eifrig, bemüht, sauschlecht, aber zumindest pünktlich war sie, die Kandidatin Nummer 27. Wie hieß sie noch gleich? Egal, die schafft's eh nicht ins Fernsehen.

Nur noch acht Minuten. Hoffentlich sind die Casting-Leute schon etwas erschöpft und abgearbeitet, dann fällt mein Auftritt nicht so auf. Vielleicht schicken die mich auch schon heim, bevor ich nur ein Wort gesagt habe, weil die Kamera mich nicht mag und mich anspuckt wie ein Lama. Tragisch, nicht wahr? Die Kamera liebt die Blondine Jennifer Aniston, liebt die Blondine Gwyneth Paltrow, liebt die Blondine Meg Ryan – und hasst das Blondchen Nicky.

Noch sechs Minuten. Eventuell sollte ich ein paar Stimmübungen machen. Doch selbst nach scharfem Nachdenken fallen mir keine Stimmübungen ein. Aber ich habe mal etwas von »Einsingen« gehört. Dann nehme ich doch mal die gute, alte Tonleiter, schaden kann es bestimmt nicht.

»Do-re-mi-fa-so-la-si-do, do-re-mi-fa-so-la-si-do«, trällere ich leise. Im Singen bin ich nicht gerade Weltmeisterin, zugegeben, doch wenn ich das mal etwas lauter und selbstbewusster anpacke, klingt es möglicherweise besser. Schließlich braucht man als Moderatorin ein anständiges Stimmvolumen, und das habe ich doch!

»Do-re-mi-fa-so-la-si-do«, schmettere ich aus voller Kehle.

Eine Fußgängerin zuckt erschrocken zusammen und wirft mir einen empörten Blick zu, als hätte ich ihr unter den Rock gefasst.

Noch drei Minuten. Zum nächsten Weihnachtsfest werde ich mir einen Flachmann wünschen. So ein heimliches Schlückchen Wodka, das wäre es jetzt. Eine glasklare, alkoholische Flüssigkeit, die den Atem geruchlos lässt und die Kehle ölt. Oder mich so aus den Angeln hebt, dass ich gleich fröhlich jodelnd im Castingstudio einlaufe. Nicky outet sich als Heidi von der Alm, jodelt Koloratur und tanzt dazu einen anständigen Schuhplattler. Das hört sich allerdings eher nach einer Sendung der lustigen Volksmusikanten an als nach dem *Super-Schmetterling*. Vielleicht doch keine so gute Idee.

Noch eine Minute. Ich muss mein Gesicht entkrampfen, das spüre ich. Sicher habe ich tief eingekerbte Sorgenfalten auf der Stirn. Außerdem mahlen meine Zähne aufeinander und lassen die Kieferknochen hervortreten, und meine Augenbrauen sind vor Anspannung grimmig zusammengezogen. Nein, nein, so geht das nicht.

Ich öffne den Mund und forme ein »O«, danach ein »I« und noch einmal ein »O«. Dann aktiviere ich alle Gesichtsteile nacheinander und setze sie in Bewegung. Gerade als ich zur weiteren Lockerung der Muskulatur eine besonders verzerrte Grimasse ziehe, öffnet sich die Tür des Studios. Wahrscheinlich eine andere Bewerberin, die die Casting-Tortur gerade hinter sich gebracht hat. Sie würdigt mich nur eines kurzen, verachtenden Blickes, kein Wunder bei der Zombie-Fratze, die ich im Rahmen meiner Mimik-Gymnastik gerade fabriziere. O je, o je, und sie sieht so perfekt aus. So makellos, so glatt, so faltenfrei, so schöööööön.

16.00 Uhr. Mit zitternden Händen öffne ich die Tür.

***

Man bittet mich in ein Wartezimmer, und ich lasse mich auf dem nächstbesten Stuhl nieder. Es ist wie beim Zahnarzt, nur schlimmer. Das Übelste, was einem dort passieren kann, ist, dass er einem einen Zahn zieht. Ein Ruck, und schon ist alles vorbei. Das bisschen Blut, das bisschen Schmerz, lachhaft, nichts gegen diesen Ort. Denn hier liegt Gift in der Luft. Gift und Galle.

Man beäugt sich. Mit mir warten drei Frauen, eine davon kenne ich bereits aus dem Fernsehen und den Klatschillustrierten. Die ist bestimmt besonders angenervt, sich hier beweisen zu müssen, wo sie doch schon eine kleine Berühmtheit ist. Genauer gesagt ist ihr Boyfriend die Berühmtheit, aber als seine Dauerbegleitung ist sie halt nun fast jedem bekannt. Zwei Männer haben sich ebenfalls hierher verirrt. Sie scheinen denselben Friseur zu haben, weil ihre Haare ziemlich identisch partiell mit Gel bearbeitet und dann wild gestylt wurden, um einen entsprechenden Lässiglook zu verbreiten. Die Haarspitzen sind jedenfalls das einzig Lässige in diesem Raum. Angespannt gönnen sich alle nur schiefe Blicke aus den Augenwinkeln. Jeder gegen jeden, nur einer kann gewinnen, nur einer bekommt den ersten Preis, und Trostpreise gibt es nicht. Was für ein Scheiß-Spiel.

Ich fühle mich wie im alten Rom. Pferdeschwanz-Nicky als kümmerliches Gladiator-Mädchen, das man fälschlicherweise in eine Arena voller Löwen geschmissen hat. Sicherlich schreitet gleich Julius Cäsar vorüber, der mit seinem dicken Daumen über mein Leben entscheiden darf. Dürfen die Löwen Nicky anknabbern? Oder gar komplett auffressen? Daumen hoch? Daumen runter?

Die nächsten fünfundvierzig Minuten bin ich zum Warten verdammt. Ich gehe sechsmal aufs Klo, bis ich mich nicht mehr traue, weil die sonst meinen, ich hätte eine chronische Blasenentzündung. Ich bekämpfe mit Autosuggestion vier nahende Panikattacken, atme in den Bauch hinein, als wären meine Lungen eine Etage tiefer gerutscht, und wische meine Schweißhände erst unauffällig am Stuhl, dann an einem Taschentuch ab, das nun aussieht, als wäre es in einem Dokumentenvernichter geschreddert und gleichzeitig mit Wasser übergossen worden.

Gegenüber der Casting-Firma ist ein gemütliches Café. Vielleicht sollte ich besser dort warten. Bei einem Stückchen Käsekuchen oder Kirschtorte ohne Sahne. Oder sogar mit Sahne, ausnahmsweise, denn heute habe ich es ja ganz besonders schwer. Und mit einem Tässchen heißer Schokolade dazu, die aber dann wirklich ohne Sahne, wenn schon die Kirschtorte mit. Eventuell auch zwei Tässchen heiße Schokolade, weil warme Milch ja beruhigen soll. Die Nerven und all das, was bei mir so bloß rumliegt.

Da wird mein Name aufgerufen. Jetzt, jetzt habe ich die allerallerletzte Chance zu gehen, den Löwen und der Blamage meines Lebens zu entfliehen.

Kuchen oder Casting? Casting oder Kuchen?

Paul würde es mir sicher nie verzeihen, wenn ich mich jetzt für eine ausgiebige, orgiastische Tortenschlacht entscheiden würde.

Also kein Kuchen.

Casting!

***

Mit Pudding in den Knien betrete ich das Studio und stehe nicht vor Julius Cäsar, sondern – vor Tom.

Tom? Aber das kann ja nicht sein. Ich habe eine echte Angst-Halluzination! Muss ich bei Gelegenheit mal in einem psychiatrischen Buch nachschlagen. Womöglich bin ich sogar der erste Fall, bei dem so etwas auftaucht, dann könnte man dieses wundersame Phänomen nach mir benennen.

Der Eintrag im Psychologie-Lexikon würde lauten:

»*Angst-Halluzination Nicky.* Äußerst selten auftretendes Phänomen, erstmals diagnostiziert bei Nicky N. Anfang des dritten Jahrtausends. Tritt auf in besonderen Stresssituationen, wobei sich mehrere Angsttraumata miteinander verbinden. So kann es passieren, dass in einer furchtbesetzten Situation Trugbilder auftauchen. Charakteristisches Symptom sind Halluzinationen von Menschen, vor denen der Patient unterbewusst Angst hat.«

Unsicher blinzle ich in die Richtung meiner Angsthalluzination. Ich bohre meine Fingernägel in die Hände. Es ist immer noch Tom.

Ich versuche, mich unauffällig zu kneifen. Doch es ist nach wie vor Tom, Tom, Tom.

Es war Tom, es ist Tom, kein Zweifel, Tom in persona.

»Was, was machst du denn hier?«, stottere ich entgeistert.

»Arbeiten«, antwortet er sachlich. »Du befindest dich in *meiner* Castingfirma.«

»In *deiner* Castingfirma?«, frage ich blöd.

»Das wusstest du nicht?«, fragt Tom zurück.

»Nein, allerdings nicht.«

So eine Gemeinheit. Paul hatte mir keinen Ton davon gesagt. Und wie hätte ich auf die Idee kommen sollen? Die Firma heißt »who?«. Das ist Englisch und heißt »wer?«. Nicht »Tom« oder »Toms Casting« oder »Casting chez Tom« für alle, die es lieber Französisch mögen.

Was für ein Schlamassel. Welche Misere. Besonders, dass jetzt auch noch wie erwartet mein Mund staubtrocken wird, natürlich ohne das ersehnte Wasserglas in Sicht. Ich würde jetzt sogar einen Schluck aus einem Aquarium oder einem Goldfischteich nehmen.

Hätte ich mich doch nur für die Torte entschieden. Und mich mit meinem Leben zufrieden gegeben. Schuster, bleib bei deinem Leisten, sagt man doch so schön. Warum nur war ich nicht bei meinen Hanteln geblieben?

»Also«, sagt Tom.

Ich schlucke krampfhaft das letzte hundertstel Gramm Spucke herunter, das an meinem Gaumen noch übrig ist.

»Also, ich erkläre dir jetzt, was wir machen.«

Ob beten hilft? Ja, das könnte meine letzte Rettung sein, bevor sich der Betonboden des Studios auftut und mich gierig verschlingt. Bitte, bitte, Oprah, steh mir bei. Schick mir ein paar Funken deiner Genialität in dieses Studio. Lass mich nicht allein.

»Hörst du mir überhaupt zu?«, erkundigt sich Tom skeptisch.

»Klar!«, behaupte ich und reiße mich mühsam zusammen.

»Dort drüben auf dem roten Sofa ist dein Platz. Du hast einen Talkgast, einen Mann, der sein Leben umgekrempelt hat.«

»… der sein Leben umgekrempelt hat«, wiederhole ich eifrig.

Tom schaut mich kurz irritiert an. »Ja, also er ist übrigens kein Schauspieler, und das ist eine wahre Geschichte. Das ist wichtig, das muss dir bewusst sein.«

»Bewusst«, plappere ich nach und nicke.

»Er heißt übrigens Egon. Du kannst ihn mit seinem Vornamen anreden, aber duze ihn bitte nicht.«

»Egon, Egon, Egon«, sage ich. Ich bin nicht nur irgendein Papagei, sondern ein besonders begabter, der sogar einen Echoeffekt vorweisen kann.

»Dein Talkgast war zeit seines Lebens Analphabet.«

»Analphabet.«

»Ja, er hat erst mit siebenundfünfzig Jahren lesen und schreiben gelernt. Heute ist er übrigens sechzig.«

Na ja, nicht unbedingt mein Jahrgang, aber eventuell sieht Egon aus wie ein alter Charmeur. Mit einem seidenen Halstuch im Kragen, noch vollem Haupthaar, aber natürlich mit attraktiven grauen Schläfen. Braun gebrannt wie Günter Sachs oder drahtig wie Udo Jürgens.

»Nicky?« Tom reißt mich aus meinen Träumen.

»Ja?«

»Du musst also versuchen, ihm die richtigen Fragen zu stellen, damit das Fernsehpublikum Egons Geschichte erfährt Setz dich doch bitte schon mal auf das Sofa und konzentriere dich. Da liegt auch ein Block mit einem Stift, falls du dir ein paar Notizen machen willst. Du hast zehn Minuten Zeit, dann fangen wir an.«

Und als Henkersmahlzeit wünsche ich mir – Kuchen. Kekse. Petits Fours. Torte. Plunderstückchen. Schweineohren. Rosinenbrötchen. Streuselschnecken. Windbeutel. Berliner. Amerikaner. Kokosmakronen. Apfelstrudel. Sahneschnittchen. Schokoladeneclairs.

»Bist du nervös?«, fragt Tom forschend.

Ich nicke nur stumm und betrachte meine Schuhspitzen.

»Schau mich an!«

Erschrocken folge ich seinem Befehl.

»Du musst nervös sein, das ist gut! Dann bist du wach,

dann bist du nachher glasklar im Kopf, verstehst du? Alle guten Moderatoren und Schauspieler haben Lampenfieber. Das gehört dazu. Und nun geh bitte zum Sofa.«

Aufmunternd lächelt er mir zu, und ich wackle mit meinen Puddingknien zu meinem Platz. Da sitze ich nun. Und versuche, mir Egon vorzustellen, einen attraktiven Sechzigjährigen, mit dem ich einen Dialog führen werde, der über mein zukünftiges Leben entscheidet.

Oprah, was würdest du ihn fragen? Würdest du mit ihm flirten? Würdest du ihn, den Analphabeten, testen, um rauszukriegen, ob er seinen Namen wirklich schreiben kann oder ob er doch nur die berühmten drei Kreuzchen malt?

Man stellt mir ein Wasserglas auf den Tisch – hat die gute Lara doch Recht gehabt – und ich schlürfe das kühle Nass wie eine Verdurstende. Meine Zunge wird vom Pelz befreit, meine Mundinnenwände sind kühl benetzt, und ich fühle mich urplötzlich inspiriert. Entweder haben die mir etwas ins Wasser getan, oder Oprah hat mir ein paar Engelchen geschickt, die mich aus meiner Trance wecken. Ich mache mir ein paar Notizen, überlege, schreibe noch ein paar Fragen mehr aufs Papier, überlege weiter und fühle mich schließlich bereit. Elektrisiert. Fast schon freudig erregt.

Ich will keinen Kuchen mehr, ich will Egon!

Auftritt Egon.

Egon wird neben mir auf das Sofa gesetzt.

Egon ist kein sonnengebräunter Ex-Playboy. Auch kein verrucht aussehender Schlagerstar, der in die Jahre gekommen ist. Und schon gar kein charmant wirkender Seidenhalstuchträger mit grauen Schläfen. Nein, Egon ist einer dieser grauen Menschen. Grauer Anzug, graue Gesichtshaut, graue Haare.

Als er mir einen schüchternen Blick zuwirft, sehe ich allerdings strahlend blaue Augen. Da ist Leben drin. Und genau das werde ich jetzt aus ihm herausholen.

Oprah, steh mir bei!

»Casting Super-Schmetterling Nummer 2.7. Nicky. Und Achtung, Kamera läuft!«, höre ich Toms Stimme.

***

»Ich freue mich, Sie heute bei mir zu Gast zu haben, Egon«, sage ich.

Für diese Einleitung würde ich sicherlich bei der Wahl für die originellste Moderation allerhöchstens den Stängel einer Primel gewinnen, nie im Leben aber einen vollständigen Blumentopf. Doch es ist so schwer, mir klingeln die Ohren, mir rauscht das Blut, und alle starren mich an. Die Techniker, das kalte, schwarze Kameraauge, Tom und – Egon.

»Also, Egon, wo sind Sie aufgewachsen?«

Egon blinzelt, sagt aber nichts.

»Auf dem Land?«, rate ich mal so ganz vage.

Egon nickt.

Ha, ich habe hellseherische Qualitäten.

»Dort gab es doch sicher eine Dorfschule, oder?«

Egon nickt.

Oprah, hilf, bitte, hilf! Sag mir, ob Egon Legastheniker war mit ausgeprägter Lese-Rechtschreib-Schwäche oder ein Schulschwänzer.

Verdammt, wahrscheinlich hat er einfach von morgens bis abends Kühe gemolken, Schweine gefüttert und den Hahn von der Henne verjagt.

»Aber Sie sind nicht oft in die Dorfschule gegangen, ist das richtig?«

Egon nickt.

Wenigstens funktioniert mein Instinkt so einigermaßen. Trotzdem ist jedoch kein Ton aus Egons Munde zu hören. Also, entweder die wollen mich hier gehörig verscheißern – oder Egon ist der schüchternste Mensch, den ich je getroffen habe.

»Und weil Sie nicht in die Schule gegangen sind, konnten Sie auch nicht lesen und schreiben lernen, so wie die anderen Kinder, oder?«

Egon nickt.

Vielleicht kann er ja gar nicht sprechen. Lesen und schreiben hat er schließlich auch erst vor ein paar Jahren begonnen, beim Sprechen ist er unter Umständen noch nicht angekommen.

»Hatten Sie nicht ständig Angst, entdeckt zu werden? Angst, dass die anderen merken, dass Sie weder lesen noch schreiben können?«

Egon nickt.

Wahrscheinlich ist er stumm. Die haben mir einen stummen Mann ins Studio gesetzt, und gleich lachen die sich alle krumm und schief über mich, weil ich das jetzt erst merke.

Egon senkt den Kopf. Man sieht ihm auf einmal an, wie viel Scham er jahrelang ertragen hat. Sollen die sich doch im Studio alle über mich lustig machen, das ist mir jetzt schnurzegal.

Ich gehe zum Frontalangriff über.

Beherzt greife ich mir Egons Hand. Unsicher schaut er mich an, aber ich lasse seine Hand nicht los.

»Bitte, erzählen Sie mir, was Sie als erwachsener Mann gemacht haben, Egon. Sie konnten nicht lesen und nicht schreiben. Sind Sie auf dem Land geblieben oder in die Stadt gegangen?«

Fest drücke ich seine Hand. Du bist nicht allein, Egon. Oprah ist hier und Nicky ist hier!

»Ich bin in die Stadt gegangen«, antwortet Egon zögernd.

Er spricht, er spricht tatsächlich. Danke, danke, Oprah. Danke, Schutzengelchen. Danke!

»Haben Sie dort Arbeit gefunden, Egon?«

»Bei einem Gemüsehändler. Ich kannte mich ja aus mit Obst und Gemüse, wir hatten einen großen Bauernhof, auch wenn der nachher abgewirtschaftet war.«

»Und bei dem Gemüsehändler ist es nicht aufgefallen, dass Sie Analphabet waren?«

Egon betrachtet seine Hand, die wohlbehalten in meiner ruht. »Nein, die haben nichts gemerkt. Zahlen kannte ich ja.

Das war das Wichtigste. Auswiegen und die Preise richtig berechnen. Ein Nachbarjunge auf dem Land hatte mir das beigebracht. Der war dann aber weggezogen.«

Egons Gedanken gingen zurück in die graue Vorzeit. Nee, nix da, den Bauernhof hatten wir schon. Ich muss ihn besser lenken.

»Und wenn es mal etwas Amtliches zu erledigen gab oder eine Stromrechnung kam oder überhaupt Post an Sie – das konnten Sie doch dann gar nicht verstehen.«

»Da habe ich immer gesagt, meine Augen wären so schlecht. In dem Haus, da, wo ich zur Miete gewohnt habe, da war eine ältere Dame im Parterre. Die hat mir in solchen Fällen geholfen. Dafür habe ich ihr dann oft etwas Obst geschenkt. Sie mochte Äpfel, am liebsten Golden Delicious.«

Äpfel oder Birnen, das spielt jetzt keine Geige!

»Aber eines Tages, da ist etwas Besonderes passiert, oder? Etwas so Außergewöhnliches, dass Sie plötzlich selbst lesen und schreiben können wollten. Was war das? Was ist geschehen?«

Egon lächelt. »Ja, da hat neben dem Gemüseladen ein Blumengeschäft aufgemacht.«

»Ein Blumengeschäft«, wiederhole ich.

Nun spricht er zwar endlich, der Egon, aber er spricht in Rätseln.

»Und das Blumengeschäft gehörte einer Frau!«, erklärt Egon.

»Hat sie Ihnen gefallen, diese Frau?«, frage ich.

»Jaaaaa.« Egon guckt verklärt.

»Wie alt waren Sie da?«

»Siebenundfünfzig.«

»Und wegen dieser Frau haben Sie dann lesen und schreiben gelernt?«, frage ich.

»Ja. Ich wollte sie nicht anlügen.«

»Wie meinen Sie das, Egon?«

»Wenn man nicht lesen kann, muss man lügen. Andauernd. Man kann ja kein Straßenschild lesen, keine Speisekarte, keine Zeitung, keine Namen auf Klingelschildern. Da muss man sich andauernd irgendwelche Sachen einfallen lassen, damit die Leute einem helfen und das nicht merken. Lügen und noch mehr Lügen. Das wollte ich bei ihr nicht. Das wäre doch nicht gegangen…«

Mir wird ganz warm ums Herz. Ich gebe Egons Hand frei, wenn auch ungern, und greife zu meinem Moderationsblock.

»Haben Sie ein Lieblingswort?«, frage ich.

Egon nickt.

»Würden Sie es für mich aufschreiben?« Ich drücke ihm den Block und einen Stift in die Hand und sehe zu, wie Egon zarte Buchstaben malt.

»Lesen Sie uns vor, was Sie geschrieben haben?«

»I-s-a-b-e-l-l-a«, sagt Egon.

»Isabella«, wiederhole ich. » Ein sehr schöner Name. Heißt sie so, Ihre Blumenhändlerin?«

»Ja«, antwortet Egon, »ihr Name ist Isabella. Aber ich nenne sie oft einfach nur Bella. Das ist italienisch und heißt ›schön‹. Sie ist meine Schöne.« Die letzten Worte flüstert er fast.

Etwas löst sich in meinem Inneren. Es steigt langsam in mir auf, und ich weiß nicht, wie ich es bremsen soll.

»Wenn Sie sagen, sie ist *Ihre* Schöne, soll das heißen, dass sie Ihre Freundin ist? Hat Isabella sie erhört?«

Egon bekommt nun ein bisschen Farbe. »Na ja, das war so: Ich hatte von Anfang an Gedichte im Kopf, seitdem ich sie das erste Mal gesehen habe. Nur – aufschreiben konnte ich sie natürlich damals noch nicht.«

»Haben Sie sich die Gedichte gemerkt, bis Sie endlich schreiben konnten?« Ich starre Egon an.

»Natürlich!«, antwortet er schlicht.

Meine Seele will Egons Seele umarmen. Reiß dich zusammen, Nicky.

»Und dann haben Sie die Gedichte schließlich aufgeschrieben?«

»Ja, eines nach dem anderen. Nach Feierabend habe ich die Gedichte unter ihrer Ladentür hindurchgeschoben. Eines Abends hat sie mich dabei erwischt. Sie haben ihr gefallen, meine Gedichte.«

»Wirklich?«, frage ich begeistert.

»Ja«, Egon nickt. »Und nun, nun sind wir ein Paar.«

»Lieben Sie Isabella?«, frage ich mit letzter Kraft.

Meine Augen füllen sich mit Tränen, und ich zwinkere und zwinkere, damit sie verschwinden, nach innen verschwinden, dahin, wo sie hergekommen sind, die Biester.

»Ja, ich liebe meine Isabella, und – und ja, ich möchte sie heiraten!«

Das ist zu viel. Das ist schlichtweg zu viel für meine waidwunden Nervenstränge. Nun kullern mir die Tränen nur so herunter, tropfen auf den Block, verschmieren meine Notizen, verschmieren meine Schminke und machen aus meinem Gesicht ein Feld der Verwüstung.

Ich merke, dass die Kamera immer näher an mich heranrollt. Klar, die machen jetzt eine anständige Großaufnahme. Moderationskandidatin Nummer 27 heult beim Casting Rotz und Wasser.

Durchgefallen. Aus und vorbei. Untragbar für die Medienszene. Rührselige Kuh statt professioneller Moderatorin. Kriegt wahrscheinlich gleich obendrein noch einen Schluckauf und schluchzt dann hicksend weiter.

Aber ich will diese Nummer wenigstens zu einem anständigen Ende bringen. Das bin ich dem Menschen und dem Poeten Egon schuldig, der nun seinerseits meine Hand ergriffen hat.

Ich räuspere mich und versuche, wieder einigermaßen zu einer festen Stimme zu kommen.

»Mit siebenundfünfzig Jahren öffentlich zu bekennen, ein Analphabet zu sein, und plötzlich die Schulbank zu drücken wie ein Sechsjähriger, um lesen und schreiben zu lernen, das stelle ich mir sehr schwer vor, Egon.«

»Das war wirklich nicht einfach. So was kostet Überwindung, besonders, weil man sich ja auch schämt.«

»Ich finde, Sie waren sehr, sehr mutig. Würden Sie mir ein Geschenk machen? Schreiben Sie das Wort ›Mut‹ für mich auf?«

Er nickt und greift eifrig zu dem voll geheulten Block und dem Stift. Glücklicherweise findet er nach einigem Blättern ganz weit hinten noch eine halbwegs trockene Seite. Zügig und sicher schreibt er.

Ich schaue auf die drei Buchstaben.

M-U-T.

Dann halte ich das Blatt in die Kamera.

»Das ist von Egon für uns alle. Er hat es selbst geschrieben. Mut. Schon mit ein wenig Mut können wir unser ganzes Leben verändern.«

***

Egon wird verabschiedet, und ich lasse mich erschöpft in die Tiefen des Sofas zurückrutschen.

Ich bin fix und fertig.

Ausgepumpt.

Geoutet als emotionales Weichei.

Finished, wie der Engländer so sagt.

Cooked, wie der Amerikaner so sagt.

Erledigt, wie der Deutsche so sagt.

Tom reicht mir einen Kasten mit Kleenex-Tüchern. Sein Gesicht ist unbewegt, während er mich mustert.

»Tut mir Leid, das war nichts. Ich hab's verdorben.« Meine

Stimme hört sich ungefähr so kläglich an, wie ich mich fühle.

»Nun putz dir erst mal die Nase«, antwortet Tom.

Artig wie ein Kleinkind trompete ich ausführlich in das Kleenex. Und jetzt möchte ich über das Köpfchen gestreichelt werden, eine süße Orangenlimonade bekommen und ein Micky-Maus-Heft und dann in ein kuscheliges Bettchen gebracht werden, wo ich träumen darf von Lutschern oder Rollschuhen und mit Murmeln spielen.

Wo ist er, der Time Tunnel? Warum holt mich hier keiner weg und versetzt mich in die Zeit, als ich drei Jahre alt war? Da kannte ich noch kein Fernsehen, keinen Tom, keinen Egon, keine Sorgen und vor allem keine hochnotpeinlichen Blamagen vor Publikum.

Warum schwebt das Raumschiff Enterprise jetzt nicht vorbei? Scottie könnte mich doch hochbeamen. Ja, ich bin bereit für eine siebenhundert Jahre währende Reise durch den Weltraum, für die Flucht in eine andere Galaxie. Ich könnte Kapitän Kirk und meinetwegen auch den spitzohrigen Mister Spock als Miss Nicky I. vom Planeten Erde in Erdenkunde unterrichten, ihnen alles erzählen, was bei uns hier so abgeht. Von Umweltverpestung, Korruption in der Politik und verhungernden Völkern bis hin zu bescheuerten Glaubenskriegen, unüberbrückbaren Missverständnissen zwischen Männlein und Weiblein und gnadenlosen Fernsehshow-Castings.

Bitte, bitte, holt mich hier weg!!!

»Komm mal mit mir mit«, höre ich Tom stattdessen sagen.

Na, übers Knie legen und verhauen, weil ich ihm seine kostbare Zeit gestohlen habe, wird er mich wahrscheinlich nicht. Also trotte ich mit hängenden Schultern hinter ihm her.

Tom zieht mich zu einem Pult mit mehreren Monitoren.

»Lass mal das Band von Nummer 27 laufen«, ruft er nach hinten. »Bis zur Mitte, ungefähr. Ja, da, stopp!«

Ich starre auf den Bildschirm. Mein Gesicht in Großaufnahme. Genauer gesagt, mein verheultes Gesicht in Großaufnahme. Es füllt den Monitor total. Oben ist mein Haaransatz, unten mein Hals. Dazwischen große blaue Augen, aus denen das Wasser nur so schwappt wie aus einem übervollen Putzeimer.

»Das passiert nicht jeden Tag«, sagt Tom.

»Ich konnte halt nicht anders, bin ja auch nur ein Mensch«, erwidere ich trotzig.

»Eben. Das ist es ja gerade. Das ist Gold wert, verstehst du nicht?«

Tom starrt mich an.

Ich starre zurück.

»Wie? Gold? Ich verstehe nur Bahnhof.«

»Nicky, du hast die Kamera völlig vergessen. Du hast da drüben gesessen mit diesem armen Egon, der die Zähne nicht auseinander bekam. Mit Einfühlungsvermögen und Kreativität hast du aus ihm diese unglaublich rührende Geschichte herausgelockt und dich mit ihm beschäftigt, als wäre er dein lange verschollener Onkel.«

»Er sah auch ein bisschen aus wie ein Onkel Egon, oder?« Ich versuche zu lächeln.

»Vor allem aber hast du überhaupt nicht geschauspielert. Du warst Mensch, du warst ehrlich und mitfühlend!«

»Ach nee«, rutscht es mir da heraus, »du schaffst es, mit mir, mit einer Frau, die Worte ›ehrlich‹ *und* ›mitfühlend‹ zu verbinden?«

Tom grinst mich zufrieden an. »Schon wieder die große Klappe, was? Na, wahrscheinlich gehörst du wirklich ins Fernsehen.«

Hinter uns flimmert mein verheultes Gesicht über den Bildschirm. Doch jetzt kann ich nicht anders, ich strahle Tom voller Hoffnung an. Er legt kurz den Arm um meine Schulter und drückt mich ein wenig, während er mich zum Ausgang begleitet. Das gefällt mir. Das fühlt sich so gut an, dass ich bereit wäre, auf die Orangenlimonade und das Micky-Maus-Heft zu verzichten.

Bevor ich das Studio verlasse, fällt mir plötzlich noch etwas ein.

»Hier!«, sage ich und gebe ihm den von Egon geschriebenen Zettel.

Mut.

Ich schaue Tom ganz offen ins Gesicht. Mut kann ja schließlich niemandem schaden, oder?

Kapitel 10

Sahnehäubchen

TV Fun, Studio 3, 15.30 Uhr, Moderationsprobe

»Kannst loslegen, Nicky«, sagt der Tonmeister aus dem Hintergrund.

»Guten Abend, guten Abend, hier ist also Ihr neuer Super-Schmetterling. Quatsch, Unsinn, nee, und zweimal guten Abend sagen ist auch blöd. Also, ich versuch's noch mal von vorne.«

Ich atme ganz tief durch. Ich schaff das, ich schaff das!

»Guten Abend, meine Damen und Herren. Ja, hier sind wir nun zum ersten Mal mit der Wahl zum Super-Schmetterling. Sie fragen sich, was ein Super-Schmetterling ist? Das erkläre ich Ihnen gern …«

***

Seitdem Tom mich dem Sender als Moderatorin empfohlen hat, steht mein Leben Kopf. Sieben Tage nach meinem Casting, genauer gesagt nach einer endlosen Woche mit schlaflosen Nächten, in denen ich nur mit Mühe widerstanden habe, exzessive Fingernägelkauerin oder/und gnädigerweise wahnsinnig zu werden, verkündete Paul feierlich und ganz offiziell, dass sie mich wollen.

Die von TV Fun.

Die wollen mich.

Mich.

Nicky.

Ich gehe zum Fernsehen, so wie Oprah.

Bevor sich diese Botschaft überhaupt in meinen vielfach verzweigten Gehirnwindungen und meinem zentralen Nervensystem manifestieren konnte, steckte man mich in ein Trainingslager.

Die gemeine Soldatin Nicky sollte zu einer Generälin in Sachen Moderation mutieren. Mein Training war derart hart und anstrengend, dass ich mir das eine oder andere Mal nichts sehnlicher wünschte, als einfach nur durch den Schlamm robben zu dürfen oder eine Latrine blitz und blank polieren zu müssen, statt rund um die Uhr in Sachen »Plaudern vor der Kamera« beobachtet und bewertet zu werden.

Ein ganzes Team von gnadenlosen Trainern hat alle Eventualitäten mit mir geprobt:

Wenn ein Gast nicht aufhört zu reden, sondern mit einem Sendungsbewusstsein quatscht, als wolle er mal endlich ausgiebig den Klang seiner eigenen Stimme bewundern oder die Fernsehzuschauer mit Worten in die Vollnarkose treiben.

Wenn ein Gast vom Thema abschweift und plötzlich mit Inbrunst über die Blümchentapete seiner Schwiegermutter referiert.

Wenn ein Gast keinen Ton hervorkriegt und à la Egon jede Frage mit einem Nicken oder Kopfschütteln beantwortet, als wäre das bisschen Mimik die einzige Kommunikationsmöglichkeit für ausgewachsene Zweibeiner auf dieser Welt.

Wenn ein Gast einen Schwächeanfall bekommt, weil ihn entweder die Situation übermannt oder er unterzuckert ist oder er generell zu Ohnmachtsanfällen neigt.

Wenn ein Gast einen Lachkrampf bekommt.

Wenn ein Gast vom Sofa fällt.

Es war schon beeindruckend, was die Trainer sich alles so ausdachten, um mich an den Rand meiner Selbstbeherrschung zu treiben. Denn es galt nicht nur, diese Situationen zu meistern, sondern es galt, sie mit einem reizenden, beruhigenden Lächeln zu meistern.

Zwar haben sie mir nicht beigebracht, was ich tun soll, wenn mir ein Gast an die Wäsche geht oder einer sein Gebiss verliert, aber ich fühle mich langsam so sicher, dass ich auch diese Ausnahmesituationen irgendwie in den Griff bekommen würde.

Außerdem bekam ich Ratschläge, was meinen so genannten Lebenswandel betrifft.

Dreh- und Angelpunkt der Verhaltensmaßregeln sind drei hochgradig wichtige und heilige Gebote:

1. *Ich soll den Leiter des Senders und den Programmchef Paul und den Regisseur der Show lieben und ehren und ihnen gehorchen, so sie mir Anweisungen geben.*
2. *Ich soll keine Sojasauce zu meinen heiß geliebten Sushi essen.*
3. *Ich soll keine ausschweifenden Mädelsabende mit Lara verbringen.*

Nun, Gebot 1 fordert lediglich sklavische Unterwerfung.

Aber Gebot 2 und 3 stehen in einem unmittelbaren Zusammenhang. Man hat mir nämlich erklärt, man würde es vor der Kamera sehen, wenn ich Sojasauce gegessen hätte und wenn ich nach dem Genuss alkoholischer Kaltgetränke erst zu später Stunde ins Bett gehen würde. Man hat es mir sogar gezeigt: Nach einer kleinen Sause mit Lara hatte ich am nächsten Morgen den Feind in meinem Gesicht: T-r-ä-n-e-n-s-ä-c-k-e!

Tränensäcke aber mögen die beim Fernsehen nicht. Deshalb auch keine Sojasauce, weil die so salzig ist, dass der Körper Wasser zieht, welches sich in Form von Ödemen, um das Wort Tränensäcke mal zu vermeiden, unter den Augen ringförmig und unschön ansammelt. Als hätte man eine draufgekriegt, aber ohne den Blauton, den ein kräftiger Rechts- und Linksausleger fabrizieren können.

Jedenfalls wurde das Ganze derart hochgespielt, dass ich schon dachte, ich wäre über Nacht sichtbar um fünfundvierzig Jahre gealtert und hätte nun für ewige Zeiten ein Oma-Gesicht mit Curd-Jürgens-Charakteristika.

Ich verzichte nun auf die Salzsauce, und mit Lara treffe ich mich ladylike zu Teestunden. Earl Grey oder Orange Pekoe – aromatisch und ungefährlich. Zwar auf Dauer extrem langweilig, aber na ja, was tut man nicht alles, um berühmt zu werden.

***

Heute nun ist der Tag angebrochen, an dem man sich meiner äußeren Erscheinung widmen wird. Ich bin ausgesprochen freudig erregt, weil ich als Moderatorin des *Super-Schmetterlings* natürlich nicht wie eine Raupe dahergekrochen kommen kann, sondern schön aussehen soll, beschwingt und heiter wie ein Zitronenfalter beim Anblick eines Fliederbusches.

Ein ganzes Experten-Team taucht in der Maske auf.

Ich verabschiede schon mal mein cremeglänzendes, *un*geschminktes Antlitz, meinen Pferdeschwanz, die Jeans, die Turnschuhe und das weiße T-Shirt.

Jaaaaaaa, gebt mir Lidstrich, Lockenwickler und Seidenfummel, lasst mich schimmern, funkeln und verführerisch aussehen. Macht eine Beauty-Queen aus mir!

Drei fremde Menschen, einer zuständig für Haare, einer für Make-up und einer für Klamotten, starren mich an und gehen um mich herum, als wäre ich eine Schaufensterpuppe.

Als Erster spricht der Haarkünstler. »Schon wieder blond. Alle wollen immer blond sein«, stöhnt er leicht nasal.

Entweder findet er es schick, so durch die Nase zu stöhnen – oder er hat Polypen, aber was für welche!

»Ich will nicht blond sein«, protestiere ich, »ich *bin* blond. Von Geburt an.«

Er wedelt mit geknicktem Händchen nur müde ab. Also ehrlich, ich bin es doch, Nicky, blond, keine blondierten Strähnen, kein Wasserstoffsuperoxyd oder wie das heißt, keine Goldschimmertönung aus der Tube. Ein Naturprodukt. Sieht das denn keiner?

Der Make-up-Artist begutachtet meine Haut. »Keine Pickel, keine Unebenheiten, hohe Wangenknochen, große Augen. Na, da sollte man was draus machen können.«

Erleichtert nicke ich ihm zu. Ein Freund. Ein echter Freund.

»Wimpern könnten länger sein, Augenbrauen zu hell und zu wild, müssen getrimmt und gefärbt werden, Sommersprossen stören, mhm, die kriege ich allerdings mit Make-up weg, zur Not mit ein bisschen Camouflage darunter.«

Nun werfe ich ihm entrüstet einen giftigen Blick zu. Meine Sommersprossen haben noch nie jemanden gestört. Zukleistern will er die? Als wären sie Feuermale oder Warzenansätze?

Doch kein Freund, ganz im Gegenteil. Er ist ein Verräter, ein gemeiner.

»Konfektionsgröße achtunddreißig, schätze ich mal«, sagt nun der Stylist und misst geschäftig die Länge meiner Beine, meine Taille und meinen Brustumfang. »Na, keine Sorge, obenrum können wir was machen. Ein anständiger Push-up-BH mit Pölsterchen, was? Ohne die werden wir nicht auskommen.«

Der will meine zarten Brüste quetschen. Nach oben in Richtung Kamera? Ich glaube nicht, dass die das wollen. In jedem Fall will ich das nicht. Die beiden sollen mit ins Fernsehen, aber nicht halb nackt, bitte schön!

»Die Haare«, sinniert nun der Frisörkünstler erneut, »die Haare müssen ab. Lange Haare sind unmodern. Einen Fransenschnitt vielleicht?«

»Nein!«, jaule ich auf. »Nein. Niemand schneidet meine Haare ab. Und so eine kleine Fransenfrisur, die aussieht wie aus Filz, die will ich schon gar nicht!«, kreische ich entsetzt.

»Wie? Filz?«, fragt er beleidigt und schaut mir zum ersten Mal in die Augen.

Ja, ja, hier spielt die Musik. Ich bin mit im Raum und eben keine stumme Dumm-Puppe. Ich kann sprechen, ich kann sogar laut sprechen, und ich kann toben, wenn es sein muss.

»Bei mir sieht nie etwas aus wie Filz«, näselt er beleidigt. »Wozu gibt es Glanzspray?«

»Ach ja, kurze Haare, voll gesprüht mit Haarspray, das ist genau das, wovon ich schon immer geträumt habe«, stöhne ich genervt.

Es klopft an der Tür zu meiner Garderobe. Wer kommt jetzt noch? Einer, der noch schnell eine Nasenoperation oder ein Kinnimplantat vorschlagen will?

»Paul!«, rufe ich erleichtert.

»Tut mir Leid, ich wollte schon früher hier sein, um euch alle miteinander bekannt zu machen«, sagt er fröhlich, als würde er die klirrende Eiszeit in diesem Zimmer gar nicht bemerken.

»Ihr seht ja, was für ein Typ Nicky ist. Wir wollen sie gar nicht verändern, nur noch hübscher machen, wenn das überhaupt möglich ist.« Er zwinkert mir zu.

Mein Paul, mein Balsam.

»Die Haare bleiben lang, aber sie sollte sie offen tragen, ja?«

»Ja«, hauche ich.

Alles, nur nicht kurz. Eine Rapunzel mag ich sein, ein Dornröschen mit Blümchen im Haar, eine Lorelei – alles, nur kein kurz geschorenes Schaf.

»Dann werde ich sie ab und zu etwas verändern, damit es nicht langweilig wird«, erklärt der Frisör näselnd. »Einmal glatt mit Seitenscheitel, einmal gewellt mit Mittelscheitel, einmal mit ein paar geflochtenen Strähnen, so in der Richtung, ja?«

Dieser Frisör hat Ideen. Nun greift er in mein Haar, fast liebevoll, scheint sich an den Gedanken zu gewöhnen, dass er seine hungrige Schere wieder einpacken kann.

»Prima«, sagt Paul, und auch ich nicke beglückt.

»Make-up?«, fragt Paul nun den Spezial-Artisten.

»Ich frage mich wegen der Sommersprossen …«, antwortet der vage.

Der tut, als wäre ich Pippi Langstrumpf. Dabei habe ich nur auf der Nase und auf den Wangen ein paar kleine Pünktchen.

»Die sind doch niedlich«, antwortet Paul.

»Finde ich persönlich ja auch!« Eifrig nickt der Schminkheini.

»Genau. Und auch hier, bitte: Mach sie natürlich zurecht. Keine angeklebten Wimpern oder so ein Quatsch. Betone die strahlenden Augen, such ihr schöne, zarte Lippenstifte aus, ja? Ich will hier keinen Vamp, ich will eine Naturschönheit, so wie einen Schmetterling.« Paul grinst mir zu.

»Natur, Natur, aber Birkenstocks müssen es nicht sein, oder?« Der Stylist entwickelt zickigen Humor. »Sie hat gute, lange Beine, da würde ich gerne noch einen obendrauf setzen mit zarten Sandalen, hochhackig, wenn's recht ist.«

»Genau.« Paul nickt. »Aber bitte keine roten Lack-Stilettos oder irgendetwas, das ordinär wirken könnte.«

»Und ich will keine Push-up-BHs«, füge ich rasch hinzu.

»Nee, keine Angst, du sollst ja keine Barbie werden. Das ist das Motto für euch alle: keine Barbie, sondern Nicky. Macht sie wunderschön, und habt ein bisschen Spaß dabei!« Er gibt mir einen Kuss auf die Wange und rauscht davon.

Unsicher schaue ich zwischen meinen drei neuen Kameraden hin und her.

»Hätte ich gleich gewusst, was der Sender will, hätte ich nie kurze Haare vorgeschlagen, nie!«, versichert der Frisör.

Ich lächle ihn an. Ich lächle auch die anderen an. Genauso,

wie man es mir im Moderationstraining beigebracht hat. Jeder bekommt ein Lächeln und einen tiefen Blick in die Augen.

»Ich begebe mich vertrauensvoll in eure Hände«, sage ich ruhig. »Steht mir bitte bei, und macht mich hübsch, ja?«

Alle drei nicken eifrig. Das Eis ist gebrochen. Die Temperatur in meiner Garderobe steigt stetig an, und das liegt nicht nur an den vielen Glühbirnen, die um meinen Schminkspiegel herumdrapiert sind. So langsam bekomme ich ein wohliges Hollywood-Feeling.

***

Der Countdown läuft.

Nur noch wenige Wochen bis zu meiner ersten Show, und es ist noch derart viel zu entscheiden, zu lernen, zu proben, dass ich überhaupt keine Zeit habe, richtig Angst zu entwickeln.

Heute werde ich komplett so gestylt, wie Paul es bestimmt hat, damit wir ein paar Tests vor der Kamera machen können. Es ist sozusagen die Generalprobe für meine Optik. Meine Haare wellen sich wie die der kleinen Meerjungfrau, meine Augen und mein Mund sind ausdrucksvoll geschminkt und erscheinen derart groß, dass ich an Daisy Duck denken muss. Die hat auch eine Knutschschnute und ist damit weltberühmt geworden!

Für die Outfits hat die Produktion einen Sponsoringvertrag mit einer großen Modemarke abgeschlossen. Die halbe Kollektion hängt in der Requisite. Mein Stylist schlägt geschickt einige Kombinationen vor, hat bereits Modeschmuck dazu gekauft und Schuhe, in denen ich nicht laufen, dafür aber hochelegant auf meinem Talkshow-Sofa sitzen kann. Theoretisch jedenfalls, denn ausgeprägte Eleganz zählt bis dato nicht unbedingt zu meinen Stärken.

»Ich weiß nicht, ich weiß nicht«, murmle ich, während ich die vielen Kleider, Blusen und Röcke inspiziere.

»Ach, Schatzi, nimm doch den kurzen Chiffonrock mit der geblümten Bluse. Das ist so irre up to date«, schwärmt der Stylist.

»Find ich auch toll, aber…«

»Oder schlüpf doch mal eben in das orange Kleid mit den grünen Äpfeln darauf. Damit siehst du aus wie Frühling und Sommer zusammen!«

»Oder wie eine Apfelsine, die sich in einen Granny Smith verknallt hat«, antworte ich grinsend.

»Hach, oder guck doch mal hier!« Mein Stylist bekommt gerade einen halben Orgasmus. »Wie irre, wie schick, oder?«

»Schon, irgendwie…«

»Total schick, wenn du mich fragst. Der Rock ist so schön streng, so wie in den Fünfzigerjahren, verstehst du? Und dazu das Oberteil, so sexy und flirty. Hach, wenn ich doch nur eine Frau wäre …«

Ich muss kichern und drücke meinem verrückten Stylisten

freundschaftlich den Arm, so von Weib zu Weib gewissermaßen.

»Weißt du, am liebsten würde ich ja zu meiner ersten Show etwas anziehen, was mir gehört. Damit ich mich nicht so fremd fühle. Die Haare sind so anders, die Schminke, die Schuhe. Dann noch diese Klamotten hier, und ich erkenne mich selbst nicht wieder.«

»Deine eigenen Sachen?«, fragt der Stylist gedehnt.

»Ja, ich habe ein paar mitgebracht. Oder meinst du, die erlauben mir das nicht?«

»Wer erlaubt hier was nicht?«, höre ich Pauls tiefe Stimme plötzlich hinter mir.

Ich drehe mich um. Neben Paul steht Tom. Die beiden Riesen in meinem Leben.

»Na ja, ich habe überlegt«, erkläre ich, »dass ich gerne ein privates Kleidungsstück in der ersten Show tragen würde. Erlaubst du mir das?« Schmeichelnd schaue ich zu Paul hoch.

»Kommt drauf an«, antwortet er grinsend.

»Worauf?«

»Na, wie der Fummel aussieht.«

Ich bedeute Paul, Tom und dem Stylisten, mir in meine Garderobe zu folgen. Dort hängen zwei Röcke mit passenden Blusen und mein Lieblingskleid.

»O nein.« Der Stylist schlägt theatralisch die Hände über dem Kopf zusammen.

Kein Orgasmus, meine Kleidung scheint für ihn eher potenzschwächend zu sein. Er zieht jedenfalls ein total abgeturntes Gesicht.

»Die Röcke gehen ja überhaupt nicht. Da sieht jeder sofort, dass die mindestens drei Jahre alt sind. Zu jung für Vintage, zu unmodern fürs Fernsehen. Völlig out. Out. Out. Out.«

»Das Kleid, das kenne ich doch«, sagt Paul.

»Ich auch!«, erklärt Tom und lächelt mir zu.

Während der Stylist das Kleid begutachtet und sich mit Paul darüber unterhält, zieht mich Tom zur Seite.

»Das ist das Nixenkleid, das du auf den Malediven getragen hast. Dieses Türkis werde ich nie vergessen. Ich fand dich darin so begehrenswert, dass es schon fast wehtat.«

Ich starre Tom an. Ich habe ebenfalls gerade ganz aktuell und plötzlich Schmerzen. Große Schmerzen, besonders in der Herzregion. Liebe Güte, das zieht, das Herzchen, und pocht und klopft nachdrücklich gegen meine Brust wie ein Buntspecht an seine Lieblingsbirke.

»Schmeiß den Fummel doch mal über, Darling«, höre ich jetzt die Stimme des Stylisten. »Die Farbe ist cool, keine Frage. Aber ich will man sehen, wie das Teil sitzt. Nicht, dass es irgendwo klemmt oder zu weit ist und man im Sitzen vom Dekolleté bis zu deinem Bauchnabel gucken kann.«

Hinter einem Paravent schlüpfe ich schnell in mein Kleid. Dann zupft der Stylist an mir herum und betrachtet mich kritisch.

»Dazu nehmen wir die goldenen Sandalen, Liebling. Hier, zieh an. Ja, gut so, ja. Das ist der Glamour, den ich meine.«

Schon wieder schießen die Stylistensäfte ein, und er ist aufrichtig erregt, der Gute.

»Kameratest!«, sagt Paul und nickt mir zu.

Wir gehen alle gemeinsam ins Studio, und ich platziere mich auf meinem Interviewsofa.

»Nein, nein, nein!«, ruft der Stylist theatralisch.

»Wie bitte?«, frage ich irritiert.

»Deine Beine!«, ruft er. »Deine Beine!«

Was meint er? Ich habe sie gerade erst heute Morgen sorgfältig rasiert. Sie sind glatt wie ein Babypopo, schön gecremt, und zur Abwechslung habe ich auch mal überhaupt keine blauen Flecken. Ob sich plötzlich eine Krampfader entwickelt hat, eine in Dunkellila, die mir meinen ganzen Nixenlook versaut?

»Was lernt ihr jungen Dinger von heute eigentlich von euren Müttern?«, fragt der Stylist und rollt gramerfüllt die Augen gen Studiodecke.

Verunsichert schaue ich zu Paul und Tom, die sich allerdings momentan mit dem Kameramann beschäftigen.

»Rutsch mal«, sagt der Stylist. »Und guck genau hin, wie ich das mache!«

Er sitzt nun neben mir. Demonstrativ streckt er seine Beine parallel schräg zur Seite, wobei er die Füße zart nebeneinander aufsetzt. Auch schräg und eher auf den Fußspitzen als auf den Hacken. Grazil und mit spitzem Mündchen schaut er in die Ferne, als träumte er von einem Dutzend Verehrern, die bei seinem Anblick ganze Rosensträucher plündern und ihm die Blüten zu Füßen werfen.

»Verstanden?«, fragt er nun.

Ich nicke.

»Bloß nicht wie ein Kerl sitzen, mit Knien auseinander, du bist ja schließlich kein Bierkutscher. Und die Beine übereinander schlagen ist auch nicht gut. Das gibt Venenstaus, und du drückst die Wade raus. Nachher gaffen womöglich alle nur auf deine Wade, wie schrecklich!«

Bei der Vorstellung überfällt ihn quasi ein Frösteln, jedenfalls schüttelt er sich entsprechend und umschlingt seinen mageren Körper mit seinen Armen in Ermangelung eines wärmenden Kaschmirtuches oder Bärenfells.

Brav begebe ich mich also in Positur. Beine schräg und parallel zueinander und dann immer nach Omas Motto: »Bauch rein, Brust raus und gerade halten, Kind!«

Die Beleuchtung ist gesetzt, die Kamera in Position, und ich werde gefilmt. Danach gehen wir gemeinsam zum Regiepult und betrachten das Ganze.

»Make-up und Haare sind okay«, urteilt Paul fachmännisch. »Das Kleid auch. Also, ich bin zufrieden!«

»Aber ich nicht!«, sage ich. Kopfschüttelnd betrachte ich die Nicky-Nixe auf dem Bildschirm.

»Warum um alles in der Welt sehe ich aus, als hätte mich jemand kurzfristig gemästet? Ich bin so komisch rund, das kann doch nicht wahr sein.«

Tom lacht. »Das ist die Kamera. Die addiert zehn Pfund. Aber keine Sorge, nicht nur bei dir, sondern bei jedem.«

»Kann man da keine bessere Kamera finden?«, sage ich skeptisch. »Wir können im Internet surfen, Radiowellen um die gesamte Erde schicken, Satellitenbilder empfangen, aber diese blöde Kamera muss dick machen? Wo bleibt der Fortschritt beim Fernsehen?«

»Schau dich doch mal richtig an. Du siehst fantastisch aus auf dem Bildschirm.« Tom dreht mich zu dem Monitor. »Lebendig, präsent. Und du wärst auch in natura bildschön mit zehn Pfund mehr auf den Knochen.«

»Das finde ich allerdings auch!«, sagt Paul.

So viel Unterstützung, so viel Liebe. Ich betrachte mich auf dem Bildschirm. Langsam dämmert mir, dass das Ganze hier nicht nur ein Spielchen ist, sondern dass es langsam ernst wird. In jeder Sekunde läuft der Countdown weiter, die Zeit fliegt, wir nähern uns ohne Frage dem Moment der Raketenzündung. Wobei ich wohl die Rakete bin, und wenn ich etwas falsch mache, verglühe ich in null Komma nichts im Fernsehweltraum. Puff, aus.

Ich atme tief durch. »Na ja, wenn alle Stricke reißen, dann schneiden wir die schlechten Szenen eben raus, nicht? So, wie meine Oma früher die Augen aus den Kartoffeln oder die braunen Stellen aus dem Obst herausgeschnippelt hat. Schnipp, schnapp, und schon ist alles wieder gut.« Vertrauensvoll schaue ich Paul an.

»Du hast es ihr immer noch nicht gesagt.« Tom zieht eine

Augenbraue hoch.

»Ja, äh«, stammelt Paul plötzlich.

Was hat er mir noch nicht gesagt?

Vielleicht schneidet der Regisseur nicht gerne.

Oder der beste Cutter, wie die Jungs vom Schnitt ja heißen, ist krank, verhindert oder entführt worden, und wir müssen uns nun mit der zweiten Riege zufrieden geben.

Oder der elektronische Schnittcomputer ist kaputt, und wir sind gezwungen, alle nach Feierabend mit der Schere per Hand zu schnippeln. Lustiges Konfetti mit anschließendem Zusammenkleben.

Oder …

Nein, diesen Gedanken weigere ich mich einfach zu Ende zu führen.

»Womöglich habe ich das neulich tatsächlich vergessen zu erwähnen«, beginnt Paul.

Ich hab's. Paul hat den Sendeplatz verlegt, und uns bleiben nach der Aufzeichnung nur ein paar Stunden für den endgültigen Schnitt. Das würde bedeuten, ich darf nur so wenig wie möglich patzen, damit die Cutter das vor der Ausstrahlung noch schaffen. Ärgerlich, nervositätsfördernd, aber machbar.

»Wir zeichnen nämlich eigentlich nicht auf, weißt du«, erklärt Paul nun.

»Kann doch gar nicht sein«, sage ich kopfschüttelnd. »Natürlich zeichnen wir auf. Sonst haben wir ja nichts zum Ausstrahlen.«

»Wir machen es brisanter, aktueller, verstehst du?«

»Verstehe ich nicht!«

»Wir strahlen die Show sofort aus. Nicht erst ein paar Stunden oder Tage später. Ganz aktuell. Live eben!«

Da ist es, das gefürchtetste Wort schlechthin.

»L-I-V-E«, wiederhole ich flüsternd.

Der Abgrund.

Die Fernseh-Pest.

Der Moderatoren-Supergau.

Jeder schöne Countdown hat einmal ein Ende, und wir stehen kurz davor. Ich fühle mich wie eine Rakete, die komplett durchgecheckt und mit Sprit bis zum Anschlag des Tankdeckels ausgerüstet ist. Und zwar mit Superturbo-Kerosin, denn ich habe gepaukt und geübt und mich mit Informationen über meine Gäste angefüllt, bis sämtliche Kontrollleuchten in meinem Hirn grünes Licht gegeben haben.

Ich bin auf Sendung programmiert.

Ich bin startbereit.

Natürlich vibriere ich von den Haarspitzen, die mein Frisörspezi gerade auf Lockenwickler dreht, bis hin zu den schön pedikürten Rändern meiner Fußnägel. Mein Kalorienverbrauch dürfte bei zirka 1000 Kilokalorien pro Stunde liegen, weil dieses Vibrieren unter Garantie alles verbrennt, was sich an Essensresten und Fettreserven in meinem Körper befindet. Kein Wunder, denn in Kürze muss ich meine sichere Heimatbasis, die schicke Künstlergarderobe, verlassen und mich ins Fernsehall schießen lassen. Live und in Stereo. Mit Dschingderassabum und Tätärätätä und Überschallgeschwindigkeit.

Ich berühre meine Moderationskarten, die vor mir auf dem Schminktisch liegen. Wenn alle Stricke reißen, mache ich eben eine Vorlesestunde. Ich halte mir die Karten vor die Nase und lese fein säuberlich eine Frage nach der anderen ab. Dann werde ich zwar gefeuert, aber war trotz alledem eineinhalb Stunden auf Sendung! Also zumindest etwas Rühmliches, das ich meinen Enkeln erzählen konnte.

Das Make-up wird mit einem Schwämmchen aufgetragen. Es verschließt sämtliche Poren und überdeckt gar nicht so schlecht die hektischen roten Flecken, die sich gerade vom Dekolleté her den Weg nach oben bahnen. Wenn das so weitergeht, laufen während der Sendung die Telefone heiß, weil die Zuschauer besorgt darauf hinweisen wollen, dass die werte Moderatorin gerade Masern, Windpocken, Scharlach oder Röteln ausbrütet.

Da hilft nur autogenes Training.

Ich schließe die Augen.

In der Ruhe liegt die Kraft.

Es gibt keinen Grund, hysterisch zu werden.

Alles wird gut.

Ich bin die Größte.

Oprah steht mir bei.

Zulassen, loslassen, fließen lassen.

Ich bin hervorragend vorbereitet.

Ich liege auf einer Luftmatratze und treibe in ruhigem Meer.

Ich schwinge sanft in einer Hängematte.

Ich bin entspannt und ruhig.

ICH HABE ANGST UND MUSS SICHER GLEICH STERBEN!

»Hallo, Nicky, darf ich dich kurz stören?«

Erschrocken reiße ich die Augen auf. Im Spiegel erkenne ich Tom. Ich hoffe, dass auch er mich erkennt, denn ich habe riesige rosa Lockenwickler auf dem Kopf, die eher einer Rohrverlegung gleichen. Mein Gesicht ist völlig zugekleistert mit Make-up und sieht platt und mundlos aus, weil überall die beige Farbe draufklebt. Hätte er nicht ein halbes Stündchen später kommen können?

»Ich habe dir etwas mitgebracht!«, verkündet er fröhlich.

Dankbar lächle ich ihn mit meinen beigen Make-up-Lippen an. Ein Verbündeter, ein Freund. Mit einem Geschenk.

Eine Superhero-Droge wäre angebracht. Eine, die mich zu heftiger Selbstüberschätzung treibt und mir das Gefühl gibt, die Allergrößte, die Klügste, die Charmanteste, die mit der gewandtesten, lockersten Moderatorenzunge auf der ganzen großen, weiten Welt zu sein. Floppen kann ich zwar dann nach wie vor, aber merken würde ich es wenigstens nicht.

Mit fliegenden Fingern nestle ich an dem Geschenkpapier herum und schaffe es endlich, das schmale Päckchen zu öffnen.

»Wasserfeste Wimperntusche«, buchstabiere ich.

Keine Droge. Nicht mal eine Baldrianpille. Mist.

»Als kleine Ermunterung, wirklich so zu sein, wie du bist. Wenn dir nach Weinen ist, kannst du das tun, ohne dass du über schwarze Rinnsale im Gesicht nachdenken musst. Und wenn du Tränen lachst, passiert ebenfalls nichts.«

»Danke«, stöhne ich.

Na ja, wenigstens hab ich eine Sorge weniger.

»Hör mir zu. Du bist perfekt präpariert, Nicky. Spiel nicht die Moderatorin. Sei nicht irgendjemand, den du dir in dieser Rolle vorstellst, sei einfach Nicky, wie sie leibt und lebt.«

»Und du bist dir nach wie vor sicher, diese Nicky gefällt dem Publikum?«

»Jedem.«

»Und – dir?«

Was für eine dämliche Frage stelle ich ihm da? Und das im Bademantel, mit Puschen und höchst eleganten Lockenwicklern. Der Mann müsste an ausgeprägter Geschmacksverirrung leiden, wenn er bei meinem Anblick dahinschmelzen würde. Oder er müsste spontan eine Vorliebe für den Tante-Erna-Schlampen-Look entwickeln.

»Mir? Du gefällst mir sehr, verstehst du?«

Ich nicke, und meine überdimensionalen Haar-Rohre wippen höchst eindrucksvoll im Takt mit. Die Dinger haben echt ein Rhythmusgefühl.

Dann geht er.

Gleich kollabiere ich.

Die Kombination aus Lampenfieber und Tom ist schlaganfallträchtig.

Rakete vor dem Start mit lautem Knall explodiert.

Nein, nein, nein.

Erst die Arbeit, dann das Vergnügen.
Erst Job, dann Love.
Erst *Super-Schmetterling*, dann Tom.
Findet Oprah sicher auch.
So mache ich das.
Jawohl!
Rakete noch intakt, wenn auch wacklig.
Puh.

***

Das Unternehmen *Super-Schmetterling* ist nun nicht mehr aufzuhalten. Ich bin geschminkt, trage mein Nixenkleid mit hochhackigen goldenen Sandalen dazu und habe eine herrliche blonde Lockenmähne.

Nachdem ich mich wiederholt den Tontechnikern entzogen habe, die wie der Teufel hinter mir her sind, um mir mein Mikrofon ans Kleid zu heften, gibt es nun kein Entrinnen mehr. Natürlich wollte ich mit der Verkabelung bis zum letzten Moment warten, weil meine Nervositätspipi-Anfälle zu einem herrlichen Springbrunnengeräusch in der Tontechnik geführt hätten. Aber nun ist keine Zeit mehr, um der Kloschüssel einen weiteren Besuch abzustatten.

Das Mikrofon ist also angesteckt. Der Teleprompter, der mir Text zum Ablesen liefert, steht auf Anfang. Die Moderationskarten als zusätzliche Unterstützung – und falls der Schlingel von Teleprompter spinnt – habe ich fest zwischen meinen feuchten Fingern. Sie sind der einzige Halt weit und breit. Man ist echt einsam so als Rakete. Alle anderen haben es bequem, während für mich ein Feuerchen gezündet wird.

Ich spähe durch die Tür in das Studio.

Dort sitzt Publikum. Niemand vom Mars, kein E.T., nur richtige, reale Menschen. In der ersten Reihe entdecke ich Paul mit Lara. Sie hat sich bei ihm eingehakt und knetet aufgeregt seinen Arm. Direkt neben den beiden sehe ich Tom. Er wirkt angespannt, seine Wangenmuskeln arbeiten. Wie bei Kirk Douglas in *Spartakus*. Wie männlich, wie kernig. Und wie albern von mir, jetzt so einen Quatsch zu denken. Ich werde noch meine männlichen Gäste mit Kirk, Spartakus oder Tom anreden, wenn das so weitergeht.

Der Aufnahmeleiter macht mir ein Zeichen.

Ich schaue auf meine Moderationskarten. Zum Glück kenne ich den ersten Gast. Das könnte mir helfen, einen kolossalen Fehlstart zu vermeiden.

DREI.

Tief durchatmen. Du da oben, vergib mir bitte alle Sünden der Vergangenheit, der Gegenwart und der Zukunft. Ich will auch immer lieb sein.

ZWEI.

Wer hat eigentlich entschieden, meine Fußnägel hellrosa zu lackieren?

EINS.

Die Triebwerke sind gezündet. Rakete Nicky ist zum Abschuss bereit. Ich kriege einen Schubs von hinten, das muss der Aufnahmeleiter sein, Beauftragter der NASA und Folterknecht gleichermaßen.

AUFTRITT.

***

»Guten Abend, meine Damen und Herren. Herzlich willkommen zur ersten Wahl des Super-Schmetterlings …«

Die Startautomatik hat voll funktioniert. Rakete Nicky spricht, ihre Stimme hallt in meinen Ohren. Da stehe ich nun mitten im Studio und rede, was das Zeug hält. Hoffentlich ist es nicht allzu viel Unsinn, denn ich befinde mich in einem eigenartigen Trance-Zustand, in dem ich nicht genau weiß, was ich im Detail gerade so von mir gebe. Doch ich gebe. Ich gebe alles!

Ha, die Einleitung ist geschafft, das telefonische Wahlsystem zum Super-Schmetterling habe ich erklärt, und nun ist es Zeit, meinen ersten Gast zu begrüßen.

Mein erster Gast ist Elsa. Unsere Elsa, Pauls Haushälterin. Das war Pauls Idee, und ich konnte mir nichts Besseres vorstellen, als mit Elsa gemeinsam eine kleine Erdumrundung zu drehen. Zu zweit im All lebt es sich doch allemal netter.

»Ich freue mich sehr, nun hier bei uns Elsa Garibaldi willkommen zu heißen. Bitte einen Applaus für Elsa.«

Das Publikum klatscht und trampelt mit den Füßen, als hätte ich gerade die Queen von England angekündigt.

Ähnlich offiziell ist Elsa auch gekleidet, allerdings ohne komisches Hütchen, wie es ihre Namensschwester Elisabeth so liebt. Doch Elsa hält sich königlich gerade, als wüsste sie, was sie ihrem italienischen Volk schuldig ist: Haltung und nochmals Haltung!

Dann breitet sie, während sie noch auf mich zu läuft, die Arme aus und drückt mich voller Begeisterung.

Wir lächeln uns an. Eines ist so klar wie die schönste, durchgesiebte Kloßbrühe: Elsa hat keine Bühnenangst. Elsa hat eine Mission. Das sehe ich an der Entschlossenheit in ihren Augen. Vergnügt schaut sie sich um.

»Schön hier im Fernsehen«, sagt sie.

Das Publikum johlt.

»Ja, nicht wahr?«, antworte ich schnell. »Und unsere Sofas sind total gemütlich. Bitte, Elsa, nimm Platz und erzähl uns deine Geschichte. Wo kommst du ursprünglich her?«

»Ich bin Italienierin!«, sagt Elsa stolz. »Aus Sizilien. Als ich aus Italien hierher kam, habe ich zuerst Büros geputzt, jahrelang. Hauptsächlich nachts, damit ich mich tagsüber um die Kinder kümmern konnte.«

»Das hört sich nach einem anstrengenden Leben an.«

»Wenn man weiß, wofür man es tut, ist das schon in Ordnung«, sagt Elsa gleichmütig. »Meine Kinder waren alle gut in der Schule und haben Abitur gemacht. Alle drei. Mein Mann ist ja früh gestorben, aber er wäre sehr stolz auf sie gewesen!«

»Und auf dich, Elsa.«

»Ja?« In ihren Augen schimmert verdächtig viel Feuchtigkeit, aber sie fängt sich sofort wieder.

Ich werfe einen Blick auf den kleinen Beistelltisch neben dem Sofa. Dort steht sie, für alle Fälle, die Kleenex-Box mit 250 sauberen, blütenweißen Taschentüchlein zum Herauszupfen.

»Wie bist du denn mit der fremden Sprache zurechtgekommen?«, will ich wissen.

»Tja, mit den Kindern habe ich Italienisch geredet. Ist ja schließlich ihre Muttersprache.« Vehement klopft sie sich auf ihren Mutterbusen, an dem sie ihre Brut genährt hat. »Aber die Kinder haben mit mir dann die Sprache gesprochen, die sie im Kindergarten und in der Schule gehört haben. So sind die Kinder zweisprachig großgeworden, und ich habe von ihnen die neue Sprache gelernt. So ist das immer im Leben: Es gibt ein Geben, und es gibt ein Nehmen.«

Begeistert klatscht das Publikum.

So, jetzt reicht es aber mit den lieben kleinen Kinderlein. Wir wollen nicht die Geburtenraten in die Höhe treiben, sondern Elsas Schmetterlingsgeschichte hören. Rakete Nicky muss nun fix eine elegante Kurve fliegen.

»Was war dein nächster Job nach der Büro-Reinigungskolonne?«

»Ich wurde Haushälterin bei einem bekannten Herrn aus der Medienbranche«, sagt Elsa.

Das hat sie aber brav auswendig gelernt. Wer aus dem Redaktionsteam hat ihr nur diesen Satz in den Mund gelegt?

»Eine Berühmtheit ist er!«

Ich schaue zu Paul ins Publikum herüber. Er grinst amüsiert.

»Du hast für ihn auch gekocht?«, frage ich.

»Natürlich! Und er ist ein guter Esser, wenn ich das mal so sagen darf.«

Paul schlägt sich auf die Schenkel vor Lachen, und auch Lara kichert gemeinsam mit dem Rest der Studiogäste.

»Und genau das war das Problem. Er hatte soooooo einen Bauch.«

Elsa lässt sich zurücksinken und formt demonstrativ mit den Händen eine imaginäre Riesenkugel über ihrem Leib.

»Und du warst so schlank wie heute?«

»Ich? Ach, woher denn. Ich hatte ungefähr *so* einen Bauch.«

Zur Freude der Studiozuschauer formt Elsa eine weitere Kugel; diesmal eine etwas kleinere als vorher.

»Und meine Kinder haben gesagt, ich hätte ein Doppelkinn«, erzählt Elsa freimütig weiter. »Und einen dicken – o Dio, das darf ich im Fernsehen vielleicht gar nicht sagen, oder?«

»Was denn?«, frage ich lockend.

»Na, einen dicken Popo!«

Gelächter von allen Plätzen.

»Wir haben ein Foto von dir, das dich vor ungefähr einem Jahr zeigt, Elsa. Das blenden wir für unsere Zuschauer jetzt mal ein.«

Der Monitor, auf dem ich das Bild kontrollieren kann, zeigt nun Elsa in Pauls Garten. Mit einem Schürzenkleid, das sich in der Leibesmitte deutlich nach vorne wölbt, mit prallen, runden Pausbacken und – dem bereits erwähnten, eindrucksvollen Doppelkinn.

»Kein Vergleich zu heute!«, lobe ich.

Findet Elsa ebenfalls. Sie nutzt die Gelegenheit, steht einmal kurz auf und dreht sich zum Applaus des Publikums um ihre eigene Achse.

»Wie hast du das gemacht, Elsa?«

»Einfach total anders gekocht. Fettärmer, keine leeren Kalorien, kaum Zucker, alles frisch, alles köstlich und alles italienisch! Ich habe inzwischen ein Kochbuch herausgebracht. Es heißt: *Mama Elsas Sizilien-Diät.*«

Hurtig greift Elsa hinter sich, wo wir ein Buch deponiert haben, und hält es hemmungslos in die Kamera. Als hätte sie nie etwas anderes gemacht als Buch-Promotions.

»Diät steht dabei nicht nur fürs Abnehmen, sondern schlicht für gesunde Ernährung.«

Wieder schwenkt sie das Buch. Von Schüchternheit ist sie wirklich nicht gerade verfolgt.

»Aber du kochst nicht nur gut, du bäckst auch leidenschaftlich gern, oder?«

»Und wie! Ich habe Rezepte entwickelt für fettreduzierte und zuckerreduzierte Kuchen, Torten und Kekse. Es gibt sie jetzt als fertige Produkte in der Kühltruhe und im Keksregal! Alles, was das Herz begehrt, alles von *Mama Elsa.*«

Als wollte sie diesen vollendeten Werbespot noch unterstreichen, beginnt Elsa auf einmal, sich die schicke Jacke ihres taillierten Kostümchens aufzuknöpfen.

O Gott, ist sie von Sinnen, ist ihr zu heiß geworden, hat sie vergessen, dass wir live über den Äther gehen, und plant, es sich hier auf dem Sofa häuslich gemütlich zu machen?

Oder hat sie etwa die Absicht, sich als Busenstar à la Dolly Parton oder Pamela Anderson zu präsentieren? Nach dem Motto »Sex sells«, als erotischer Ankurbler für ihre Kuchenverkäufe?

Muss ich mich gleich vor sie und vor die näher kommende Kamera schmeißen, um den Anblick ihrer beeindruckenden Oberweite in einem sizilianischen Spitzenbüstenhalter zu verhindern? Gucken gar Kinder zu, die gleich in ein vorpubertäres Trauma fallen werden?

Ich starre auf die Unglaublichkeit, die Elsa nun entblößt. Es ist ein T-Shirt mit einem überdimensionalen Tortenstück darauf, genauer gesagt, es ist ein Viertel ihrer berühmten Beeren-Quark-Torte, die aus Hunderten von rosa und lila Pailletten, durchwirkt von winzigen Mini-Perlen, geformt ist. Über diesem glitzernden Albtraum prangt deutlich das Logo *Mama Elsa* mit ihrem Konterfei.

»Toll, nicht?«, sagt Elsa stolz.

Das Publikum trampelt begeistert mit den Füßen.

»Ich habe dir auch ein T-Shirt mitgebracht, als Geschenk!«, erklärt Elsa und überreicht mir so ein Prachtstück.

Tapfer nehme ich es entgegen. Soll ich meinem Impuls

folgen? Einen Wimpernschlag lang gucke ich zu Tom hinüber, der mir zunickt. Er weiß genau, was ich denke.

Eins, zwei, schwupps, schon ziehe ich das Tortenstück-Shirt über mein sexy Nixenkleid. Glücklicherweise ist es tief genug ausgeschnitten, um mein Mikrofon nicht zu verdecken. So tragen Elsa und ich nun Partnerlook, na, wenn das nicht jeden Kuchenliebhaber vom Sessel fegt.

»Ganz neu habe ich zusätzlich eine Reihe von gesunden Dessert-Cremes entwickelt. Leichter als Sahnepudding, doch mindestens genauso lecker.«

Ein kleines Wägelchen mit diversen Glasschälchen voller *Mama-Elsas-Dessert-Cremes* wird hereingerollt. Die Jungs von der Requisite haben das ganz schick hergerichtet. Aber wo, verdammt noch mal, ist ein Probierlöffel? Kein Löffel, kein Schäufelchen, nicht mal ein Strohhalm. Ja, meinen die denn im Ernst, sie können mir hier solche Leckereien vor die Nase pflanzen, ohne dass ich sie koste?

Ich wollte es ja schon immer mal tun, so richtig ausgiebig und wenn überhaupt keiner guckt. Nun tue ich es einfach, wenn alle gucken, was soll's? Ich sehe sowieso gerade aus wie eine Schießbudenfigur mit meiner Paillettentorte auf der Brust, da kommt es auf ein paar weitere Peinlichkeiten sowieso nicht an.

Beherzt lasse ich meinen Zeigefinger in eine nougatfarbene Creme sinken, hebe ihn vorsichtig wieder heraus – und schlecke ihn ab.

»Mhm, köstlich.«

»Ja, nicht wahr?« Elsa strahlt. »Das ist meine Mandelcreme.«

»Sie ist wunderbar, wie all die anderen Produkte. Hättest du dir jemals träumen lassen, so weit zu kommen im Leben?«

»Nein«, bekennt Elsa freimütig. »Ich war eigentlich nur eine dicke Putzfrau aus Italien, die hier als schüchterne Gastarbeiterin anfing. Heute habe ich selber Arbeitsplätze geschaffen und bin eine Unternehmerin.«

»Und eine erfolgreiche dazu!«

»Ja, das mit dem Erfolg ist ganz schön. Obwohl …«

Was hat sie nur? Sie guckt so versonnen?

»Obwohl?«, hake ich gespannt nach.

»Obwohl der Erfolg nur das Sahnehäubchen obendrauf ist. Das eigentlich Großartige ist die Freundschaft, die ich erfahren habe. Alle, alle, für die ich gekocht, geputzt, gebacken, gewaschen und gebügelt habe, haben mir geholfen. Sie haben mir Mut gemacht, mir Ideen geschenkt und für mich Kontakte geknüpft. Ohne meine Freunde und den Respekt, den sie mir als einfacher Haushälterin entgegengebracht haben, gäbe es keine *Mama Elsa*.«

Nun hat sie es doch noch geschafft, mir die Tränen in die Augen zu treiben. Ich schlucke, zwinkere wie wild mit den Augenlidern, um das Schlimmste zu verhindern, und versuche, wenigstens so einigermaßen bei Stimme zu bleiben.

»Das war also Elsa, unsere Kandidatin für den Super-Schmetterling mit der Endziffer 01. Wenn Sie am Ende der Sendung meinen, dass Elsa die beachtlichste Entwicklung oder Verwandlung vollzogen hat, dann rufen Sie uns an und geben Sie am Schluss die Endziffer 01 ein.«

***

In der Werbepause ziehe ich das T-Shirt wieder aus, werde mit Puder und Farbe aufgefrischt, während meine Frisur gerichtet wird, der Regisseur mir Anweisungen gibt, Paul etwas Aufmunterndes sagt, Lara kurz meine Hand drückt und Tom mir zuzwinkert.

Jetzt weiß ich endlich, wie sich ein Boxer im Ring in einer Rundenpause fühlt. Er sitzt in seiner Ecke, und alle brüllen auf ihn ein, alle zupfen an ihm herum, doch wahrnehmen tut er rein gar nichts. Gut, dass ich nicht auch noch so ein Beißholz habe, das gewechselt werden muss.

Der Make-up-Artist wischt mir rasch mit einem feuchten Lappen meinen Pudding-Leckfinger ab, an dem noch ein bisschen Mandelcreme klebt, und weiter geht's. *The show must go on and on and on.*

Im Laufe der nächsten Stunde empfange ich vier weitere Gäste.

Bei Karl muss ich den altbewährten Anfass-Trick herausholen, denn ohne leichten körperlichen Einsatz kann er sich kaum überwinden, von seiner Quartalsalkoholikerkarriere zu erzählen, die ihn in die Gosse katapultiert hat. Bei der siebten Entziehungskur hat er ein Tagebuch mit dem Titel

»Bekenntnisse eines Penners« verfasst, das sein Talent als Schriftsteller erkennen ließ. Heute lebt er als Orangensaft trinkender Romanautor auf Mallorca.

Markus, Sohn eines Finanzbeamten und einer Finanzbeamtin, sollte Finanzbeamter werden. Rechtzeitig hat er die Akten beiseite geschoben, die Zahlenkolonnen andere zusammenrechnen lassen, den grauen Anzug gegen eine rote Jacke mit üppigen Goldverzierungen gewechselt und ist jetzt Pferdedompteur beim Zirkus. Manege frei für Markus, frenetischer Beifall für Markus, Abgang von Markus mit Zylinderschwenken.

Andreas, mein vierter Anwärter, litt jahrelang unter Fernweh, weil er als kleiner Junge alle Daktari-Folgen im Fernsehen geguckt hat. Trotzdem war er in einem Lottogeschäft in seinem winzigen Heimatort kleben geblieben, bis er einen Artikel über kranke Kinder in Afrika gelesen hat. Das war der Moment seiner Erleuchtung. Mit dem schielenden Löwen Clarence im Herzen machte er eine Ausbildung zum Krankenpfleger und arbeitet nun in einem Kinderkrankenhaus in Tansania. Andreas und ich zupfen gemeinsam Tücher aus der Kleenex-Box, und ich danke Tom im Stillen für seine umwerfende Idee mit der wasserfesten Wimperntusche. Wenn die mir hier aber auch eine männliche Mutter Teresa schicken …

Zum Schluss gibt sich Gertrud mit der blonden Dauerwelle die Ehre. Sie ist eine ganz Kräftige und Energische. Jahrelang hat sie als Wurstverkäuferin bei Karstadt gearbeitet. Während einer ausgeprägten Trällerei hinter dem Schinkentresen ist sie glatt entdeckt worden. Nun ist sie Studiosängerin in einer bekannten Plattenfirma. Natürlich bringe ich unsere Walküre zum Singen, bis das Studio bebt. Ist nämlich so einiges drin an Tonvolumen in ihrem imposanten Brustkasten. Statt Wagner schmettert sie einen schmissigen Gassenhauer, das Publikum schunkelt, und ich wippe ausgelassen auf dem Sofa hin und her, als wäre es gerade Karneval in Köln – bis ich die Handzeichen meines Stylisten sehe, der wohl befürchtet, ich könnte mir vor lauter Freude meine Stiletto-Absätze abbrechen.

Jedenfalls gibt es bei der telefonischen Wahl zum Super-Schmetterling dieser Sendung ein enges Kopf-an-Kopf-Rennen, aus dem schließlich Andreas, unser Afrika-Engel, als Sieger hervorgeht. Was haben meine Zuschauer doch für ein gutes Herz!

Andreas wird gekrönt, Elsa, völlig unbekümmert, hält beim Schlussbild noch einmal hemmungslos ihr Kochbuch in die Kamera, und ich verbeuge mich erschöpft, begeistert und berauscht vor dem tatsächlich nicht enden wollenden Applaus des Publikums.

Rakete Nicky an Houston: Nach geplanter Mondlandung, dreimaliger Marsumkreisung und Stippvisite auf dem Planeten Pluto ist der Wiedereintritt in die Erdatmosphäre geglückt. Landung erfolgreich. Roger, over and out.

***

Die grellen Lampen im Studio gehen aus.

Ich drücke unzählige Hände und Menschen, umarme, lasse mich umarmen, höre Glückwünsche, küsse die Wangen der Kameraleute, meines Stylisten, meines Friseurs, meines Make-up-Artisten, des Regisseurs, des Aufnahmeleiters, der Ton-Crew-Mitglieder, ich glaube, ich küsse vor lauter Erleichterung und Glück sogar einen pickligen Praktikanten.

Nachdem sich der erste Trubel gelegt hat, schaue ich noch einmal bewegt von einem zum anderen. »Ich danke euch allen so sehr. Das war für mich heute der unglaublichste Tag meines Lebens. Ich habe schon seit Wochen das Gefühl, dass ich hier am richtigen Platz gelandet bin. Trotz der Anspannung war ich wirklich glücklich und habe weder an Schokolade noch an Kuchen gedacht.«

Alle lachen und klatschen Beifall.

»Jedenfalls habe ich jede Sekunde der Show genossen. Es war einfach herrlich. Vielen, vielen Dank!«

Ich verbeuge mich noch einmal vor der Crew und vor meinen Freunden.

»Du warst großartig, Nicky, einfach großartig! Also, wenn ich von der Zahl der Anrufer auf eine Zuschauerquote schließen kann, dann war unsere erste Show ein echter Knaller«, sagt Paul und nimmt mich in die Arme. Dann reicht er mich an Lara weiter, die mich wiederum nach vielen, vielen Glückwünschen in Elsas Arme drückt. Von dort aus werde ich an Toms Brust geschoben.

Wenn die Arbeit nun vorbei ist, dann dürfte ich doch vielleicht, dann könnte ich doch …

»Kommt«, sage ich an meine Freunde gewandt, »wir gehen!«

»Wohin?«, fragt Paul.

»Essen! Ich habe vor lauter Aufregung heute noch keinen Bissen hinuntergekriegt, und nun habe ich einen Bärenhunger.«

»Worauf denn?«, fragt Tom und nimmt meine Hand fest in seine.

»Auf alles. Ich habe Hunger auf alles, besonders auf einen Schuss normales Leben nach so viel Show-Business. Wie wär's, wenn wir uns in einer halben Stunde bei unserem Lieblingsitaliener treffen? Tom und ich haben vorher noch etwas zu erledigen.«

***

Kurze Zeit später halten wir mit Toms Auto vor meiner Haustür. Er folgt mir die Treppe hinauf zu meiner Wohnung. Als ich die Lampe im Wohnzimmer anknipse, starrt er auf die riesige Plastikpalme, die in der Mitte des Raumes prangt.

Fragend schaut er mich an.

»Ich wollte mit dir noch einmal unter einer Palme stehen, für einen neuen Anlauf gewissermaßen«, erkläre ich. »Beim letzten Mal sind wir gestört worden, aber bis auf Mäxchen ist hier niemand, der uns davon abhalten könnte, mhm, sagen wir, uns näher zu kommen. Und Mäxchen beißt garantiert nicht.«

Lachend zieht mich Tom unter die Palme. Er umarmt mich, streichelt mit warmen Händen meinen nackten Rücken, ich biege meinen Kopf leicht zurück, er schaut mir tief in die Augen, sein Gesicht nähert sich meinem, sein ausdrucksvoller Mund kommt näher und näher, ich schließe voll freudiger Erwartung meine Augen, meine Lippen sind leicht geöffnet…

… *Vorhang zu!*

Vergesst die Schmetterlinge nicht.

Ciao for now, eure Nicky.

Epilog

Rezept

Man nehme
eine Prise Neugier,
ein Kilo Träume,
einen Esslöffel Mut,
ein Pfund Liebe und Freundschaft,
schlage sich den Bauch damit voll und fühle sich rund, satt und selig.

Kalorien: 0
Glücksfaktor: unermesslich